REVELACIONES
DEL ARTE POPULAR MEXICANO

Portada:

Francisco "Chico" Coronel. Guaje.

Laca dorada. Olinalá, Guerrero.

Museo Ruth D. Lechuga de Arte Popular.

Portadilla:

Máscara de Tecolote o Pascola.

Madera pintada con cejas y bigote. San Bernardo Guarijío, Sonora, 1993.

Museo Ruth D. Lechuga de Arte Popular.

Córdoba 69, Colonia Roma. 06700, México, D.F.
Tel. 52 (55) 55 25 59 05
52 (55) 55 25 40 36
artesdemexico@artesdemexico.com

Primera edición en español, 2004.
Primera edición en inglés: Artes de México - Smithsonian Books, 2004.

ISBN 970-683-101-0.

Catalogación de la Biblioteca del Congreso: 2004107715.

Impreso en China

REVELACIONES
DEL ARTE POPULAR MEXICANO

REVELACIONES DEL ARTE POPULAR MEXICANO

Tibor. Talavera de Puebla. Fines del siglo XVII. Museo Franz Mayer.

Cerámicas

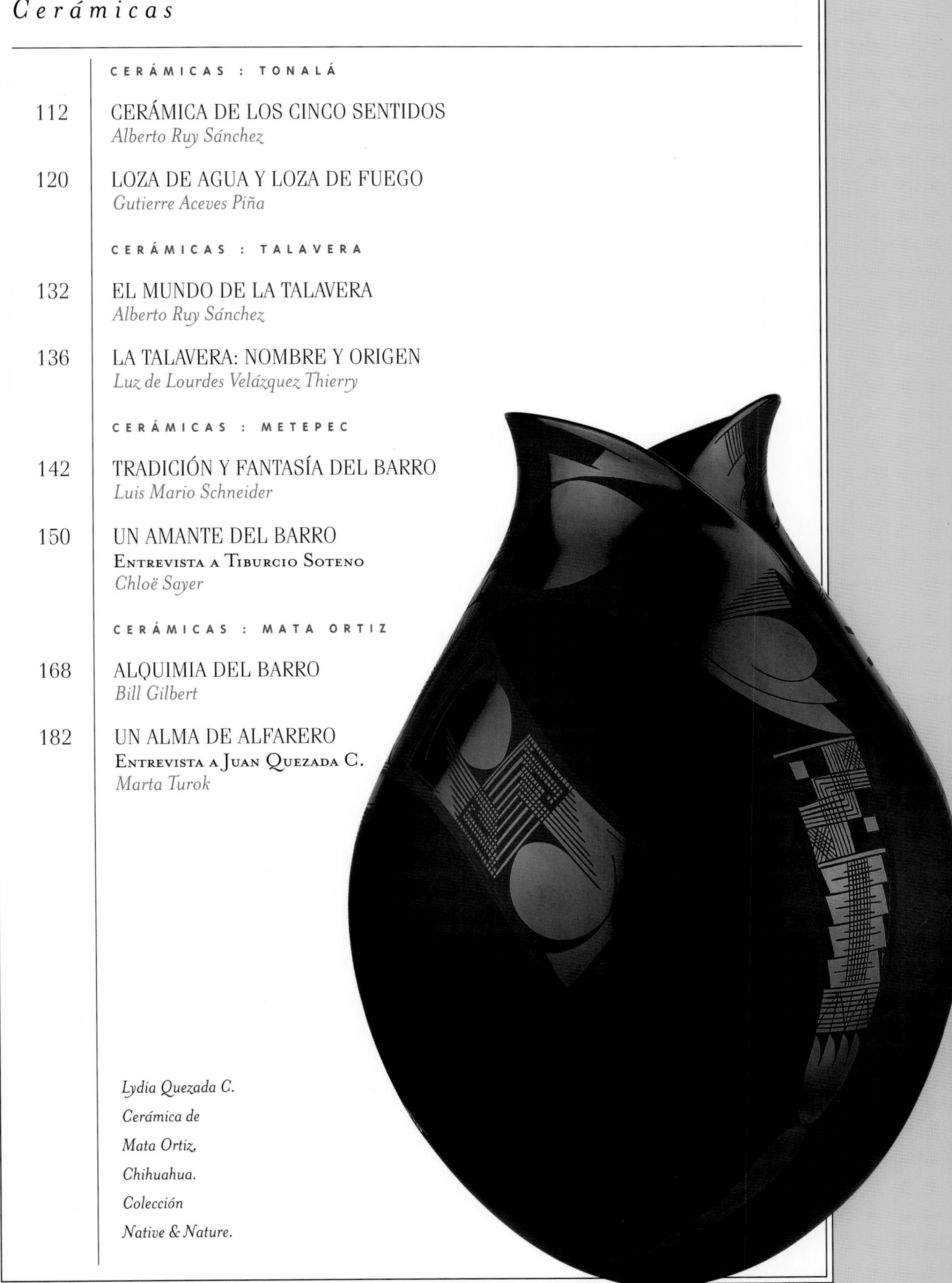

Lydia Quezada C. Cerámica de Mata Ortiz, Chihuahua. Colección Native & Nature.

Textiles

Blusa tradicional de Saltillo, Chiapas. Colección Pellizzi.

Lacas, cestería, hojalata

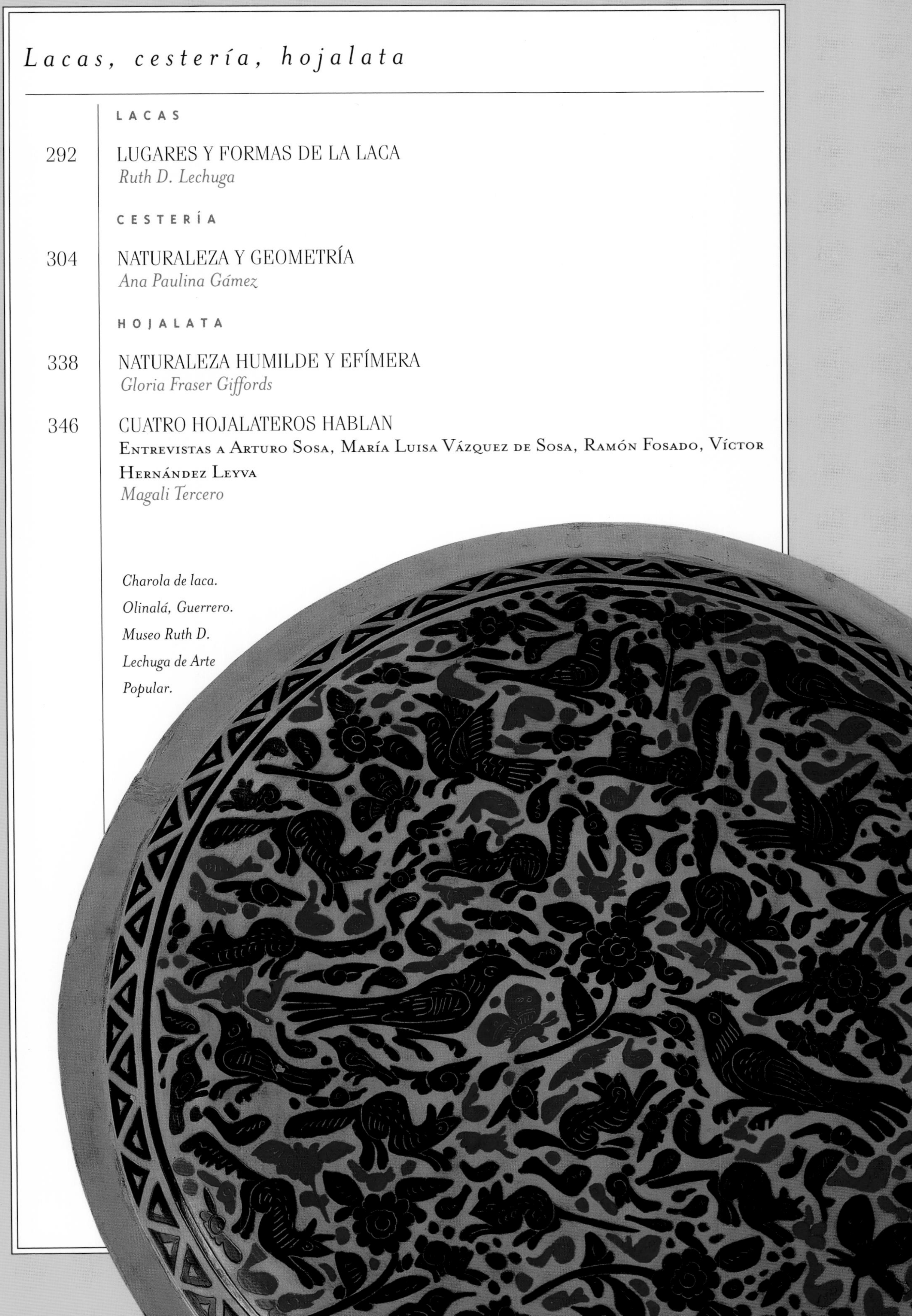

Charola de laca. Olinalá, Guerrero. Museo Ruth D. Lechuga de Arte Popular.

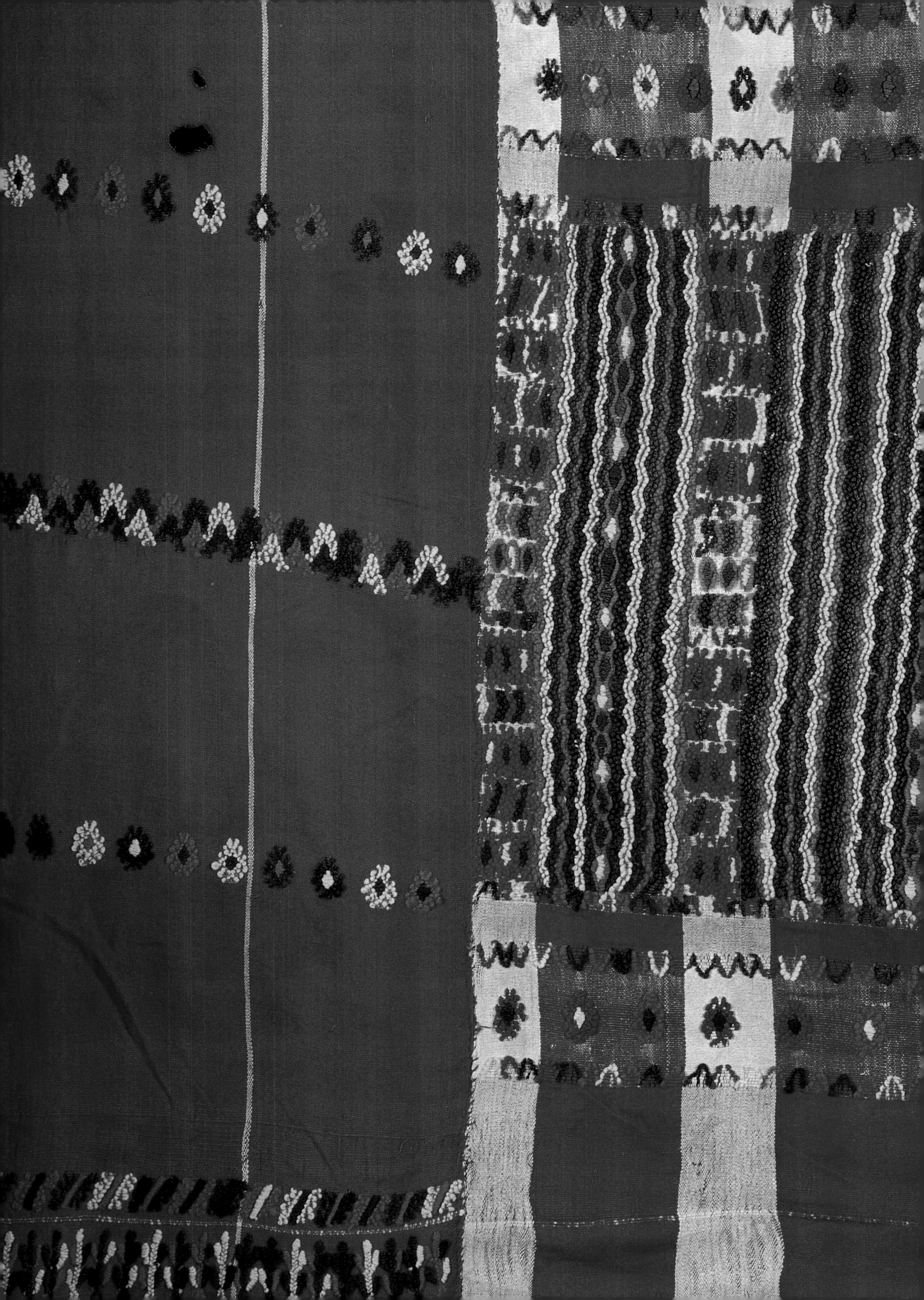

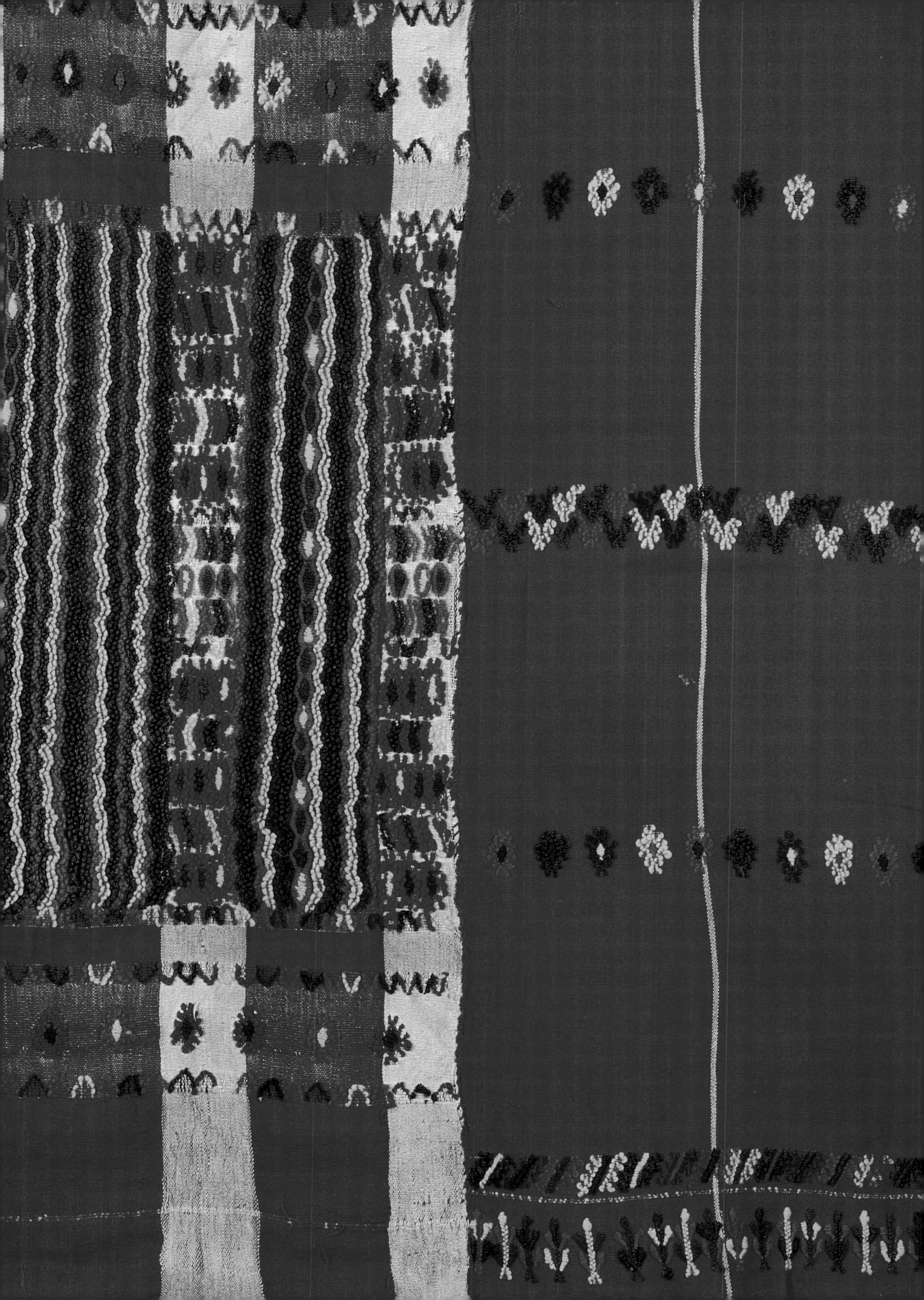

La artesanía:

ENTRE EL USO Y LA CONTEMPLACIÓN

Octavio Paz

HECHO CON LAS MANOS, EL OBJETO ARTESANAL GUARDA IMPRESAS, real o metafóricamente, las huellas digitales de quien lo hizo. Esas huellas no son la firma del artista, no son un nombre, tampoco una marca. Son más bien una señal: la cicatriz casi borrada que conmemora la fraternidad original de los hombres. Hecho por las manos, el objeto artesanal está hecho para las manos: no sólo lo podemos ver sino que lo podemos palpar. A la obra de arte la vemos, pero no la tocamos. El tabú religioso que nos prohíbe tocar a los santos —"te quemarás las manos si tocas la Custodia"— se aplica también a los cuadros y a las esculturas. Nuestra relación con el objeto industrial es funcional; con la obra de arte, semirreligiosa; con la artesanía, corporal. En verdad no es una relación, sino un contacto. El carácter transpersonal de la artesanía se expresa directa e inmediatamente en la sensación: el cuerpo es participación. Sentir es, ante todo, sentir algo o a alguien que no es nosotros. Sobre todo: sentir con alguien. Incluso, para sentirse a sí mismo, el cuerpo busca otro cuerpo. Sentimos a través de los otros. Los lazos físicos y corporales que nos unen con los demás no son menos fuertes que los lazos jurídicos, económicos y religiosos. La artesanía es un signo que expresa a la sociedad no como trabajo (técnica) ni como símbolo (arte, religión), sino como vida física compartida. ❧

La jarra de agua o de vino en el centro de la mesa es un punto de confluencia, un pequeño sol que une a los comensales. Pero ese jarro que nos sirve a todos para beber, mi mujer puede transformarlo en un florero. La sensibilidad personal y la fantasía desvían al objeto de su función e interrumpen su significado: ya es un recipiente que sirve para mostrar un clavel. Desviación e interrupción que conectan al objeto con otra región de la sensibilidad: la imaginación. ❧

Esa imaginación es social: el clavel de la jarra es también un sol metafórico compartido con todos. En su perpetua oscilación entre belleza y utilidad, placer y servicio, el objeto artesanal nos da lecciones de sociabilidad. En las fiestas y ceremonias su irradiación es aún más intensa y total. En la fiesta, la colectividad comulga consigo misma y esa comunión se realiza mediante objetos rituales que casi siempre son obras artesanales. Si la fiesta es participación en el tiempo original —la colectividad literalmente reparte entre sus miembros, como un pan sagrado, la fecha que conmemora—, la artesanía es una suerte de fiesta del objeto: transforma el utensilio en signo de la participación. ❧

Páginas 8 y 9: paño utilizado en la fiesta de San Bartolomé, Venustiano Carranza, Chiapas. Colección Pellizzi.

Página 10: jarra. Cerámica modelada, con engobe de Sayula y bruñida. Región de Jalisco, siglo XIX. 20.5 x 21 cm. Colección Montenegro, INBA.

Página siguiente: mayólica. Siglo XIX. Colección particular.

Página anterior: botellón periforme. Talavera de Puebla. 29 cm de altura. Museo Franz Mayer.

Jarra con vertedero en forma de pato. Barro bruñido. Tlaxcala, ca. 1945. 30 x 15 x 20 cm. Museo Ruth D. Lechuga de Arte Popular.

Lección de fantasía y sensibilidad

Jarra de vidrio, cesta de mimbre, huipil de manta de algodón, cazuela de madera: objetos hermosos, no a despecho, sino gracias a su utilidad. La belleza les viene por añadidura, como el olor y el color a las flores. Su belleza es inseparable de su función: son hermosos porque son útiles. Las artesanías pertenecen a un mundo anterior a la separación entre lo útil y lo hermoso. El objeto industrial tiende a desparecer como forma y a confundirse con su función. Su ser es su significado y su significado es ser útil. Está en el otro extremo de la obra de arte. La artesanía es una mediación: sus formas no están regidas por la economía de la función sino por el placer, que siempre es un gasto y que no tiene reglas. El objeto industrial no tolera lo superfluo; la artesanía se complace en los adornos. Su predilección por la decoración es una transgresión de la utilidad. Los adornos del objeto artesanal generalmente no tienen función alguna y de ahí que, obediente a su estética implacable, el diseñador industrial los suprima. La persistencia y proliferación del adorno en la artesanía revelan una zona intermediaria entre la utilidad y la contemplación estética.

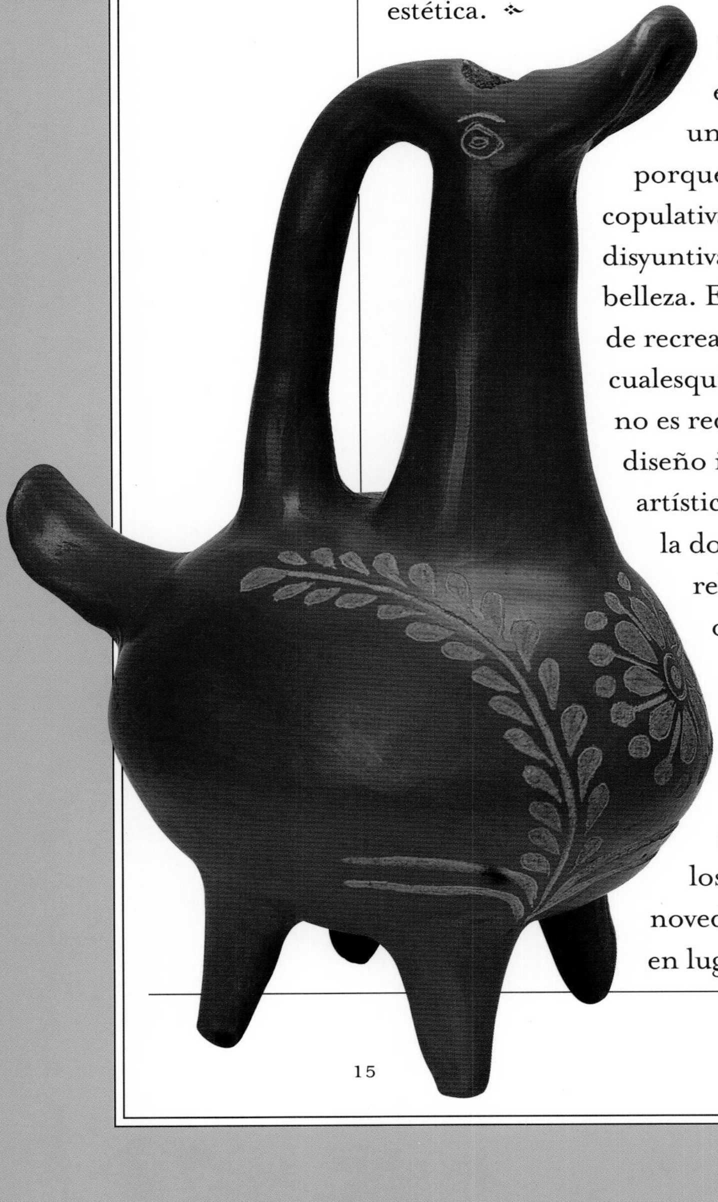

En la artesanía hay un continuo vaivén entre la utilidad y la belleza; ese vaivén tiene un nombre: placer. Las cosas son placenteras porque son útiles y hermosas. La conjunción copulativa define a la artesanía, como la conjunción disyuntiva define al arte y a la técnica: utilidad o belleza. El objeto artesanal satisface una necesidad de recrearnos con las cosas que vemos y tocamos, cualesquiera que sean sus usos diarios. Esa necesidad no es reducible al ideal matemático que norma al diseño industrial, ni tampoco al rigor de la religión artística. El placer que nos da la artesanía brota de la doble transgresión: del culto a la utilidad y a la religión del arte. En general, la evolución del objeto industrial de uso diario ha seguido a la de los estilos artísticos. Casi siempre ha sido una derivación —a veces caricatura, otras copia feliz— de la tendencia artística en boga. El diseño industrial ha ido a la zaga del arte contemporáneo y ha imitado los estilos cuando éstos ya habían perdido su novedad inicial, y estaban a punto de convertirse en lugares comunes estéticos.

El diseño contemporáneo ha intentado encontrar por otras vías —las suyas propias— un compromiso entre la utilidad y la estética. A veces lo ha logrado, pero el resultado ha sido paradójico. El ideal estético del arte funcional consiste en aumentar la utilidad del objeto en proporción directa a la disminución de su materialidad. ⁂ La simplificación de las formas se traduce en esta fórmula: al máximo de rendimiento corresponde el mínimo de presencia. Estética más bien de orden matemático: la elegancia de una ecuación consiste en la simplicidad y en la necesidad de su solución. El ideal del diseño es la invisibilidad: los objetos funcionales son tanto más hermosos cuanto menos visibles. Curiosa transposición de los cuentos de hadas y de las leyendas árabes a un mundo gobernado por la ciencia y las nociones de utilidad y máximo rendimiento: el diseñador sueña con objetos que, como los *genii*, sean servidores intangibles. Lo contrario de la artesanía, que es una presencia física que nos entra por los sentidos y en la que se quebranta continuamente el principio de la utilidad en beneficio de la tradición, la fantasía y aun del capricho. ⁂ La belleza del diseño industrial es de orden conceptual: si algo expresa, es la justeza de una fórmula. Es el signo de una función. Su racionalidad lo encierra en una alternativa: sirve o no sirve. En el segundo caso hay que echarlo al basurero. La artesanía no nos conquista únicamente por su utilidad. Vive en complicidad con nuestros sentidos y de ahí que sea tan difícil desprendernos de ella. Es como echar a un amigo a la calle. ⁂

Jícara votiva huichola decorada con chaquira. 16 x 3 x 50 cm de diámetro. Museo Ruth D. Lechuga de Arte Popular.

Página siguiente: peines. San Antonio de la Isla, Estado de México. Cuerno de res recortado, decoración con permanganato. Museo Ruth D. Lechuga de Arte Popular.

Lección de política

La técnica moderna ha operado transformaciones numerosas y profundas, pero todas en la misma dirección y con el mismo sentido: la extirpación del *otro*. Al dejar intacta la agresividad de los hombres y al uniformarlos ha fortalecido las causas que tienden a su extinción. En cambio, la artesanía ni siquiera es nacional: es local. Indiferente a las fronteras y a los sistemas de gobierno, sobrevive a las repúblicas y a los imperios. La alfarería, la cestería y los instrumentos musicales que aparecen en los frescos de Bonampak han sobrevivido a los sacerdotes mayas, a los guerreros aztecas, a los frailes coloniales y a los presidentes mexicanos. Sobrevivirán también a los turistas estadounidenses. Los artesanos no tienen patria: son de su aldea. Y más: son de su barrio y aun de su familia. Los artesanos nos defienden

Página anterior: castillo (juegos pirotécnicos). Los Remedios, Estado de México, 1950.

Artesano mientras fabrica un castillo. San Martín de las Pirámides, Estado de México, 1963. Fotografías: Ruth D. Lechuga.

de la unificación de la técnica y de sus desiertos geométricos. Al preservar las diferencias, preservan la fecundidad de la historia. ⁘
El artesano no se define por su nacionalidad ni por su religión. No es leal a una idea ni a una imagen, sino a una práctica: su oficio. El trabajo del artesano raras veces es solitario y tampoco es exageradamente especializado, como en la industria. Su jornada no está dividida por un horario rígido sino por un ritmo que tiene más que ver con el del cuerpo y la sensibilidad que con las necesidades abstractas de la producción. Mientras trabaja puede conversar y, a veces, cantar. Su jefe no es un personaje invisible sino un viejo que es su maestro y que casi siempre es su pariente o, por lo menos, su vecino. Es revelador que, a pesar de su naturaleza marcadamente colectiva, el taller artesanal no haya servido de modelo a ninguna de las grandes utopías de Occidente. De la Ciudad del Sol de Campanella al Falansterio de Fourier y de éste a la sociedad comunista de Marx, los prototipos del hombre social perfecto no han sido los artesanos, sino los sabios-sacerdotes, los jardineros-filósofos y el obrero universal, en el que la praxis y la ciencia se funden. No pienso, claro, que el taller de los artesanos sea la imagen de la perfección; creo que su misma imperfección nos indica cómo podríamos humanizar nuestra sociedad: su imperfección es la de los hombres, no la de los sistemas. Por sus dimensiones y por el número de personas que la componen, la

comunidad de los artesanos es propicia a la convivencia democrática; su organización jerárquica no está fundada en el poder sino en el saber hacer: maestros, oficiales, aprendices; en fin, el trabajo artesanal es un quehacer que participa también del juego y de la creación. Después de habernos dado una lección de sensibilidad y de fantasía, la artesanía nos da una de política.

Huacal. Cuetzalan, Puebla.

Página siguiente: tejedora de sombreros. Tlapa, Guerrero, 1966. Fotografía: Ruth D. Lechuga.

Lección de vida

El artista antiguo quería parecerse a sus mayores, ser digno de ellos, por eso la imitación. El artista moderno quiere ser distinto y su homenaje a la tradición es negarla. Cuando busca una tradición, la busca fuera de Occidente, en el arte de los primitivos o en el de otras civilizaciones. El arcaísmo del primitivo o la antigüedad del objeto sumerio o maya, por ser negaciones de la tradición de Occidente, son formas paradójicas de la novedad. La estética del cambio exige que cada obra sea nueva y distinta de las que la preceden; a su vez, la novedad implica la negación de la tradición inmediata. La tradición se convierte en una sucesión de rupturas. El frenesí del cambio también rige la producción industrial, aunque por razones distintas: cada objeto nuevo, resultado de un nuevo procedimiento, desaloja al objeto que lo

Página anterior: petate. Santa Cruz, Puebla. Palma natural teñida y tejida con variantes.

Páginas 24 y 25: piezas de cestería de diferentes épocas, formas, técnicas y materiales.

precede. La historia de la artesanía no es una sucesión de invenciones ni de obras únicas o supuestamente únicas. En realidad, la artesanía no tiene historia, si concebimos la historia como una serie ininterrumpida de cambios. Entre su pasado y su presente no hay ruptura, sino continuidad. El artista moderno está lanzado a la conquista de la eternidad y el diseñador a la del futuro; el artesano se deja conquistar por el tiempo. Tradicional pero no histórico, atado al pasado pero libre de fechas, el objeto artesanal nos enseña a desconfiar de los espejismos de la historia y de las ilusiones del futuro. El artesano no quiere vencer al tiempo, sino unirse a su fluir. Mediante repeticiones que son asimismo imperceptibles pero reales variaciones, sus obras persisten. ✣

El destino de la obra de arte es la eternidad refrigerada del museo; el destino del objeto industrial es el basurero. La artesanía escapa al museo y, cuando cae en sus vitrinas, se defiende con honor: no es un objeto único sino una muestra. Es un ejemplar cautivo, no un ídolo. La artesanía no corre pareja con el tiempo y tampoco quiere vencerlo. Los expertos examinan periódicamente los avances de la muerte en las obras de arte: las grietas en la pintura, el desvanecimiento de las líneas del cambio de los colores, la lepra que corroe lo mismo a los frescos de Ajanta que a las telas de Leonardo. La obra de arte, como cosa, no es eterna. ¿Y como idea? También las ideas envejecen y mueren. Pero los artistas olvidan con frecuencia que su obra es dueña del secreto del verdadero tiempo: no la hueca eternidad, sino la vivacidad del instante. Además, la obra de arte tiene la capacidad de fecundar los espíritus y resucitar, incluso como negación, en las obras que son su descendencia. ✣

Para el objeto industrial no hay resurrección: desaparece con la misma rapidez con la que aparece. Si no dejase huellas sería realmente perfecto; por desgracia tiene un cuerpo, y una vez que ha dejado de servir se transforma en desperdicio difícilmente destructible. La indecencia de la basura no es menos patética que la de la falsa eternidad del museo. ✣

La artesanía no quiere durar milenios ni está poseída por la prisa de morir pronto. Transcurre con los días, fluye con nosotros, se gasta poco a poco, no busca la muerte ni la niega: la acepta. Entre el tiempo sin tiempo del museo y el tiempo acelerado de la técnica, la artesanía es el latido del tiempo humano. Es un objeto útil pero también hermoso; un objeto que dura, pero que se acaba y se resigna a acabarse; un objeto que no es único como la obra de arte y que puede ser reemplazado por otro parecido, pero no idéntico. La artesanía nos enseña a morir y así nos enseña a vivir. ✣

Visión de la mano

Alberto Ruy Sánchez

Un alfarero se sienta frente a su torno. Es su peculiar mesa de trabajo. Toma un montón de barro mojado y lo coloca sobre la superficie plana y circular que comenzará a girar mientras él pedalea por debajo de la mesa.

Entonces ocurre ante nuestros ojos algo que parece un milagro: de la mano hundida en la masa de tierra húmeda comienza a surgir una forma precisa y bella. Es una vasija de barro que se levanta dando vueltas entre los dedos firmes del artesano, como si un asombroso acto de magia hiciera nacer de los dedos esa pieza destinada a convertirse en una obra de arte que llamará nuestra atención e iluminará nuestros días, y que tal vez nos sirva y nos facilite la vida cotidiana.

Cuando miramos cada pieza artesanal ya terminada olvidamos que esa forma surgió de unas manos que llevan integrada a su piel —a sus huesos y a sus músculos— una especie de sabiduría, de estado del alma, algo que está más allá del oficio y de sus materiales. Porque el oficio modela la mano, la recrea al convertirla en "mano de alfarero"; pero la mano modela el alma del artesano al dar sentido y forma a su vida.

La labor artesanal no es sólo una habilidad innata, una técnica o una destreza adquirida; es también una tradición y la voluntad de recrearla. Es un trabajo aprendido, pero es mucho más que eso, porque responde a un impulso similar a una pulsión, a una necesidad profunda de crear. No se trata sólo de ganarse la vida, sino, además, y algunas veces antes, es una actividad que da sentido a la vida. Y ese acto está vinculado con una estética de la vida: con una belleza vital que el alfarero hace crecer en el mundo cuando crea objetos bellos con sus manos.

Las manos, por eso, orientan la vida de un artesano como si fueran el timón de un barco. Lo bello de la vida se encuentra con ellas, como quien descorre una cortina llena de sorpresas, y descubre de pronto esas cosas que germinaron de las mismas manos.

Con frecuencia, las manos de una mujer artesana o las de un hombre que trabaja su objeto bello repiten como espejos los gestos que otras manos hicieron antes que las suyas: manos de padres o tíos, o abuelos, o bisabuelos. En cada mano artesanal hay muchas manos.

Página 26: alfarera de Chililico, Hidalgo. Fotografía: Ruth D. Lechuga.

Página siguiente: alfarero. Reproducción autorizada por el INAH.

Páginas 30 y 31: rapacejo de rebozo. Tenancingo, Estado de México, ca. 1900. Colección particular.

Página anterior: miniaturas del Museo Ruth D. Lechuga de Arte Popular. Fotografía: Tachi.

Y además de las manos del pasado están con frecuencia las manos de una comunidad que, al hacer cosas similares, engendran en las obras creadas una especie de forma colectiva: un espíritu común anima esa materia de barro, y anima al creador al darle como sostén la pertenencia a una comunidad.

Los que desde afuera miramos las obras de sus manos aprendemos a distinguir en ellas a la comunidad y al creador: dos identidades sobrepuestas. En cada par de manos mil manos se mueven.

En cada gesto de una mano creadora hay un desafío al tiempo: lo mismo se vuelve otro, pero perdura. Y sólo la búsqueda individual del perfeccionamiento, sumada a la capacidad de cada creador de hacer piezas significativas para sus contemporáneos, hacen que, a lo largo del tiempo, una actividad artesanal sobreviva.

La tradición está en las manos de los artesanos porque son creadoras, no repetidoras mecánicas del pasado. Son brotes nuevos de una planta que tiene raíces en el pasado, hojas y flores en el presente y semillas para el futuro. Si se pierde la conciencia de que se crea para el presente, esa planta no pasa de sus raíces, éstas no se alimentan y se marchitan. Y se pierden las semillas y se reduce el azar de su futuro.

Cuando encontramos en el mercado o en una casa, o en un taller una pieza de cerámica que nos sorprende por su belleza y nos sentimos impulsados a tomarla entre nuestras manos y admirarla de cerca, de alguna manera estamos tocando la mano del alfarero que la puso en el mundo.

En la pieza que vemos estuvieron puestos antes sus ojos. Y en sus manos tocamos las manos anteriores que van adentro de las suyas, aunque sentimos también algo de las manos de una comunidad orgullosa de los objetos bellos que éstas producen y que la identifican.

Y tocamos, además, esa chispa nueva que sólo ese alfarero particular pudo haber puesto en la pieza, el destello creador indispensable para que nos interesáramos en ella. Y en ese acto de miradas coincidentes y explosivas, de manos que se estrechan a través de la materia, podemos tocar algo que está más allá de ella.

Ésta es la magia de la mano artesanal que vemos y no vemos en cada pieza que nos fascina.

Manos visibles e invisibles

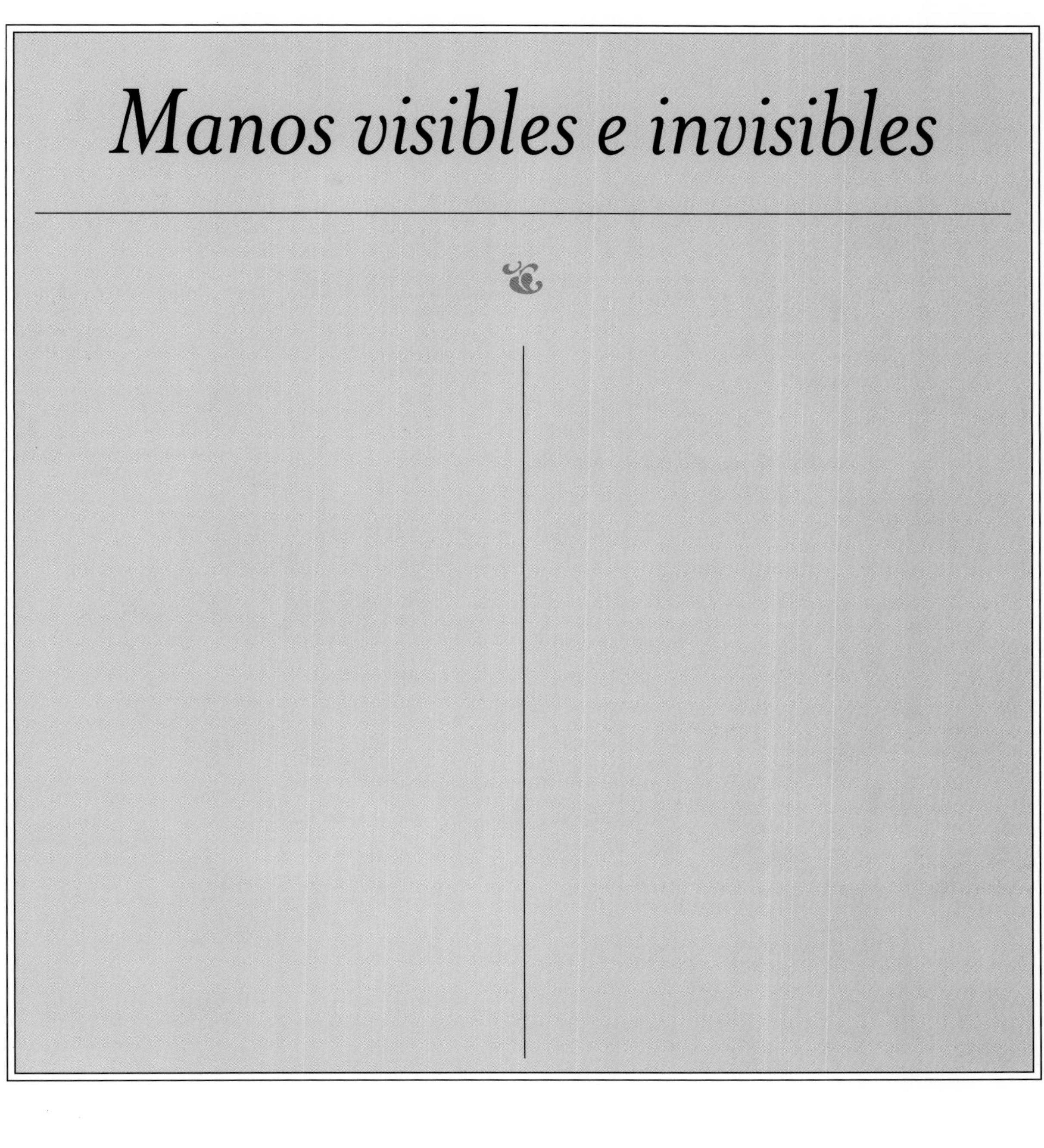

Margarita de Orellana

Escribo mientras un viejo jaguar con la lengua de fuera me mira desde su rincón en la pared. Es una máscara de madera que los artesanos del pueblo de Olinalá, en Guerrero, labran llenando su rostro con siluetas de otros animales, como si éste llevara en la piel sus sueños coloridos. Normalmente se usa en una danza del pueblo y la persona que se la pone se carga de los poderes míticos del jaguar. ~

En el librero de enfrente, a la altura de mis ojos, se encuentran 12 figuras de barro de formas variadas, algunas de las cuales podrían parecer extravagantes. Están pintadas con anilinas blancas y tienen franjas moradas y brillantina. Representan a un curandero, un enfermo, un hombre que chifla, un toro, un alacrán, un ciempiés, un sapo, una serpiente enroscada, una tarántula, un coyote, una lagartija y una palomita. Todas son testigos e instrumentos de una supuesta cura ritual contra los aires que se lleva a cabo en Tlayacapan, Morelos y en muchos otros lugares de la República. ~

El cerro de Metepec está lleno de figuras equivalentes enterradas junto con los males de los pacientes. La tierra los absorbe y se nutre de ellos transformándolos en su contrario. Aquí son sólo una serie de muñecos graciosos que ocupan un espacio privilegiado de mi estudio pero que, en su procesión carnavalesca, siguen teniendo para mí un misterio. ~

En el cajón derecho de mi escritorio tengo una pequeña colección de huipiles que he comprado en Chiapas y en Oaxaca. Algunos son copias de las prendas que sólo se usan en las ceremonias religiosas. La mujer que se las pone crea un espacio sagrado alrededor de su cuerpo, un ámbito donde confluyen los mitos y sus ceremonias. ~

De pronto me doy cuenta que estoy trabajando en medio de objetos de magia y de ritual. Tengo mucho tiempo de convivir con ellos y ya son parte de mi cotidianidad. Otros objetos, como una olla de barro sin vidriar de Hidalgo, una vasija con incrustaciones de todo tipo de insectos llenos de color, que compré en Izúcar de Matamoros, y la representación en miniatura de una boda de Tlaquepaque, Jalisco, están aquí por su belleza, que también es un tipo de magia. ~

Quiero ahora conversar con estas presencias tan cargadas de significaciones cifradas. Quisiera desentrañar algunas de ellas interrogando a estas piezas: invocar en ellas a las manos tácitas que las hicieron y pedir a esas manos que me hablen, que me ayuden a comprender sus secretos. ~

Página siguiente: cuadrilla para cura ritual. Tlayacapan, Morelos. Barro modelado y decorado con brillantina.

Páginas 34 y 35: laca (detalle). Olinalá, Guerrero.

Página 36: máscara decorativa. Olinalá, Guerrero. Laca.

Indumentaria de hombre que ocupa un cargo religioso en San Juan Chamula, Chiapas, 1993.

Página anterior: indumentaria masculina de Pantelhó, Chiapas, 1993. Fotografías: Jorge Vértiz.

Toda obra de arte es una obra de su tiempo, una huella concreta de su paso por la vida. Es un testimonio de las creencias, de los mitos, de las prácticas sociales, de los afectos y de la creatividad que deberían ser interesantes a la hora de escribir la historia. El arte, para la historia, no debe ser interesante principalmente por su contenido, como sucede con otros documentos tradicionales, sino por la multiplicidad de significados de naturaleza muy diversa que confluyen en las formas estéticas.

De la misma manera, todos estos objetos de arte popular que me rodean son huellas, testimonios, indicios, documentos originales y heterodoxos para el historiador que quiera verlos con rigor y con imaginación. Para un historiador, estas piezas plantean muchas interrogantes. ¿Cómo descifrarlas? ¿Qué caminos tomar para explicar su poder de comunicación? ¿Cómo arrancar de cada una las capas de vivencias y significados que contienen?

Me refiero, sobre todo, a las piezas de cerámica, textiles, miniaturas, cestería, lacas, etcétera, y no tanto a la música o a la literatura popular.

Todas estas obras están hechas con las manos y parecen estar regidas por las leyes no escritas de una tradición. Sin embargo, estas piezas también gozan de una libertad individual, expresan una sensibilidad

artística. Son tradicionales porque están basadas en viejas técnicas y nociones estéticas transmitidas de una generación a otra... o porque pretenden recuperar o reinventar una tradición interrumpida. ⁂
Sus raíces están en una visión del pasado, que puede ser compartida por uno o varios artistas. Sobreviven gracias al espíritu de conservación de determinadas comunidades. Satisfacen una necesidad común de formas, colores, armonías. Son expresiones con un objetivo práctico, utilitario o decorativo, y que también pueden tener un uso mágico o religioso. Resultan —para cualquier historiador— una fuente de valiosa información, ya que pueden funcionar como la memoria gráfica, técnica y artística de momentos de la vida creativa de una comunidad. Estas piezas siguen muchas veces modelos que se pierden en el pasado pero que son reconocidos como propios; constituyen un óptimo símbolo de cohesión. ⁂
El arte popular puede ser visto como la conjunción de la creatividad individual y del orden colectivo. El artesano interpreta una idea o tema tradicional, la transforma, pero también se convierte en ese instante en una continuidad histórica. En palabras de Octavio Paz: "la artesanía no tiene historia, si concebimos la historia como una serie ininterrumpida de cambios. Entre su pasado y su presente no hay ruptura sino continuidad. El artesano se deja conquistar por el tiempo. Tradicional pero no histórico, atado al pasado pero libre de fechas, el objeto artesanal nos enseña a desconfiar de los espejismos de la historia y de las ilusiones del futuro. El artesano no quiere vencer al tiempo, sino unirse a su fluir".[1] ⁂
Se ha abordado el arte popular desde campos diferentes y con una gran variedad de métodos. Somos los historiadores los que menos hemos incursionado en este tema. Son sobre todo los antropólogos, los economistas, los folcloristas, los críticos de arte y los artistas los que se han ocupado de ello. Una de las fuentes fundadoras, a la que todos los interesados en el arte popular han acudido, se publicó en 1921; su autor, el artista Gerardo Murillo, Dr. Atl,[2] desencadenaría los cientos de trabajos posteriores sobre este tema. El libro, sin ser exhaustivo, registra las diversas producciones de artesanía de esa época. La mano del Dr. Atl trazó un horizonte que aún se conserva. ¿Pero qué es lo que puede aportar hoy la historia cultural a los estudios del arte popular? ⁂

Por las manos de las tejedoras todo se veía

En 1992 realicé un trabajo de campo sobre los textiles de Chiapas para la monografía que *Artes de México* dedicó a ese tema. Se trataba de hacer un recorrido por ciertos pueblos de los Altos de Chiapas con el fin de

Detalle de faja. Pantelhó, Chiapas. Tejida en telar de cintura. Colección Pellizzi.

Página siguiente: tejedora huave de San Mateo del Mar, Oaxaca, 1974. Fotografía: Ruth D. Lechuga.

Páginas 42 y 43: tejedora urdiendo. Paracho, Michoacán. Fotografía: Ruth D. Lechuga.

Tejedora huave de San Mateo del Mar, Oaxaca, 1974. Fotografía: Ruth D. Lechuga.

Página siguiente: mano de Me Peshu, tejedora de San Pedro Chenalhó, Chiapas, 1993. Fotografía: Jorge Vértiz.

conocer y difundir el trabajo de las tejedoras, de descifrar los secretos que guardaban esas formas bellas y altamente cifradas que son los textiles, de intentar escuchar las historias antiguas y modernas de esos pueblos indígenas, celosos de sus costumbres.

Las vi trabajando, vi sus manos entretejidas con los hilos de colores en telares de cintura. Vi cómo elaboraban sus colorantes naturales y cómo esos colores se quedaban en sus manos. En ese momento me di cuenta de que sus dedos corriendo entre esos hilos eran una obra de arte más que siempre está detrás de la obra terminada que nos llega. Vi manos lisas de jóvenes tejedoras que desarrollan apenas sus destrezas y sus cicatrices. Y vi las de las ancianas, ágiles y deformadas por su labor de tantos años. O más bien deberíamos decir formadas a su oficio de crear belleza. Yo reconocía en esas manos que se extendían hacia mí un lenguaje generoso que iba más allá de las palabras.

Después de ese breve viaje exploratorio y de haber visto tantas piezas distintas en cada uno de los pueblos de los Altos de Chiapas, me pregunté cuáles serían los pasos necesarios para orientar una reflexión que parecía no tener fin. Las mismas piezas me indujeron a concebir algunas formas de acercamiento que me permitieran dar un

Página anterior: detalle de indumentaria de San Juan Chamula, Chiapas.

Mujer de San Andrés Larráinzar, Chiapas con indumentaria tradicional. Fotografías: Jorge Vértiz.

orden a las preguntas y respuestas que ellas me plantearon. ⁘

Distingo cuatro niveles básicos que hacen posible una primera comprensión global de este fenómeno. Son cuatro acercamientos progresivos y confluyentes que tejen una red conceptual distinta, especialmente concebida para las artesanías. Ahora puedo relacionar también a los textiles con otras artes populares, en este camino de los cuatro desciframientos. ⁘

El primer nivel es el estético o de la expresividad inmediata de las formas, es decir, su belleza. ⁘

El segundo es el que revela el carácter social que tenían estas prendas en sus comunidades, como el de indicar, por ejemplo, qué jerarquías se establecían a partir del uso de cierta indumentaria. ⁘

El tercero es el nivel simbólico que a veces se hacía evidente con mucha rapidez, o que permanecía oculto o incluso en el olvido. Aquí se veían con claridad rasgos muy marcados de un sincretismo vivo. ⁘

Está en último término —y creo que en este punto el estudio se hace hoy imprescindible— el nivel de la formación del imaginario de una comunidad artesanal que toma en cuenta los espacios simbólicos compartidos con otras culturas y tiempos. ⁘

Es el estudio de cómo una mirada externa, considerada extranjera, puede muchas veces convulsionar no sólo el arte popular de una comunidad, sino su vida entera. Este cuarto nivel debe incluir implícitamente a los demás, porque en la conjunción de los cuatro es que la historia cultural, por su naturaleza interdisciplinaria, puede aportar algo a la comprensión de las artes populares.

Manos creadoras de expresividad

El primer impacto que se recibe frente a los textiles no sólo de Chiapas sino también de Oaxaca —y con todo tipo de objetos diestramente realizados con las manos en el arte popular— es más bien emotivo.

Es casi imposible no conmoverse ante su belleza, su armonía de colores, su textura y sus formas. Estas piezas han sido creadas, imaginadas y contempladas sin palabras de por medio.

Por eso, quienes las apreciamos encontramos dificultad en expresar esta sensación de asombro. Octavio Paz dice que los objetos de la artesanía son una presencia física que nos entra por los sentidos y en la que se quebranta continuamente el principio de la utilidad en beneficio de la tradición, la fantasía y aun del capricho.[3] Alejandro de Ávila, en un brillante ensayo sobre los textiles de Oaxaca, nos dice que las tejedoras chatinas del noreste de Oaxaca expresan mejor que nadie esta emoción estética al decir de sus creaciones que "emborrachan la vista".[4]

Por otra parte, es evidente que existe una expresión colectiva en la creación de estos textiles: se siguen patrones estéticos creados por los propios pueblos.

Pero no hay uniformidad, cada pieza tiene su propia marca. Cada tejedora goza de un margen amplio en su creatividad. De repente encontramos un pequeño diseño que es la firma de la artesana, como en algunas piezas de cerámica que tienen un signo y a veces hasta una letra donde el artesano quiere dejar clara su huella. En la colección de textiles de Chiapas del Museo Ruth D. Lechuga de Arte Popular podemos encontrar trabajos que se hacían en México desde la década de 1940 hasta la de 1990.[5] Y ahí se puede observar que en las últimas décadas ha habido una tendencia a ornamentarlos más: hay más bordados, más colores y hasta nuevos diseños.

Sin embargo, este primer contacto en el nivel de los sentidos nos sugiere varias preguntas. ¿Cómo se formaron estas expresiones colectivas? ¿Qué características comparten? ¿Cuál fue la evolución de las distintas piezas? Hay muchos autores que han respondido a estas preguntas realizando estudios sobre las diferentes artesanías y sobre todo acerca de los textiles. Ruth D. Lechuga ha recorrido el país entero y ha coleccionado a lo largo de 50 años más de 2000 textiles (además de 8000 obras de todas

Mujer de Oaxaca con tocado de tlacoyales. Fotografía: Irmgard W. Johnson.

las artes populares). Sus trabajos sobre estas sorprendentes piezas nos han revelado los múltiples secretos que poseen y los diferentes usos que tienen. No sólo conoce cada pieza, sino incluso los problemas cotidianos y económicos con los que se enfrentan las tejedoras y todo tipo de artesanos para realizar su labor. Sin embargo, hacen falta estudios detallados acerca de los diversos diseños de las distintas piezas y su evolución, sobre todo en los otros campos del arte popular, ya que los textiles han corrido con más suerte.

Chloë Sayer se ha dedicado a registrar una gran parte de ellos en las dos últimas décadas. Estos diseños son el resultado de muchos años de búsqueda, y si no se logra el mejor registro posible y en todas las formas de la artesanía, pronto será demasiado tarde.

Algunos tienen su raíz en las decoraciones prehispánicas, otros surgen a partir de la llegada de los españoles. El trabajo del historiador se hace indispensable para rastrear en el tiempo esta memoria gráfica, además de intentar reconocer las otras posibles influencias, tanto africanas como asiáticas.

Al realizar un número de *Artes de México* sobre la cerámica de Tonalá, nos sorprendió que unos meses después de su publicación, en los diversos talleres de ese pueblo, los artesanos utilizaran la revista como referencia para revivir diseños olvidados del siglo XVIII, ya que el ejemplar contenía fotografías de piezas de Tonalá de la colección del Museo de América en Madrid. Si existieran registros de todos los diseños desde esa época, esa cerámica sería hoy mucho más rica.[6]

Por otra parte, es indispensable —para avanzar en este aspecto de la expresividad de las formas en el arte popular— realizar una amplia revisión de los autores que con su obra iniciaron la reevaluación de este arte desde la década de 1920. Pienso concretamente en autores como el mismo Dr. Atl, Jorge Enciso, Roberto Montenegro, Katherine Anne Porter, Juan Ixca Farías, Adolfo Best Maugard, José Rogelio Álvarez, Miguel Covarrubias, Frances Toor y muchos otros que, a lo largo de los años, han contribuido a enriquecer el estudio de este tema.

En el aspecto de la evolución y de las técnicas de los distintos tejidos, las aportaciones de la doctora Irmgard W. Johnson son indispensables.[7] Nadie como ella conoce los orígenes, las técnicas y los usos de estas prendas. No todas las ramas del arte popular tienen

Tlacoyales enrollados. San José Lachiquiri, Miahuatlán, Oaxaca. Museo Ruth D. Lechuga de Arte Popular.

Tejedoras en una reunión de la cooperativa Sna Jolobil. San Andrés Larráinzar, Chiapas, 1993. Fotografía: Raúl Dolero.

la suerte de contar con estudios de este nivel. Cada rama necesitaría —si no un estudio a profundidad— por lo menos un registro de las diferentes artesanías, sus técnicas y su evolución. Para esto se requeriría de varios cientos de investigadores y quizá de décadas para realizarlos. Pero considero importante iniciar ese esfuerzo, ya que día a día se han ido perdiendo, por muchas razones, distintos trabajos tales como el arte plumario, la escultura en pasta de caña, la escultura en cera, algunas cerámicas como la mayólica de Aguascalientes y la de Sayula, y algunos textiles, entre otros. Además, lo que se necesita es una multiplicidad de intervenciones y métodos que no provienen sólo de la historia, sino también de las otras disciplinas. ⁂

Las manos, creadoras de expresividad, son inventoras y recreadoras de formas que nos impactan y seducen de manera inmediata. Son signos expresionistas. Son producto de una búsqueda formal de perfeccionamiento, y de su impacto vamos a su desciframiento. ⁂

Manos que dan al arte un sentido social y antropológico

Después de ese contacto emotivo y corporal con los textiles hechos en Chiapas, no dejaron de fluir las preguntas sobre la indumentaria y la organización social de las distintas comunidades que visité. ¿Quiénes usan estas prendas? ¿Con qué función? ¿Podemos reconocer la posición de cada individuo por lo que lleva puesto?, ¿o adivinar su importancia a partir de la vida diaria y de la ritual? ⁘

Cada comunidad tiene sus propias diferenciaciones: la mujer del alférez de Zinacantán, en Chiapas, lleva a la fiesta del pueblo un huipil diferente al de todos los días. El traje de gala que los hombres que ocupan cargos llevan en San Juan Chamula los hace merecedores de un trato especial. Alejandro de Ávila señala cómo los ceñidores y los paños rojos eran los distintivos que sólo los miembros del concejo de ancianos, investidos de la mayor autoridad, usaban en el pasado y que hoy usan aún los miembros más destacados de las comunidades de Oaxaca, como signo de respeto.[8] ⁘

Por otra parte, Alfonso Alfaro nos dice que "toda la dramaturgia de la seducción o de la huida se pone en escena en el vestido, que no es más que la continuación del maquillaje por otros medios".[9] Así, en Zinacantán, el poncho de un soltero es diferente del de un casado por el tamaño de los pompones y por lo recargado de los bordados. ⁘

En San Pedro Chenalhó, Chiapas, los rasgos más atractivos de una mujer, además de un pelo negro y liso, son una blusa hermosa de colores brillantes. Los jóvenes en la década de 1950 concedían una enorme importancia al número de listones que colgaban de

Mujer del Istmo. Tehuantepec, Oaxaca. Fotografía: Ruth D. Lechuga.

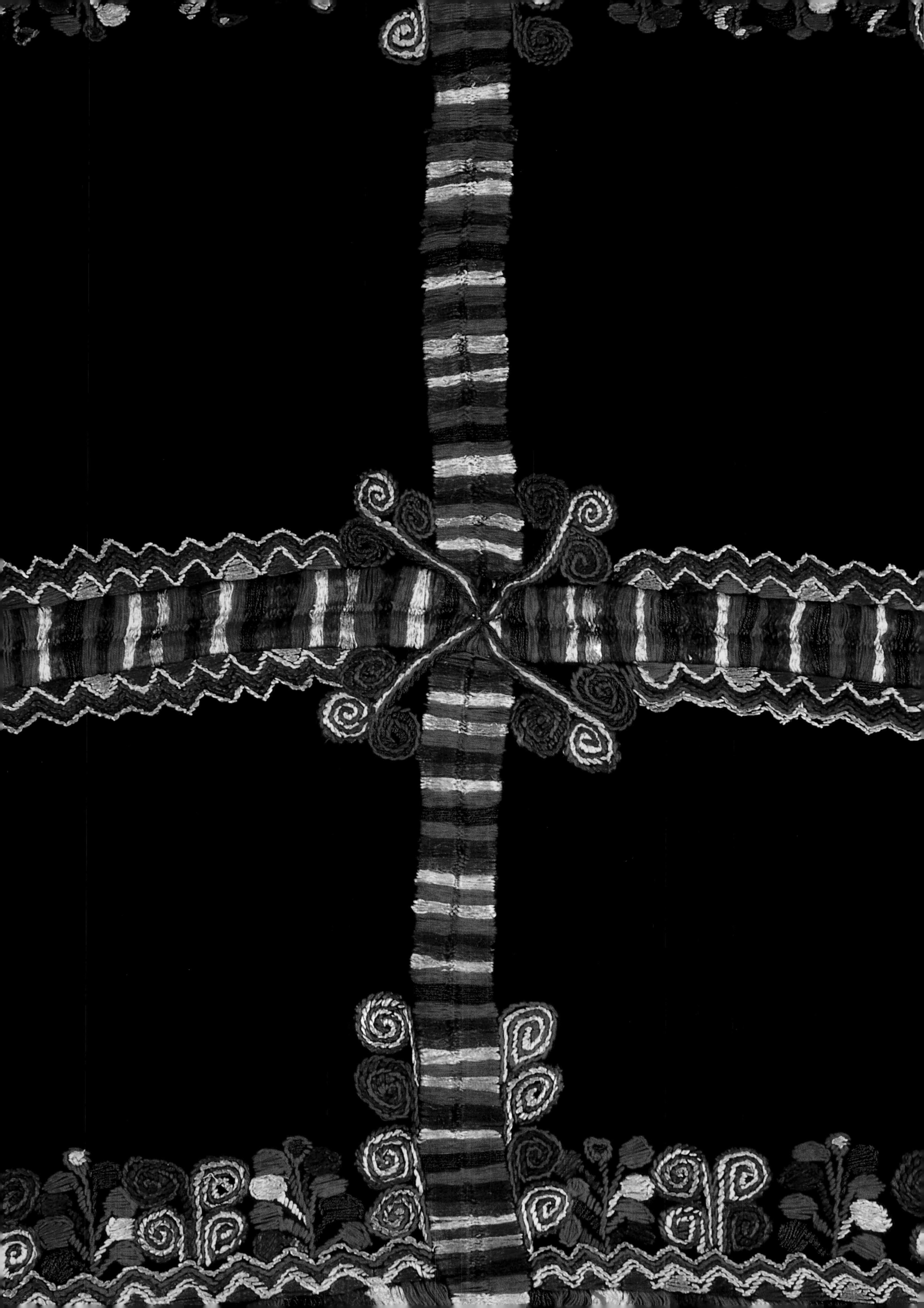

Página anterior: enredo de Venustiano Carranza, Chiapas (detalle). Algodón y artisela. Colección Pellizzi.

Doña Petrona López Chavinik de San Juan Chamula, Chiapas, 1993.

sus sombreros. Un bello huipil hace que una mujer pedrense sea considerada tejedora diestra, ya que se tiene por error que lleve uno si no es capaz de hacerlo ella misma.[10] ⁂

En Ojitlán, Oaxaca, que pertenece a la región chinanteca, las flores de Suchel bordadas en los huipiles de las jóvenes indican que son solteras y vírgenes. El ramo de Suchel es considerado por las ancianas de ese pueblo como la muestra clara de la delicadeza y de la feminidad de las jóvenes. Al cortarlo y con el transcurrir del tiempo se marchitará. En la actualidad este ramo ha perdido su significado original.[11] En el mismo Ojitlán, las tejedoras hablan de "tres galas" de huipiles. El rojo, que se llevaba para contraer matrimonio, es el de primera gala, en la actualidad ya se usa poco porque resulta muy caro. Afortunadamente algunas ancianas aún los conservan y los llevan puestos los días de fiesta. El de segunda gala es menos rojo que el primero y sólo se usa para las fiestas tradicionales e incluso de vez en cuando para salir de paseo. Es más barato que el anterior. El de tercera gala se usa todos los días. En la actualidad es el más barato y se encuentra incluso en los mercados. Es blanco con diseños bordados, que se distinguen por los pájaros y los animalitos. ⁂

Las tejedoras contaron a la antropóloga Bartola Morales, originaria de Ojitlán, que este huipil antes sólo lo usaban las ancianas, pero que actualmente lo lleva hasta la "gente tlacuache", el extranjero, todo el que no es ojitleco. Es decir, lo usan hasta los de fuera.[12] ⁂

En general son las mujeres las que tienden a conservar mejor los trajes tradicionales. En casi todo el estado de Chiapas los hombres ya no usan a diario su indumentaria. Muy probablemente la vertiginosa muerte de esta costumbre se deba a la discriminación de los ladinos. Además, las condiciones económicas ya no permiten a las tejedoras pasar días enteros confeccionando trajes tan elaborados como los de Venustiano Carranza. La misma Ruth D. Lechuga, hace varios años, escuchó decir a ciertas mujeres de Oaxaca, que cuando viajaban en autobús con sus trajes tradicionales, los pasajeros no les permitían sentarse. O como el caso del sacerdote de una de esas regiones lejanísimas, que desaprobaba que las niñas fueran a la escuela con su vestido tradicional de manga corta y escote, y proponía que mejor usaran un "vestidito decente".[13] ⁂

Muchos trabajos de antropología han estudiado el nivel social de las distintas indumentarias. Pero quizá sería importante que se abarcaran otros objetos del arte popular que tienen un carácter social determinado en las diversas culturas de México. En este caso, las máscaras no sólo señalan una condición social sino, a veces, su transgresión. En las danzas y fiestas populares estas piezas son signos del imaginario colectivo del pasado y el presente.

Un ejemplo de este tipo de transgresión que se da en una fiesta popular se encuentra en Zinacantán con el famoso huipil de bodas. Se trata de un huipil emplumado que se dice fue llevado a los Altos de Chiapas por los aztecas. Sólo en Zinacantán perdura esta tradición. Y es que este huipil significa el buen matrimonio y lo lleva la novia con mucho orgullo.

Pero el día de la fiesta de su patrono, san Sebastián, que celebra la victoria de los zinacantecos sobre los conquistadores españoles, los alférez de San Lorenzo y de Santo Domingo se visten con ellos. Éstos representan a las damas españolas consideradas vanidosas, materialistas y poco recomendables para el matrimonio. Con mucho humor se exponen los valores éticos de las mujeres de Zinacantán. Y los objetos sirven para expresar estos signos positivos o negativos. Las plumas del huipil están relacionadas con el comportamiento de las gallinas. Según los zinacantecos "se espera de las novias lo mismo que de las gallinas". Tienen alas pero no pueden volar. Están acorraladas porque dependen de los humanos para sobrevivir. Se mantienen cerca de la casa, aunque anden sueltas".[14]

Recientemente, Alejandro de Ávila descubrió que en los antiguos manuscritos coloniales de Oaxaca, como en el de Teposcolula del siglo XVII, aparecen huipiles de plumas que se distribuían en el sur de Oaxaca desde el siglo XVI, y que probablemente servían de modelo a los de Zinacantán. Hasta entonces se había creído que éstos venían directamente de la cultura nahua.

Afortunadamente, los etnólogos han registrado ampliamente casos como éste en los cuales se describen los diferentes usos de la indumentaria dentro de una determinada sociedad. En Chiapas, los libros de Ricardo Pozas, *Chamula, un pueblo indio en los Altos de Chiapas* y *Juan Pérez Jolote,* así como el de *Los peligros del alma,* de Calixta Guiteras Holmes y el de Ruth D. Lechuga, *El traje indígena de México: su evolución, desde la época prehispánica hasta la actualidad*[15] son fuentes importantes en este renglón. En Oaxaca, los múltiples trabajos de Irmgard W. Johnson, Alejandro de Ávila, Ruth D. Lechuga, Bartola Morales, etcétera, también son ilustrativos del estudio de este nivel social del textil. La mano artesanal establece, con sus formas, el orden jerárquico de la comunidad y su orden social: la armonía de sus usos y costumbres, de sus pertenencias

Página siguiente: Pedro Meza. Huipil con motivo de sapos, inspirado en los diseños mayas (detalle). Chiapas, 1992. Algodón brocado con lana.

Página anterior: detalle de camisa de gala de Huixtán, Chiapas, con listones y lentejuelas bordados. Colección Pellizzi.

Páginas siguientes: tápalo. Zinacantán, Chiapas, ca. *1996. Tejido en telar de cintura y bordado con hilos metálicos. Abajo: tápalo. Zinacantán, Chiapas,* ca. *1950. Tejido en telar de cintura. Museo Ruth D. Lechuga de Arte Popular.*

y diferencias. El dedo de la mano artesanal, haciendo obra, indica, señala, hace que unos y otros, propios y ajenos, vean lo que de otra manera no sería evidente.

Manos creadoras de símbolos

La mano artesanal cuenta mitos: teje destinos y deshebra los orígenes de todos.

El historiador de las religiones Mircea Eliade habla del simbolismo de tejer en casi todas las culturas. Sus descripciones se asemejan, de muchas maneras, al simbolismo de los huipiles de los Altos de Chiapas. Él dice que el oficio de hilar y tejer es principio explicativo del mundo: la luna hila el tiempo y teje las existencias humanas. Las diosas del destino son las hilanderas.

En un poema mitológico, la tejedora Lexa Jiménez López, originaria de San Juan Chamula, nos dice: "Antes se hacían los hilos como ahora hacemos a nuestros hijos. Los hacían ellas mismas con la fuerza de su carne. Cuando empezó el mundo, dicen que la luna subió a un árbol. Ahí estaba tejiendo, ahí estaba hilando [...] La luna tenía su vara para medir la urdimbre, su comen. Era larga su vara y salía de la copa del árbol. Ya que había hilado su hilo, ya que había acabado el trabajo de huso, medía su hilo con su comen. Tejía en lo blanco de la blusa las semillas coloradas del brocado. Arriba, en el árbol, amanecía. Ahí estriba su urdimbre. Si no fuera por la luna, no sabríamos cómo tejer. Es que así nos dejó dicho cómo hacerlo".[15]

Son los etnólogos los que más se han acercado al nivel simbólico de los objetos de arte popular que tienen un significado en sí mismos o que forman parte de un todo religioso. Por sus trabajos de campo nos damos cuenta de que sus símbolos nos revelan algunos aspectos profundos de la realidad de los artesanos y de los habitantes de las comunidades.

Siguiendo una línea de investigación abierta por Marta Turok, Walter F. Morris, en su imprescindible libro *Presencia maya*, nos dice que "el huipil es un universo simbólico. Cuando una mujer maya se lo pone, emerge en el eje del mundo por el cuello. Los dibujos del mundo irradian de su cabeza, y se extienden sobre las mangas y el corpiño de la prenda para formar una cruz abierta con la mujer en medio. En este lugar se encuentra lo sobrenatural con lo ordinario. Aquí, en el mismo centro de un mundo tejido a partir de sueños y mitos, ella permanece entre el cielo y el inframundo".[16]

En los estudios sobre textiles contamos con trabajos más profundos y reveladores de una manera especial de pensar el mundo, mediante esas obras tejidas, como los de Walter F. Morris y Marta Turok. Lo

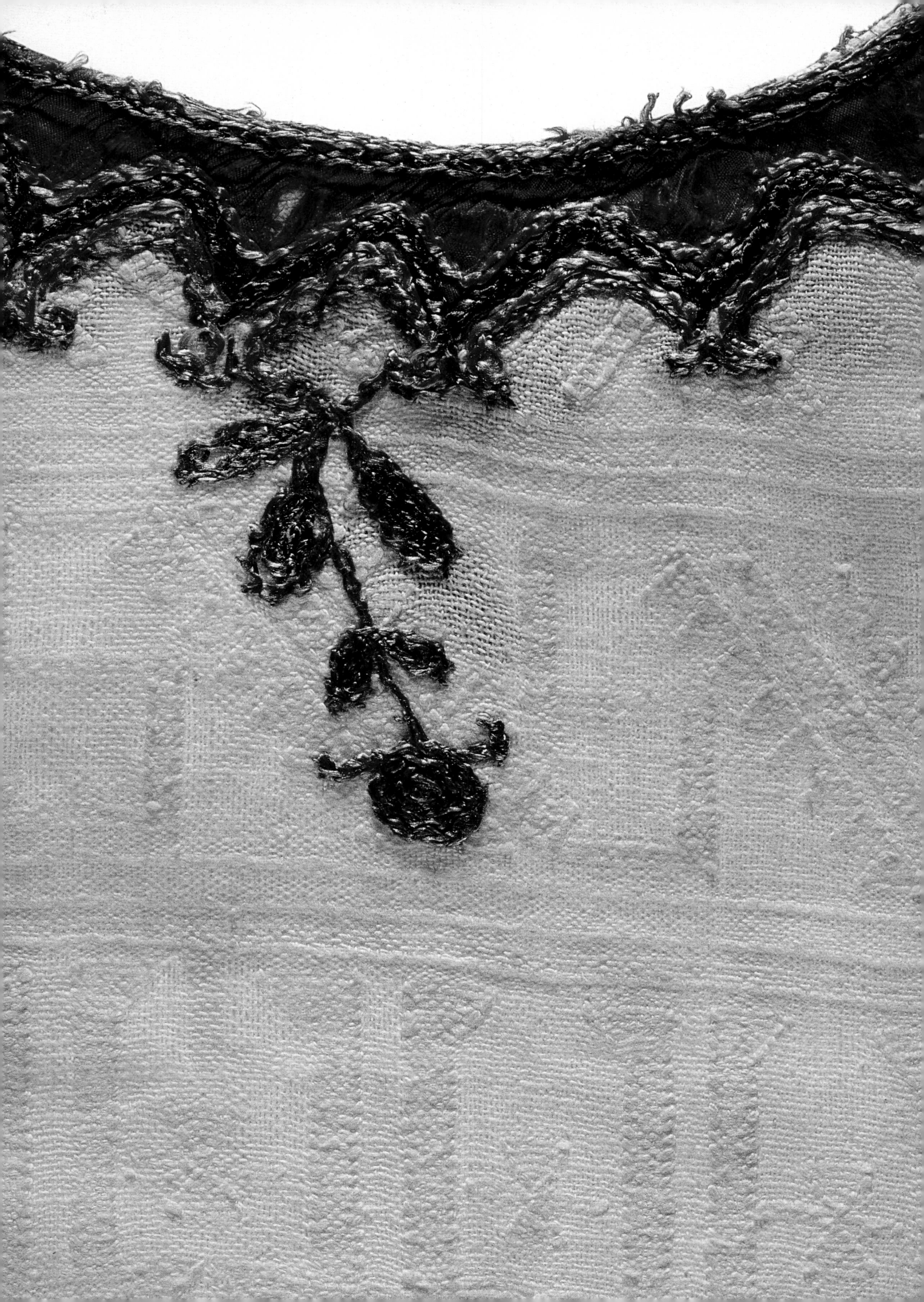

Página anterior: detalle de huipil de boda. Mixteca de la Costa, Oaxaca. Tejido en telar de cintura y bordado con artisela. Museo Ruth D. Lechuga de Arte Popular.

mismo sucede con los trabajos de Alejandro de Ávila, en Oaxaca, que sostiene que, para acceder al nivel simbólico de ciertas prendas, es importante acercarse a los creadores y escuchar lo que tienen que decir sobre su labor: explorar lo que podríamos llamar su pensamiento simbólico. "Y juntas, palabras y hebras, amarrar mitos". En *Presencia maya,* a través de los huipiles, Morris traza la historia mítica del pasado maya, así como la influencia del mundo religioso de los españoles. Nos descifra algunos símbolos mayas que persisten en los bordados y nos muestra cómo, con el tejido, se fueron asimilando las creencias y los ritos del catolicismo. ⁓

Al final nos encontramos con una enorme tela simbólica, en el cual se han tejido y bordado la historia, los mitos, los ritos, los sueños y lo cotidiano. ⁓

Marta Turok en su ensayo "Del textil textual al texto textil" nos lleva de la mano para entender un huipil ceremonial de Santa María Magdalenas, una comunidad del municipio de San Pedro Chenalhó, donde se habla el tzotzil, y donde cada bordado tiene un significado cosmogónico y sincrético. "Como la Virgen le enseñó a nuestras mujeres cómo labrar diseños, cómo escribir en la tela, ellas llevarán la palabra, nuestra palabra a los hijos de los hijos de los verdaderos hombres [...] El huipil consta de tres lienzos: el central, 'su madre', y los costados, 'sus brazos'. Juntos describen nuestro universo en el cual yo, mujer fecunda, estoy en el centro. Así como para las fiestas vestimos con una guirnalda de bromelias y juncia a las cruces de los caminos, junto al ojo de agua, en el cerro y en la iglesia. Igual yo tejo una guirnalda alrededor del cuello del huipil porque el brocado total del huipil forma una gran cruz sobre los hombros, el pecho y la espalda".[17] ⁓

Son las tejedoras, con sus manos, las portadoras de la sabiduría y la conservación de su cultura. (En Oaxaca un habitante de Usila, al mencionar uno de sus mitos, dijo que éste es tan importante que se encuentra escrito en los huipiles.) Son ellas las que plasman los símbolos de esa cultura con hilos en un huipil. Pero son ellas también las que transforman, de forma creativa, las influencias de fuera, los objetos extraños, los materiales desconocidos y los hacen suyos, se apropian de ellos y los integran a su cultura y también a sus tejidos cuando pasan por sus manos. ⁓

Ellas están en medio del mundo real y el sobrenatural, en el centro del tiempo y del espacio. Son las representantes de la tierra dentro de ese espacio sagrado. Por lo tanto, están investidas de una autoridad especial que ha sido adquirida por méritos y experiencia en la transmisión y difusión de su religiosidad. Son las que visten a la Virgen española de maya y le confieren el estatuto de ser la auténtica portadora de la tradición. Ellas, con sus textiles, vinculan diferentes épocas históricas de corta o larga duración. Cuando la escultura de la Virgen lleva puesto en Magdalenas un huipil de hace cien años y también uno que acaban de tejerle, despliega tanto la antigüedad como la actualidad de esta tradición. El pasado se renueva en el presente. Al enseñar el tejido a sus hijas, las tejedoras, tanto de Chiapas como de Oaxaca, no sólo transmiten un oficio sino todos los secretos y tradiciones que lo integran: un significado de la vida. ❧

Mencionaré sólo algunos ejemplos de los simbolismos de ciertos diseños, para mostrar algunos resultados de los trabajos de Turok y de Morris. En el diseño del diamante que representa al cosmos —que para las tejedoras de Magdalenas asemeja un cubo con tres planos—, la tierra se encuentra en el plano entre el cielo y el inframundo. Este motivo, que se refiere al concepto cuadrado del mundo de los mayas, posee al centro la representación del sol, que es también Jesucristo. ❧

Hay un pequeño diamante en cada rincón del mundo. Los diamantes superiores e inferiores están conectados con el sol y esta unión significa la trayectoria del sol de oriente a poniente. Para representar el universo se necesita, cuando menos, repetir 24 hileras de diamantes, pero hay que marcar con una línea las filas nueve y 13: 13 son los escalones que acercan la tierra al cielo y nueve los que nos separan del inframundo. Los antiguos mayas pensaban que había nueve niveles en el inframundo y trece en los cielos.[18] ❧

En San Felipe Usila, Oaxaca, los huipiles llevan, según la antropóloga Irma García Isidro, una figura especial a la altura del pecho que se llama *'wo*. Esta palabra no tiene significado en la lengua actual, pero probablemente su origen sea "amanecer".

El *'wo* es la figura del rombo. Al centro se encuentra un caracol que simboliza al sol, que representa la fuerza de la vida. Por conducto de este caracol el alma tiene salida para volar al sol en el último suspiro.[19] ❧

¿En qué otras culturas de México podremos encontrar similitudes en el nivel simbólico de sus artesanías? ❧

En el caso de los huipiles de Magdalenas, Chiapas y de Usila, Oaxaca, existen algunas semejanzas en el nivel simbólico, pero ninguna en los bordados. Si abriéramos el campo de estudio del textil a otros países, es posible que pudiéramos encontrar coincidencias que nos mostrarían muchas pautas de comportamiento de este oficio en el mundo, a todos los niveles de análisis. ❧

Así como en los Altos de Chiapas las tejedoras han aprendido "a mover el universo", en ciertas regiones de África del norte sucede algo

Sombrero y carrillera huicholes. Jalisco y Nayarit, 1951. Palma tejida, lana, plumas y cartón. Museo Ruth D. Lechuga de Arte Popular.

Página anterior: máscara de negrito. Uruapan, Michoacán. 18 x 17 x 11 cm. Museo Ruth D. Lechuga de Arte Popular.

similar con las mujeres de las montañas que poseen un telar: dos tiras horizontales de madera sostenidas por otras dos verticales. A la tira de arriba se le llama cielo y a la de abajo tierra. Esos cuatro pedazos de madera simbolizan también un universo. En la historia universal, grandes diosas llevan en sus manos instrumentos del tejido y presiden los ciclos naturales de la vida.[20] En los Altos de Chiapas las tejedoras se convierten en un cierto tipo de diosas, que designan no sólo los días y sus ciclos agrícolas, sino todo lo que interviene en nuestro destino. ⁂

En los textiles de Chiapas se mezclan mitos e historia y de muchas maneras podemos vislumbrar la concepción del mundo de los tzotziles. En Ojitlán, cuyos textiles han sido estudiados muy íntimamente por Bartola Morales, sucede algo similar. Las chinantecas de Usila y Ojitlán plasman en sus prendas la historia de sus antepasados y se cubren de símbolos que propician la preservación de sus costumbres y de su visión del mundo. A partir de los relatos de las tejedoras ancianas, proporcionados a esa etnolingüista nacida ahí, y que ha recopilado los nombres chinantecos de los distintos diseños y sus implicaciones míticas en los bordados de los huipiles, no se distinguen los diferentes niveles de realidad. ⁂

Lo sobrenatural forma parte integral de su cotidianidad. Los hilos unen al cuerpo con la naturaleza y el universo. De estas prendas en forma de palabras surge algo que puede ser considerado como una especie de literatura fantástica a los ojos de los occidentales. Los bordados, como forma de escritura, desencadenan en sus creadores un torrente de imágenes de lo maravilloso, mezclado con los mitos, cuya edad nos es desconocida. Si en estas narraciones las tejedoras usan un sinfín de imágenes para describir una realidad mítica, es porque esa realidad se presenta en diversas formas y muchas veces de maneras contradictorias, por lo que no es fácil explicar conceptos, sino más bien imágenes que pueden ser interpretadas y vistas de múltiples maneras. ⁂

Alejandro de Ávila ha realizado un enorme trabajo de campo en varias regiones de Oaxaca, donde aparece un patrón semejante: diseños construidos con base en imágenes polisémicas. Por ejemplo, el águila bicéfala bordada en muchos pueblos de Oaxaca se puede interpretar en distintas comunidades como una figura fundamental de su cosmogonía. En muchos de esos pueblos se relaciona con la historia de la luna y el sol. Por ejemplo, Ávila recopiló en Chilixtlahuaca de la Mixteca una de sus versiones. En ella, esta ave bicéfala devoraba a la gente, hasta que llegaron los famosos gemelos, que también aparecen en la cosmogonía de los mayas (y de muchas culturas antiguas del mundo), que cavaron siete hoyos y les prendieron fuego. ⁂

"El águila intentó matarlos, pero cayó cada vez en uno de los hoyos, hasta que se quemó en el séptimo. Los gemelos le sacaron los ojos, pero una mosca había picado a uno de ellos y éste había perdido su brillo. El gemelo que se había quedado con este ojo opaco quería el ojo brillante de su hermano. El otro se negaba a dárselo, pero cada vez que intentaba beber agua, ésta se secaba. Sediento, accedió a cambiar su ojo y al fin sació su sed. Tiempo después, los gemelos se encontraron a una bella mujer, vestida con un hermoso textil, que se dirigía a un concurso". ⁓

Uno de los gemelos desafió al otro para que tuviera relaciones sexuales con ella. Le dieron una fruta para adormecerla y el hermano intentó violarla, pero notó que tenía una vagina dentada, por lo que con una piedra le quebró los dientes y la penetró. Los gemelos huyeron y se convirtieron en el sol y la luna. Al despertar, la mujer se dio cuenta de lo sucedido y furiosa arrojó su tela ensangrentada a la tierra. Debido a esta maldición, las mujeres tienen su menstruación".[21] ⁓

En Ojitlán, el águila bicéfala tiene su equivalente de dos o siete cabezas, y también devora gente. Es derrotada por los gemelos, que le sacan los ojos para convertirse respectivamente en el sol y la luna. Y así, este mito ha obtenido diferentes versiones en los distintos pueblos de esas regiones de Oaxaca. ⁓

Si pudiéramos hacer una recopilación en cada pueblo de las diversas versiones del mito del sol y la luna y de otras figuras de su cosmogonía, al final tendríamos un caleidoscopio infinito. Hay una carga enorme de imágenes que desencadenan los propios diseños o figuras bordadas en los textiles, es decir, de la imaginación de estas tejedoras. ⁓

En este caso, todos los personajes son sobrenaturales y cuentan la historia de cada uno como una historia real. Estas imágenes están ligadas a una esfera comunitaria más amplia que implica las canciones, la historia, las enfermedades y sus curaciones, así como la agricultura, pero en cuyo centro se encuentra el tejido como una tradición indígena que siempre estuvo ahí. Es como si todo lo significativo en la vida tuviera que pasar por las manos. ⁓

Máscara mixteca de tigre. Juxtlahuaca, Oaxaca. 25 x 20 x 11.5 cm. Museo Ruth D. Lechuga de Arte Popular.

Página siguiente: máscara otomí. Judío de Semana Santa. El Doctor, Querétaro, 1991. Tela aglutinada y pintada, cabellera de ixtle. 167 x 20 x 23 cm. Museo Ruth D. Lechuga de Arte Popular.

Página 70: máscara para danza de viejitos. Uruapan, Michoacán, 1975. Madera tallada, maqueada y con dientes incrustados. Museo Ruth D. Lechuga de Arte Popular.

Página 71: máscara miniatura de Cuaula, Estado de México.

Al enfatizar la importancia del nivel simbólico en el mundo del arte popular, quiero señalar que no se trata de algo accesible sólo a través de la erudición académica, sino que es una manera más de aproximarse a este arte complejo y a sus hacedores. Es una forma más que para ser realmente comprensible exige una labor interdisciplinaria. ⁘

Un historiador necesita aquí de los antropólogos, de los historiadores de arte y de las religiones, y quizá hasta de los psicólogos, porque estamos en un campo lleno de complejidades y sutilezas; también porque son muchas las fuentes de información que hay que saber analizar. ⁘

En el amplio terreno del arte popular hay muchos objetos que están investidos de una especie de magia o sacralidad. Me refiero a todas las piezas que se usan en los rituales religiosos y que adquieren poderes especiales. También se han hecho estudios sobre varios de ellos. En el mismo campo de los textiles, los tlacoyales, con los que las mujeres enredan su pelo en tocados muy hermosos con trenzas, también tienen un uso ritual en algunas culturas. Las parteras de Santiago Atitlán, en Guatemala, amarran estos cordones al estómago de la embarazada para, miméticamente, regular la forma en espiral del útero y hacer que el bebé pueda salir en la posición correcta.[22] ⁘

Quizá los objetos rituales más interesantes y que se encuentran en muchas partes de la República sean las cuadrillas para limpias. Se trata de esas figuritas hechas de barro que ya mencionamos y que representan diversos personajes como el enfermo, algunos santos, músicos, animales y elementos de la naturaleza, tales como el agua, el fuego y el viento. ⁘

En Metepec, Estado de México, las cuadrillas sólo se usan cuando un curandero le dice a una persona que padece aires y que debe comprar la cuadrilla para usarla en la ceremonia. El paciente tiene que llevar una serie de objetos para el ritual: comida, música, etcétera, como si fuera una fiesta. Las figuras se frotan sobre el paciente y luego se pasan a los asistentes, que deben bailar con ellas. Después, el conjunto de figuras se coloca de manera circular en una canasta nueva y ésta se lleva, por lo general al monte, para enterrarlas o simplemente para dejarlas ahí. Estas figuras son, además, graciosas, por lo que con frecuencia, por error, se cree que son juguetes. ⁘

En Tlayacapan, Morelos, estas figuritas tienen un aspecto diferente a las de Metepec, por su color y por el número que de ellas se utiliza para las limpias. Ahí se piensa que "el mal aire" sale de los hormigueros de "cuatalatas", en donde también vive la víbora de "chicaclina". Este animal, junto con las hormigas, produce la enfermedad. ⁘

Página 72: cuadrilla de carnaval. Tepenyaco, Tlaxcala, 1971. Fotografía: Ruth D. Lechuga.

Página 73: paragüeros en el carnaval de Papalotla, Tlaxcala, 2003. Fotografía: Jorge Pablo Aguinaco.
Página siguiente: paragüero de carnaval de Papalotla, Tlaxcala, 2003. Fotografía: Jorge Pablo Aguinaco.

Danzantes del carnaval de Huejotzingo, Puebla, 2003. Fotografía: Jorge Vértiz.

Página anterior: danzantes en el Atlixcáyotl. Atlixco, Puebla, 2002. Fotografía: Jorge Pablo Aguinaco.

Desgraciadamente no se conoce un registro que pueda señalar con certeza qué representa exactamente cada figura y desde cuándo y en dónde se realizan estos rituales curativos. Lo mismo sucede con muchas piezas del arte popular que cada día se dejan de hacer, con lo que pierden no sólo su forma, sino también su significado. Las cestas de los seris, por ejemplo, al momento de ser elaboradas pueden adquirir un espíritu que se llama *coen.* Cuando la tejedora seri oye un chirrido constante al perforar el material con su punzón, sabe que es el *coen*, y tiene que aplacar su furia porque en ocasiones puede incluso causarle la muerte. Para hacerlo llena la cesta con galletas de harina de mezquite y bolitas de gruta de cactos. Al volver a oír el rechinido, arroja esos contenidos al suelo y de ahí los recoge la gente que anda a su alrededor y se los come. Así se busca crear un aire festivo con el fin de apaciguar al espíritu.[23] ⁘

Habría que rastrear en las regiones más recónditas del país estos objetos de rituales especiales y armar una historia de ellos, lo más exhaustiva posible. La mano artesanal que en México teje el manto invisible de lo simbólico es extensa, laberíntica, densa y emocionante. Es una mano fugaz que no siempre es reconocida y que escapa a la vista, porque las huellas de sus dedos señalan constelaciones secretas. ⁘

Manos que anudan lo propio con lo de afuera

La mano artesanal se abre a otras culturas y enriquece la propia. ¿Cómo actúa la mirada externa en el desarrollo de una artesanía?

¿Existe una transformación de la imagen que un artesano tiene de sí mismo al entrar en contacto con esa mirada diferente? ¿Qué sucede cuando estas dos miradas se comunican? Los textiles son, en México, la cristalización de un nudo de lo imaginario. Son también un entretejido de imaginaciones colectivas, tanto de los indígenas que los crean, como en el caso de Chiapas y Oaxaca, en un nivel individual o colectivo, como de quien los mira, ya sea un individuo de otra cultura, como Walter F. Morris, para el caso del primer estado. Este antropólogo descubrió que en los Altos de Chiapas existe una cosmovisión coherente y, de alguna manera, colaboró a mantener esa cohesión. Cuando Morris se dio cuenta de que algunas de las tejedoras empezaron a bordar figuritas de Mickey Mouse o de canguros en sus prendas, se horrorizó y, con argumentos de la tradición maya, logró convencerlas de que lo más apropiado era tomar los motivos de su entorno natural, como lo habían hecho sus antepasados durante siglos.

La asesoría de Morris, proporcionada a una cooperativa de alrededor de 800 tejedoras llamada Sna Jolobil (presidida por Pedro Meza, uno de lo pocos tejedores de la región, nacido en Tenejapa y que conocía tanto el tzotzil como el tzeltal) tendría dos salidas posibles. Una no tan conveniente, que era producir masivamente lo que incentivaban los tejidos y diseños de baja calidad o, como se decidió desde un principio, revitalizar los diseños con el pasado y el entorno natural.

Gracias a su voluntad de renovación y de una gran exigencia de calidad, las tejedoras chiapanecas encontraron un mercado dispuesto a pagar un mejor precio. Hoy, Sna Jolobil es una cooperativa que vende sus tejidos como piezas de arte. Ha recibido apoyo de muchas instancias nacionales e internacionales, pero es manejada íntegramente por los habitantes de varias comunidades, con un presidente, un tesorero y varios funcionarios que se encargan de visitar esas comunidades, de vigilar que las cosas funcionen en armonía, de organizar concursos, talleres, etcétera.

Morris había aprendido, durante años, su lengua, sus tradiciones y su cosmovisión. Se había enriquecido, al asimilar un código distinto al de su propia cultura, aportando interpretaciones y observaciones que enriquecieron y optimizaron el trabajo de las indígenas.

Es claro que las tejedoras de esta región de México se sienten portadoras de un mundo rico, que viene de muy lejos en el tiempo. Y la mirada del antropólogo

Maringuilla, personaje femenino de los carnavales. Hace alusión a la Malinche. Atlixcáyotl, Atlixco, Puebla, 2003. Fotografía: Jorge Pablo Aguinaco.

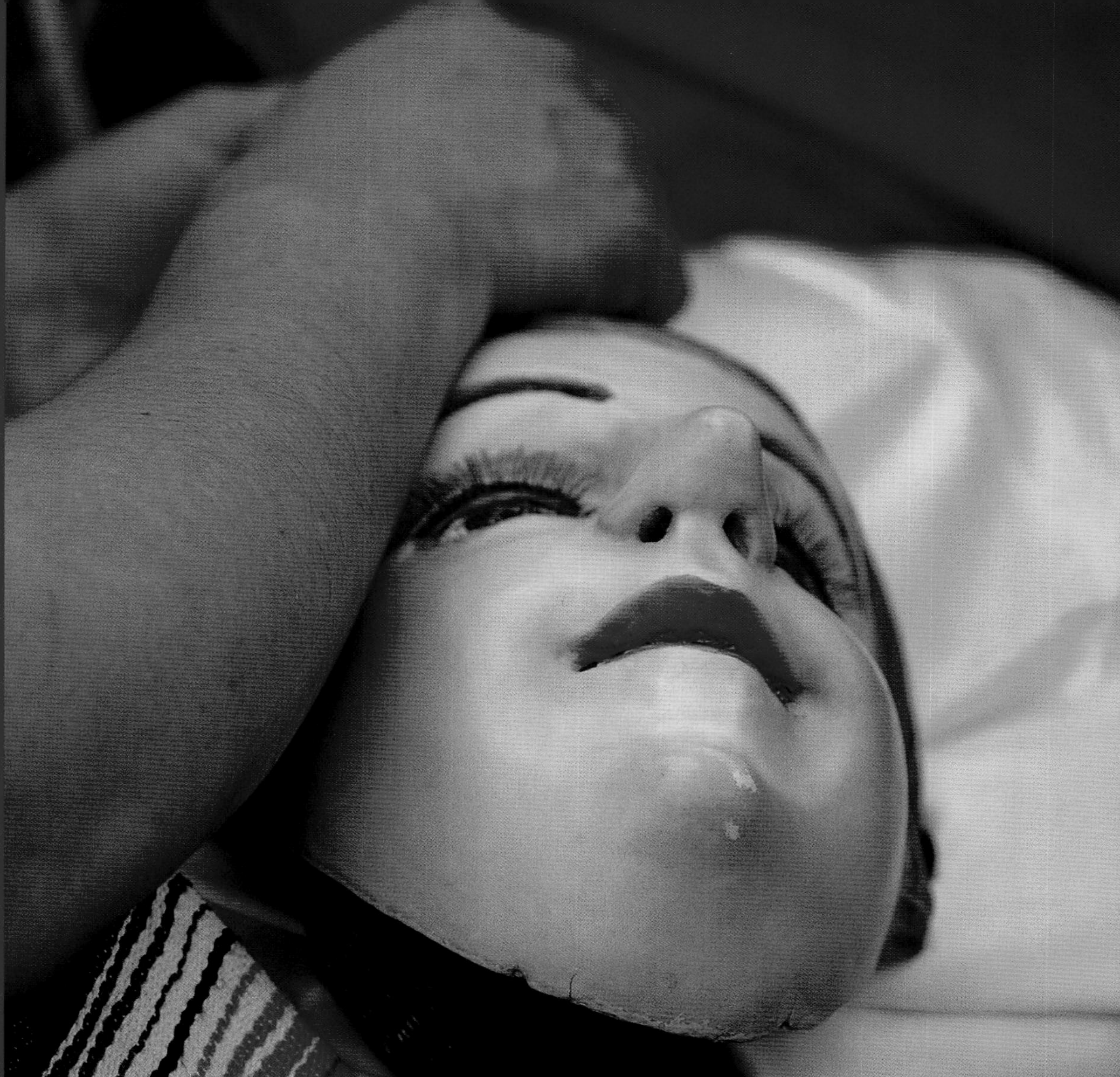

Máscara de Maringuilla con ojos de vidrio y pestañas naturales. Puebla, 2003. Fotografía: Jorge Pablo Aguinaco.

estadounidense les había ayudado a formular, mediante su trabajo y a partir de muchas conversaciones, esa conciencia de su tradición. ⁓ Juntos trabajaban para recrear cada día una forma de hacer y de percibir el arte del textil. Hay un juego de espejos en el que el artesano se ve a sí mismo en la mirada del otro, del extranjero, y en esa imagen se define el sentido de su oficio. Este tejido de imágenes y prácticas, este nudo de mentalidades que se cruzan y se vuelven productivas en el arte tradicional de México es, en sí, un fenómeno interesante para cualquier historiador abierto a descubrir nuevas perspectivas en su campo de estudio. ⁓

Resulta interesante observar cómo estas miradas externas no sólo dan sentido a un oficio y a una forma de vida, sino que llegan a revolucionar la existencia del artesano y su trabajo, tanto, que de pronto llegamos a encontrar a Pedro Meza, presidente de esta exitosa cooperativa, viajando con cierta frecuencia a Nueva York, Londres o Canadá, para mostrar su habilidad. Además de ser un defensor infatigable de la tradición de los textiles en Chiapas, su encuentro con realidades diferentes lo ha convertido en un gran especialista de las antiguas técnicas del tejido y brocado, y de los significados

Mujer de la sierra de Puebla. Atlixcáyotl. Atlixco, Puebla, 2003. Fotografía: Jorge Pablo Aguinaco.

de la indumentaria de los indígenas de los Altos de Chiapas. Al contacto con visiones distintas de otras culturas, su propia obra se ha enriquecido. En ese juego de reflejos, el imaginario colectivo se ha fortalecido para afirmar su diferencia.

Según este artesano, el afán por alcanzar la armonía del hombre con la naturaleza es el motivo principal de la creación de toda una simbología de los textiles. Es una manera de representar la geometría del tiempo y del espacio, de recrear una visión del universo. Pedro Meza colaboró con Morris en una época, reproduciendo casi 1500 diseños cuyo simbolismo había estudiado el antropólogo, para hacerlos accesibles a las tejedoras y a un público especializado. Gracias a ese trabajo en conjunto, Meza tejió y diseñó huipiles inspirados en estelas y pinturas mayas, y trató de recrear la indumentaria de los nobles indígenas y de rescatar los diseños.

El traer del pasado elementos formales para la indumentaria actual, tiene un efecto emocional muy fuerte, no sólo en Pedro, sino en todos los miembros de Sna Jolobil. Esto da una gran cohesión a los miembros de esa cooperativa, además de un sentido de grandeza, al revivir aspectos de su cultura antigua. Los artesanos cultivan un compromiso vital con el tejido y, de esta forma, el arte del textil se mantiene vivo.

En Oaxaca existe un pueblo zapoteco que, por siglos, se ha dedicado a tejer tapices. Tiene un mercado de exportación muy grande, cuyo bienestar ha ido en aumento. Desde la década de 1950 los textiles se empezaron a exportar hacia los puntos turísticos de México, y en las de 1960 y 1970, estas piezas llegaron a Estados Unidos y a Europa. A finales de este último periodo, un comerciante francés de Oaxaca empezó a pedir a los teotitecos tapices con diseños tomados de la obra de Picasso y de otros pintores contemporáneos famosos. Desde entonces, miles de clientes extranjeros visitan Teotitlán para encargar todo tipo de tapices. El intenso contacto que han establecido los teotitecos con los importadores extranjeros, sobre todo con los estadounidenses, ha influido en sus diseños y en sus colores.

Muchos de los comerciantes y tejedores teotitecos pueden describir, con facilidad, cómo han cambiado los gustos en Estados Unidos durante los últimos 20 años. Muchos dicen que no entienden muy bien el gusto de estos extranjeros, pero que lo que quieren es poder producir lo que se vende. Pero cuando se les pregunta qué es lo que ellos prefieren y consideran de alta calidad, siempre se refieren a los diseños zapotecos clásicos. Sus preferencias están ligadas a una identidad histórica muy fuerte, que siempre ha estado cimentada en los textiles. Por lo tanto, los importadores extranjeros tienen que adaptarse a la forma particular de hacer negocios de estos artesanos que, generalmente, dan prioridad a las obligaciones rituales sobre su oficio. Muchos han preferido adaptarse, mientras que otros han desistido por completo.[24] ⁂

En este caso, entre más contacto se ha tenido con el exterior, más se repliegan en su propia idiosincrasia. No han abandonado sus tradiciones y cada día las afirman más. Están convencidos de que su misión, como tejedores, es el legado de sus antepasados a los que no pueden decepcionar. ⁂

Quienes les aconsejaron sobre técnicas y colores fueron los grandes pintores de Oaxaca, como Tamayo o Toledo, alrededor de la década de 1970, cuando se querían revalorar los trabajos de extrema calidad y retomar los materiales y tintes naturales que se habían dejado de lado. ⁂

Arnulfo Mendoza, uno de los mejores representantes de esta tradición teotiteca, ha incursionado en el estudio de otros textiles antiguos de México, como son los antiguos sarapes de Saltillo, y ha enriquecido los tapices con imaginación y originalidad. Además, está muy interesado en enseñar a los niños de su pueblo el oficio, con el mismo rigor que él se ha impuesto a sí mismo. ⁂

Un feliz pero fugaz ejemplo de transformación de una comunidad entera, hace algunas décadas, fue el de Taxco. William Spratling, que conocía bien los antecedentes plateros de México y había asimilado la sensibilidad especial de los artesanos, más que ofrecer una simple asesoría, introdujo un programa de diseño artesanal que funcionó. Creó talleres en los que se asimilaron las técnicas ancestrales al diseño contemporáneo. De hecho, muchos de los grandes artesanos plateros de Taxco, como los Castillo, fueron parte de este proyecto de renovación. No fue la primera vez que esto se hacía. Se han intentado realizar muchos otros experimentos similares con artesanos extranjeros, pero con resultados más bien catastróficos. Esta revolución artesanal que se llevó a cabo, se terminó hace muchos años; hoy día Taxco vive del recuerdo de aquella edad de oro. Pero ese encuentro entre artesanos tuvo un impacto social y económico que marcaría la historia del arte popular de nuestro país. ⁂

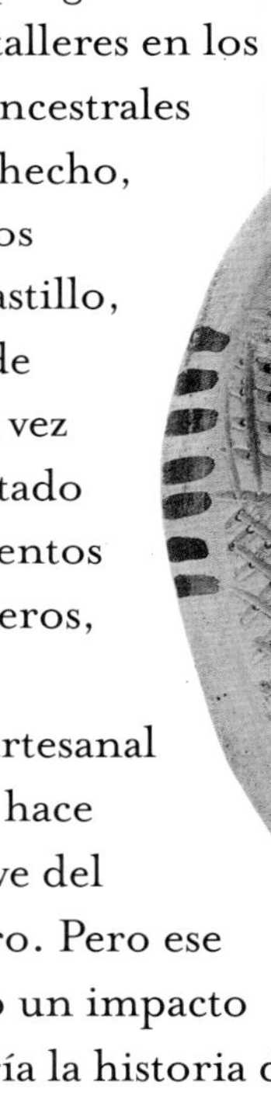

Molcajete. Atzacoaloya, Guerrero, 1993. Barro cocido y pintado. 24.5 x 11 x 77 cm de diámetro. Museo Ruth D. Lechuga de Arte Popular.

Mujer alfarera. Fotografía: Ruth D. Lechuga.

Chloë Sayer, esa inglesa infatigable amante de las artes populares de México, también ha convulsionado la vida de artistas que quizá jamás habrían conocido mundos tan distintos al suyo. Tiburcio Soteno, de Metepec, ha viajado tanto al Museo Británico como al de Escocia, (lo mismo han hecho sus hermanos, pero a otros países) donde ha mostrado cómo elabora un árbol de la vida, y cobra una fortuna por esto. Sus fronteras se han ampliado y ha mejorado su propio arte al entrar en contacto con lo diferente, sin abandonar su tradición, innovándola cada día.

La visión de otro estadounidense, Max Kerlow, dueño de una tienda de arte en la ciudad de México, transformó el arte popular de un pueblo de Guerrero (y después el de los pueblos vecinos),

Ron

Página anterior:
José Vara.
Árbol de la muerte.
Metepec, Estado de México.

Página siguiente:
Lydia Quezada C.
Olla ornamental de barro negro decorada con motivos geométricos en mate.
Mata Ortiz, Chihuahua.
Colección: Native & Nature.

que tradicionalmente se dedicaba a la cerámica: Ameyaltepec. Los ceramistas del lugar dejaron atrás el barro y se convirtieron en pintores de papel amate. A principios de 1960, un pintor de ese pueblo que se dedicaba a la venta de cerámica, Pedro de Jesús, fue comisionado por Kerlow para que decorara unas figuras de madera tallada. Como fue bien remunerado, regresó más tarde con su hermano Pablo y un vecino, Cristino Flores. A los tres se les entregaban distintas piezas para que las pintaran. Durante la segunda mitad de 1962 estos tres artesanos se dedicaron a pintar en la trastienda de Kerlow y pronto siguieron un nuevo camino: pintar sobre papel amate, en el cual desarrollaron una pintura narrativa. Ahí se inicia un nuevo estilo artístico que pronto se difundió por todo el país y se exportó a Estados Unidos.[25]

El ejemplo más radical de esta intervención e intercambio de imaginaciones quizá sea el de un pueblo casi perdido de Chihuahua, cuyo destino se veía negro. En un corto lapso, esta población se ha convertido en una productiva comunidad de más de 300 familias de alfareros cuyas obras se cotizan en dólares y que no se dan a basto, por la demanda. Ese auge simplemente lo detonó una mirada de fuera, que de pronto vio algo que no es evidente. Es el caso de Mata Ortiz, Chihuahua.

Un día de 1976, Spencer Heath MacCallum, un antropólogo e historiador del arte norteamericano descubrió, en un pueblo de Nuevo México, el trabajo de un desconocido alfarero. La dueña de la tienda no sabía realmente de quién era la pieza por la que preguntaba, pero le dijo que seguramente venía de México. Compró tres ollas y se las llevó a su casa. Las puso en una repisa y por días las contempló fijamente imaginando que en algún lugar de México se encontraba un artista extraordinario, por lo que de decidió buscarlo.

Viajó al enorme estado de Chihuahua, en donde interrogó a todas las personas que encontraba, a quienes mostraba unas fotografías de las vasijas. Llegó a Nuevo Casas Grandes y de ahí, por un camino de terracería, hasta el poblado de Mata Ortiz.

De ese lugar no se podía esperar ningún movimiento artístico que pudiera trascender. Al contrario, desde hacía algunos años el trabajo se había hecho escaso, y la emigración de muchos jóvenes era casi un destino seguro. Sin embargo, por las indicaciones que le habían dado, MacCallum llegó a la casa de Juan Quezada, que se asombró por la visita inusitada del estadounidense. Quedó aún más sorprendido cuando vio las fotografías de las ollas que él había hecho hacía algunos meses.

Le mostró otras vasijas que guardaba arriba de su armario y Spencer se dio cuenta de que, efectivamente, se trataba del mismo artista. Las paredes de las piezas eran finas y no pesaban mucho. Múltiples trazos negros y delgados delineaban formas simétricas cubiertas de rojo y negro. Juan le dijo a Spencer que él podría hacer mejores piezas, pero que eso tomaba tiempo y que nadie estaba dispuesto a pagar más. Spencer decidió pagarle por esas piezas y regresó dos meses después a buscarlas. A partir de entonces se estableció una relación de trabajo que cambiaría la vida de Juan, de su familia... y de todo el pueblo de Mata Ortiz.

Lo más sorprendente en este caso es que el movimiento de ceramistas no se desarrolló a partir de una artesanía tradicional que normalmente tiene un uso práctico y que luego es apreciada por su valor estético. En la zona de Mata Ortiz no se había hecho cerámica desde hacía más de cinco siglos. En este caso no se trata de una comunidad indígena, sino de familias que habían emigrado de otros lugares a ese poblado. El fenómeno de Mata Ortiz se puede definir como un sofisticado movimiento artístico contemporáneo que tiene sus raíces en la cultura prehispánica de Paquimé.[26]

¿Qué hubiera sucedido si Spencer McCallum no hubiera hecho el primer contacto con Juan Quezada? ¿Se hubieran alcanzado estas expectativas? Como Morris en Chiapas, cuyas inquietudes lograron mejorar y aumentar el trabajo en textil, MacCallum fue el motor de arranque del mejoramiento, así como del enorme crecimiento de un arte que pronto daría una identidad y un orgullo a un poblado que antes no lo tenía. MacCallum, en su adolescencia, había vivido y estudiado en la ciudad de México. Incluso había trabajado como niño arqueólogo voluntario en Teotihuacán y Monte Albán. Como Morris, había asimilado un código diferente y había aprendido a apreciar esa diferencia. No sólo les dio a estos artesanos acceso a un mercado, sino que formuló un lenguaje que ayudaría a descifrar este movimiento. Trabajaría con Juan ocho años y después, en 1983, algunos comerciantes y turistas llegarían al pueblo. La demanda de esta cerámica se hizo más apremiante, así que muchas familias dejaron sus trabajos en el campo para dedicarse a la alfarería. Cuando MacCallum llegó a Mata Ortiz, sólo ocho personas, además de Juan, se dedicaban de medio tiempo a la cerámica.

Después de 30 años, son más de 300 las familias que viven de este oficio. Al menos 30 de estos alfareros han adquirido prestigio mundial y no parece que esto se vaya a terminar pronto. En muchos sentidos éste es un

José Quezada T. Olla de barro blanco con decoración polícroma seccionada en mitades. Mata Ortiz, Chihuahua. 41.9 x 20.3 cm. Colección particular.

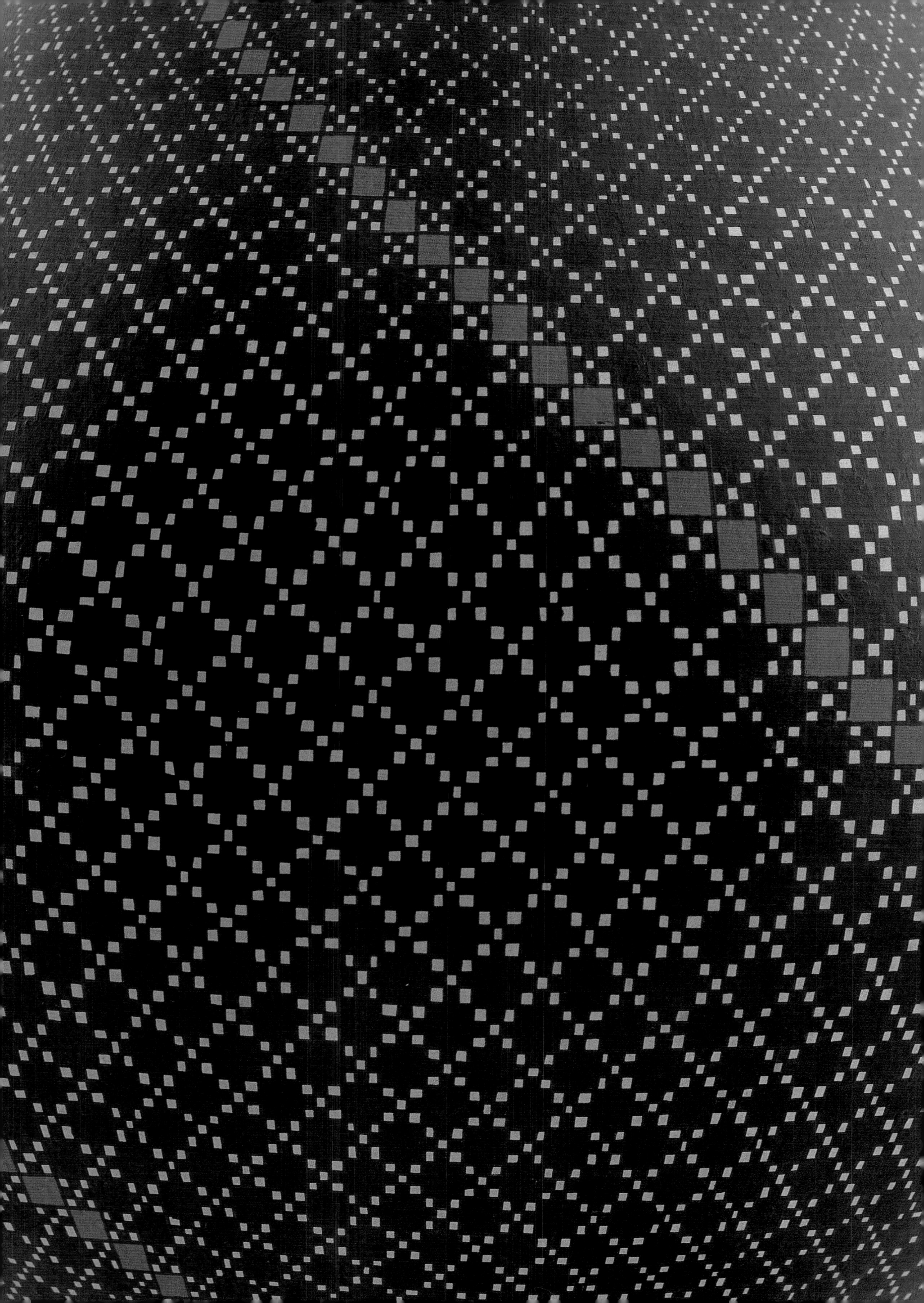

Humberto Ponce Ávalos y Blanca Almeida Gallegos. Detalle de olla con decoración polícroma a cuadros. Mata Ortiz, Chihuahua. 29.2 x 21.6 cm. Colección particular.

Página 93: hombre vestido con traje tradicional de San Pedro Chenalhó, Chiapas, 1993.

Páginas 94 y 95: mujeres de la sierra de Puebla en la fiesta del Atlixcáyotl, Atlixco, Puebla, 2002. Fotografía: Jorge Pablo Aguinaco.

fenómeno excepcional, cuyo desarrollo fue —hasta cierto punto— muy rápido, ya que 30 años para el desarrollo de un arte popular es algo extraordinario. Mata Ortiz es excepcional en el mundo del arte popular. Sin embargo, sería deseable que este tipo de excepciones se extendiera a otras comunidades. ⁂

* * *

En esta breve reflexión hemos recorrido los objetos del arte popular y penetrado en ellos con nuestras preguntas y los hemos observado desde cuatro ángulos diferentes. Nos hemos detenido en su dimensión estética para hacer un análisis de formas; en su dimensión etnográfica para hacer un análisis de sus funciones dentro del grupo; en su dimensión simbólica para hacer un análisis de significados rituales o cotidianos; y en su dimensión intercultural para analizar los efectos sobre la vida y sobre el mundo imaginario de una comunidad, a corto, mediano y largo plazos. La mano artesanal crea formas, señala funciones, ejecuta rituales y se abre con naturalidad a otros mundos culturales, para enriquecer el propio. Cada mano artesanal es, así, cuatro manos. ⁂

Estas preguntas al arte popular y a sus manos nos proporcionan la pluralidad de respuestas que este acontecimiento creativo requiere para ser analizado como un rico fenómeno de la historia cultural de México. ⁂

Vuelvo a mirar al tigre de Olinalá que, a lo largo de estas páginas ha permanecido impasible en su pared. Los misterios que guardan estas obras artesanales con las que convivo son ahora un poco menos secretos para mí... pero su significado y su belleza no dejan de deslumbrarme. ⁂

NOTAS

[1] Octavio Paz, *In Praise of Hands, the Contemporary Crafts of the World*, New York Graphic, Nueva York, 1974.

[2] Gerardo Murillo, Dr. Atl, *Las artes populares en México*, Publicaciones de la Secretaría de Industria y Comercio, México, 1922.

[3] Octavio Paz, *op. cit.*

[4] Alejandro de Ávila, "Tejidos que cuidan el alma", en *Textiles de Oaxaca, Artes de México*, núm. 35, México, 1996.

[5] *Museo Ruth D. Lechuga de arte popular*, *Artes de México*, núm. 42, México, 1998.

[6] *Cerámica de Tonalá, Artes de México*, núm. 14, México, 1991.

[7] Irmgard W. Johnson, *Design Motifs on Mexican Indian Textiles*, Academische Druck and Verlagsanstalt, Graz, 1976.

[8] Alejandro de Ávila, *op. cit.*

[9] Alfonso Alfaro, "Elogio de la opulencia, la distancia y el cordero", en *Textiles de Chiapas*, *Artes de México*, núm. 19, México, 1993.

[10] Calixta Guiteras Holmes, *Los peligros del alma*, Fondo de Cultura Económica, México, 1952.

[11] Bartola Morales, "Imaginación bordada en palabras", *Textiles de Oaxaca*, *Artes de México*, núm. 35, México, 1996.

[12] Bartola Morales, *op. cit.*

[13] Ruth D. Lechuga, *El traje indígena de México: su evolución desde la época prehispánica hasta la actualidad*, Panorama editorial, México, 1982.

[14] Ricardo Martínez Hernández, *K'uk'umal chilil, el huipil emplumado de Zinacantán*, Casa de las Artesanías, Chiapas, 1990.

[15] Lexa Jiménez López, "Cómo la luna nos enseñó a tejer", en *Textiles de Chiapas, Artes de México,* núm. 19, México, 1993.

[16] Walter F. Morris, *Presencia maya*, Gobierno del estado de Chiapas, Chiapas, 1990.

[17] Marta Turok, *Cómo acercarse a la artesanía*, Plaza y Valdés-SEP, México, 1988.

[18] Marta Turok, *op. cit.*

[19] Alejandro de Ávila, *op. cit.*

[20] Jean Chevalier y Alain Ghurbrant, *Dictionnaire des symboles*, Laffont, París, 1974.

[21] Alejandro de Ávila, "Hebras de identidad: los textiles de Oaxaca en contexto", en *El hilo continuo*, The Getty Conservative Institute-Fomento Cultural Banamex, Los Ángeles, 1998.

[22] Tarn Nathaniel y Martín Prechtel, *"Constant Inconstancy: the Femenine Principle in Atiteco Mythology"*, en *Symbol and Meaning beyond the Close Community. Essays in Mesoamerican Ideas*, Institute for Mesoamerican Studies-State University of New York, Nueva York, 1986.

[23] Richard Stephen Felger y Mary Beck Moser, "Espíritu de las coritas seris", en *Cestería, Artes de México*, núm. 38, México, 1997.

[24] Stephen Lynn, "Export Markets and their Effects on Indigenous Craft Production: the Case of Weavers of Teotitlán del Valle, Oaxaca", en *Textile Traditions of Mesoamerica and the Andes, an Anthology*, Texas Unversity Press, Austin, 1991.

[25] Jonathan D. Amith, *La tradición del amate*, Mexican Fine Arts Museum-Casa de las Imágenes, Chicago-México, 1995.

[26] Walter P. Parks y Spencer H. MacCallum, "Mata Ortiz: el renacimiento alfarero", en *Cerámica de Mata Ortiz, Artes de México*, núm. 45, México, 1999.

Alfonso Alfaro

UNO DE LOS FENÓMENOS MÁS SORPRENDENTES QUE HA TENIDO LUGAR en el México del fin del siglo XX, tan pródigo en situaciones inéditas es, precisamente, otro asombro: el desconcierto que suscita en las capas educadas y en los sectores culturalmente mayoritarios del país la irrupción de los asuntos relacionados con las poblaciones rurales en el escenario de los grandes debates nacionales. ⁂

Lo extraordinario no es la actividad del volcán, sino la estupefacción que provoca en la opinión pública. ¿Por qué se encuentran, tanto las elites cultivadas como las clases medias, tan inermes ante unos problemas cuya complejidad parece inextricable? ¿Por qué la nación no ha logrado reponerse aún de su sorpresa? ¿A qué se debe la vulnerabilidad de un organismo tan consolidado y complejo como la sociedad mexicana ante una serie de tensiones tan locales, tan circunscritas y, aparentemente, tan minoritarias? ⁂

La perplejidad es consecuencia de un éxito: la nación ha llegado, por fin, a convertirse en una sociedad cuyos marcos culturales son predominantemente modernos. Siguiendo los lineamientos trazados por las potencias tutelares de la cultura mexicana —Francia en el siglo XVIII, el mundo anglosajón a partir del siglo XIX—, este país ha ido ampliando cada vez más los territorios donde una razón heredera de la ilustrada dicta los principios ideales; donde el anhelo de transparencia sustituye a la aceptación de unas leyes de la historia, impenetrables y oscuras (escritas por la Providencia); donde el entusiasmo por la eficacia obliga a considerar aberrantes los impulsos del derroche ritual y de los actos formalmente gratuitos. ⁂

Este proceso se ha acelerado, especialmente a partir de la Revolución: el siglo XX vio al país urbanizarse, industrializarse, entrar a la órbita de la globalización... ⁂

La riqueza no se produce ya para ser parcialmente consumada (inmolada en ofrenda sacrificial, como en la fiesta y el rito de las sociedades tradicionales), sino consumida (se habla de "bienes de consumo"); las aspiraciones de los individuos van adquiriendo el valor de una prioridad ética; los espacios comunitarios comienzan a estar sujetos a la vigencia de una regulación jurídica. ⁂

Es verdad que la transformación no ha sido homogénea. A partir del siglo XVIII, en un proceso de lenta capilaridad descendente, las proposiciones de la modernidad ilustrada

Máscara nahua. Huejutla, Hidalgo. Madera tallada y pintada. 16 x 13 x 8 cm. Museo Ruth D. Lechuga de Arte Popular.

Página 96: máscara cojó. Tenosique, Tabasco, 1989. Madera pintada. 17 x 16 x 13 cm. Museo Ruth D. Lechuga de Arte Popular.

Páginas 100 y 101: figuras otomíes recortadas para uso ritual. San Pablito, Pahuatlán, Puebla, ca. 1970. Papel amate. Museo Ruth D. Lechuga de Arte Popular.

fueron seduciendo poco a poco a las elites y, más tarde, a las clases medias escolarizadas y urbanas, y hoy han llegado a constituir el flujo principal que articula las ambiciones de un país cuyas mayorías aspiran a integrarse en plenitud a los circuitos planetarios de la expansión económica y del consumo. ⁂

Sin embargo, muchos mexicanos han continuado saciando su sed en otros veneros, a pesar de vivir en un territorio atravesado por un número infinito de esas corrientes septentrionales (que irrigan el país desde hace ya más de dos siglos); muchos habitantes de este suelo, entre los cuales abundan los que tienen al español como única lengua y a quienes nada visible separa de los demás criollos o mestizos, permanecen inmersos en redes sociales y culturales de tipo tradicional, precisamente en la medida en que han logrado resistir el embate de esas aguas. ⁂

Esas sociedades ("premodernas" según la lógica ilustrada, "primitivas" según los dogmas del evolucionismo social) son sede de proyectos de futuro no sólo distintos, sino incluso divergentes y, en algunos puntos, antagónicos del que hoy predomina. Sus anhelos difieren de aquellos que formularon las sociedades del norte de Europa, influidas por la modernidad dieciochesca y se encuentran, en cambio, mucho más próximos a otra vertiente de símbolos y valores: la de las fuentes romanas, austriacas y españolas que dieron vida al gran proyecto alternativo del Occidente postrenacentista, el del arte y la cultura surgidos del Concilio de Trento (un movimiento cultural llamado, en el norte, Contrarreforma). ⁂

Para muchos mexicanos —miembros de una numerosa minoría que no deja de crecer continuamente en números absolutos, a pesar de representar una proporción cada vez menor del conjunto total— existe una epistemología distinta de la que formuló el positivismo, una economía que no es sólo la del bienestar, de la acumulación y del consumo, y un proyecto vital que rebasa el horizonte de los años de un hombre. ⁂

La urdimbre de las lealtades personales, de las aspiraciones colectivas, del diálogo constante con un universo situado fuera de la historia, más allá de las realidades visibles, da vida a la cultura urbana de los barrios y forma parte de la experiencia cotidiana de muchos habitantes del México campesino, que todavía piensan que es legítimo mezclar el regocijo con las lágrimas para mantener en vida la presencia y el cariño de los difuntos con la celebración del Día de Muertos. Ellos estiman que el endeudamiento

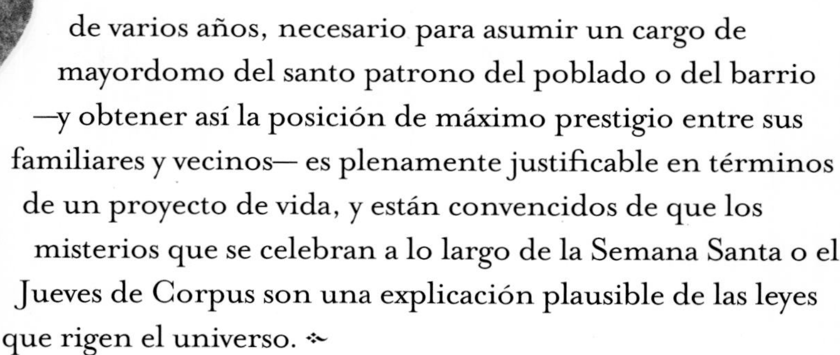

de varios años, necesario para asumir un cargo de mayordomo del santo patrono del poblado o del barrio —y obtener así la posición de máximo prestigio entre sus familiares y vecinos— es plenamente justificable en términos de un proyecto de vida, y están convencidos de que los misterios que se celebran a lo largo de la Semana Santa o el Jueves de Corpus son una explicación plausible de las leyes que rigen el universo.

Las poblaciones mexicanas situadas en los linderos (de la alta tecnología, de la urbanización, de la escolaridad, de la industrialización, de la economía formal) permanecen oscilando en un territorio intermedio entre dos proyectos civilizatorios nacidos en Occidente, uno en el Mediterráneo y otro en el Mar del Norte: el del mundo austroespañol de los Habsburgo, tridentino y barroco, y el de los países de la modernidad postilustrada.

El choque frontal entre ambas concepciones de la realidad tuvo lugar a lo largo del Siglo de las Luces y se saldó por una contundente victoria del proyecto moderno. El modelo vencido abandonó las arenas del debate intelectual y científico, aunque continuó floreciendo, poderoso e ignorado, en los territorios de numerosas culturas populares y, muy especialmente, en aquellas comarcas que habían pertenecido a los herederos de Carlos V. Nuestras zonas rurales han sido, durante dos siglos, guarida y lugar de refugio para un proyecto que había sido formulado, en su día, como el intento de dar una respuesta propositiva a la gran crisis de la conciencia religiosa europea en el siglo XVI y un esfuerzo por superar las limitaciones del racionalismo en el siglo XVII.

Ese otro modelo para distribuir los recursos económicos y para organizar los lazos sociales, esa otra manera de concebir la vida cotidiana, la historia y el destino, no desaparecieron del todo, a pesar de haber sido arrojados a un callejón sin salida, a trasmano de las rutas del progreso. Sólo fueron haciéndose menos presentes, menos visibles; tanto, que las sociedades victoriosas —las modernas— llegaron a convencerse de que la incorporación de las culturas marginales a la corriente mayoritaria era inevitable. Sin embargo, hace casi un cuarto de siglo —antes de que comenzaran en nuestro país las llamadas "crisis" económicas, sistemáticamente recurrentes— Octavio Paz observaba ya que "el 'otro' México, el no desarrollado, crece más rápidamente que el desarrollado y terminará por ahogarlo".

Corona seri. Desemboque, Sonora, 1951. Museo Ruth D. Lechuga de Arte Popular.

Páginas 102 y 103: artesano que elabora papel picado. Fotografía: Nacho López. Reproducción autorizada por el INAH.

Página anterior: Lino Báez. Máscara totonaca de "huehue matachín". Papantla, Veracruz, 1992. Madera pintada. 18 x 16 x 7 cm. Museo Ruth D. Lechuga de Arte Popular.

El siglo XX nos obligó a aceptar que la realidad de las sociedades es más tozuda que los intentos por comprender, codificar y dominar la historia. El proyecto de la cultura tridentina fue derrotado en la lucha por lograr la hegemonía sobre toda una civilización, pero durante los últimos siglos ha permanecido vivo y no ha dejado de reproducirse. ⁂

Los conflictos y las desigualdades existían ya en el interior de las sociedades prehispánicas; no aparecieron en el continente americano al momento de la Conquista. Por otra parte, las actuales poblaciones indígenas han sido transformadas en profundidad, debido a su incorporación, ya multisecular, a la órbita de la civilización occidental (como es evidente en sus sistemas de organización social, su horizonte simbólico, su tecnología). Por esa razón, lo que hoy sucede no es que algunos grupos "naturales" o "primitivos" entren en conflicto con una sociedad "artificial" (la moderna); no es que un mundo puro y justo se enfrente a otro decadente y corrompido, o que un pueblo vital y generoso intente defenderse frente a una economía opulenta y deshumanizada (ni es tampoco el caso de un conflicto de "indígenas" contra "mestizos"). Se trata simplemente de dos variantes culturales de la misma civilización occidental (la corriente triunfadora, menos poderosa de lo que ella supone, y la vencida, menos inerte de lo que parece) dotadas de lógicas antagónicas, que compiten y tratan de perdurar, mientras invoca cada una sus propios valores. ⁂

La premodernidad (o, más bien, la "no modernidad") es, en México, predominantemente tridentina, aunque guarda hondas y numerosas semejanzas con los modelos de otras sociedades tradicionales, de tipo campesino, que pertenecen a los mundos hindú, islámico o budista. ⁂

Para las elites cultivadas de nuestro país, descendientes de un linaje intelectual habituado, desde hace casi diez generaciones, a pensar en el universo barroco como un gigante cubierto de oro, pero yerto y embalsamado, la existencia de un mundo paralelo, dotado de aspiraciones alternativas, un proyecto que no comparte los mismos dogmas (el individuo, la razón, el progreso, el consumo, la expansión) porque tiene los suyos propios (la comunidad, el equilibrio, la trascendencia) resulta muy desconcertante. ⁂

Quizá en el fondo todo sea un problema de miradas. Los sectores más dinámicos de nuestro país, en su afán por acelerar la ansiada transformación que permitirá a México obtener, por fin, "el lugar que en justicia le corresponde", al lado de las naciones avanzadas, tienen fijos sus ojos precisamente en ellas; en lo que inventan y en lo que rechazan, en lo que hacen y dejan de hacer. ⁂

Sus ojos se han acostumbrado a considerar como sombras borrosas e indistintas a esos fantasmas del mundo campesino y semiurbano —hispanohablantes o no, la mayoría de ellos no son ya indígenas— que se afanan silenciosos, al pie de la pirámide social. Preocupados por formular un proyecto de futuro, se hacen cada vez menos receptivos a la vitalidad de un pasado sumamente presente.

Por otra parte, los mexicanos recién modernizados (marginalmente urbanizados e insuficientemente escolarizados) experimentan todavía la fascinación por los espejismos de un horizonte apenas entrevisto, henchido de promesas, y tratan de romper los vínculos que los atan a una precariedad que van logrando abandonar a costa de tantos esfuerzos. Obsesionados por alejarse de la extenuante y penosa condición de sus abuelos, tampoco pueden escudriñar con atención serena a ese México que suele hablar en voz tan baja: la otra faz de nuestra luna. También ellos intentan borrar en el espejo rasgos de ese rostro que todos compartimos.

Así pues, tanto las miradas de algunas elites (sobre todo las más dinámicas) como las de ciertos sectores de las clases medias (sobre todo los más recientes) experimentan una gran dificultad para percibir zonas muy amplias de la realidad en que se hallan inmersas. Las convulsiones que tienen lugar en esos cimientos del edificio social, que son para ellos parte de un subsuelo oscuro e inaccesible, afectan profundamente sus intereses, pero ni siquiera la vehemencia de las sacudidas es capaz de modificar sus tropismos. El único polo de su atención —el único objeto de su deseo— es la imagen de la modernidad y del desarrollo: de tal sustancia está hecha la materia de sus sueños.

Hay otra manera de mirar, distinta de las anteriores. Impregnada de curiosidad e interés, esa mirada asume el entusiasmo y el asombro; es consciente de la infinita distancia que la separa de lo que observa, mas ha quedado atrapada por los finos hilos de la admiración y del afecto; una mirada que considera a ese mundo vigoroso y soterrado como un objeto de análisis exigente y como un sujeto de diálogo: la mirada de la alteridad respetuosa. Gracias a esa manera de percibir lo ajeno, los grandes exploradores y viajeros —de Herodoto a Marco Polo— han enriquecido el patrimonio cultural y ético de la humanidad.

Esa perspectiva ha recibido, desde hace varias generaciones, el influjo de un intento, no siempre afortunado, de codificación académica (la etnología).

Delfino Castillo Alonso. Máscara de carnaval de cera moldeada y pintada, con barba de ixtle. Santa María Ixtahuacán, Estado de México. 27 x 15 x 13 cm. Museo Ruth D. Lechuga de Arte Popular.

Página siguiente: carnaval de Atenco, Estado de México, 2003. Fotografía: Jorge Pablo Aguinaco.

Página 108: tía Juanita en San Bartolo Yautepec. Oaxaca, 1980. Fotografía: Ruth D. Lechuga.

Página 109: mixtecas. San Pablo Tijaltepec, Oaxaca, 1981. Fotografía: Ruth D. Lechuga.

CERÁMICAS

CERÁMICA DE LOS CINCO SENTIDOS

Alberto Ruy Sánchez

CADA OBJETO ARTESANAL TIENE UNA MAGIA PROPIA, UNA ESPECIE DE emanación de gracia que nos seduce y nos toma. La belleza de ciertas piezas de cerámica ejerce sobre nosotros la más evidente de esas seducciones. Pero no es lo único capaz de atar nuestra atención a la forma siempre misteriosa de algunas obras de barro. ¿No es inmensa la fuerza de una vasija que al mismo tiempo que nos sirve exige nuestra admiración, nuestra callada y detenida contemplación?

El barro mismo es un material cargado de múltiples significados, desde el origen mítico del hombre modelado por Dios a partir del barro, hasta las orgullosas comparaciones nacionalistas de la piel del mexicano con el color de su tierra. La jícara de barro es en la pintura y en la literatura nacionalista de las décadas de 1930 y 1940 el emblema de la nacionalidad, de la misma manera que fue para los europeos desde el siglo XVI y para los estadounidenses, posteriormente, un emblema del exotismo, de la "otredad", de la gente "diferente" que toma agua con esos otros objetos, que dibuja en ellos esas otras figuras y entierra a sus muertos en aquellas vasijas. Y tan se convirtió en un emblema que los escritores de la década de 1930 que criticaban los estereotipos nacionalistas de la literatura de aquella época la llamaban "literatura de jicarita". También es común en escritos de esa época que para elogiar la sinceridad abierta de una persona se dijera que es "sonora como olla de barro".

Más allá de su imagen emblemática, y más cerca de cualquier día a día, las diferentes formas de la alfarería mexicana son expresiones vivas de una centenaria tradición creativa. El reconocido historiador del arte Herbert Read decía que la alfarería es la más simple y a la vez la más compleja de las artes, porque siendo tan elemental es al mismo tiempo la más abstracta. No imita, como la escultura, sino que sus formas tienden a ser armonía detenida. "El jarrón griego es el modelo de toda la armonía clásica". Así, según Read, la alfarería es un arte tan fundamental, tan ligado primariamente a las necesidades e imaginación de una civilización, que el carácter nacional no puede

Página anterior: cuenco (detalle). Región de Jalisco. Cerámica modelada, con restos de policromía.

Página siguiente: Pablo Ramos Cruz. Jarro de petatillo. Tonalá, Jalisco. 24 x 17 x 41 cm. Museo Ruth D. Lechuga de Arte Popular.

Página anterior: tibor con motivo de águila bicéfala. Región de Jalisco, siglo XVII. Cerámica modelada policromada sobre engobe crema y rojo, bruñida. Museo de América, Madrid.

dejar de encontrar una de sus expresiones privilegiadas en este medio artesanal. Por eso "el arte de un país y la delicadeza de su sensibilidad pueden ser juzgados por su alfarería. Ése es un criterio confiable". En su alfarería como en su cocina, en sus artes plásticas como en su poesía, la sensibilidad mexicana tiene vasos comunicantes y se expresa viva: a la vez cambiante y sin embargo ya centenaria. En sus artes encuentra voces múltiples. Una de esas voces es sin lugar a dudas la voz del barro. Y entre ellas, la voz de la cerámica de Tonalá es una de las más interesantes. ⁂

De manera muy peculiar, los poderes de seducción de la cerámica de Tonalá se extienden por todos nuestros sentidos. La vista es privilegiada por su inmediatez. Desde lejos se perfilan las formas, los colores y los dibujos propios de esta cerámica. Su fuerte inclinación hacia una más o menos clara *naïveté* da a las piezas un carácter de simplicidad, de frescura y de sinceridad; en resumen, les confiere una gracia natural muy marcada. La fauna y la flora de la alfarería de Tonalá del siglo XIX y del XX, en algunas piezas que tienen escenas más complejas, recuerdan directamente al arte del aduanero Rousseau. En las piezas donde no imperan escenas figurativas, la geometría de la decoración es casi siempre muy elemental. Algunas figuras, como las flores, han llegado a convertirse casi en abstracciones distintivas; es decir, en una especie de huellas digitales de este tipo de cerámica que el Dr. Atl se ocupó de descifrar y nombrar. ⁂

El oído y el tacto están también entre los sentidos a los que esta cerámica acude, ya que desde las crónicas más antiguas se elogian estas piezas por su sonoridad y su porosidad, por su ligereza y su exterior pulido. El gusto también es llamado con entusiasmo a esta confluencia de los sentidos alrededor del barro bruñido, puesto que el agua que se conserva en el barro de Tonalá dicen que adquiere un sabor más puro, más fiel a la frescura de una fuente. Aunque el invitado de honor a la fiesta de la cerámica de Tonalá es el olfato, al punto que durante mucho tiempo se le llamó "loza de olor", porque al llenarse de agua despide una fragancia muy peculiar que algunos adjudican a la combinación de tierras de las que está hecho el barro y otros al material de la primera cubierta que se pone sobre la pieza antes de hornearla. Quienes defienden la primera hipótesis dicen que, por la misma razón, en México los campos y las calles de tierra se perfuman cuando llueve. ⁂

En Europa, estas piezas de cerámica olorosa provenientes de la Nueva España eran muy apreciadas. Había procedimientos especiales para conservar su olor y mostrarlo a los visitantes. Era uno de los objetos curiosos y exóticos que despertaban en la gente, además de asombro, sed de conocimiento. Por eso merecían estar en el gabinete de los señores de la época, cuando no en su comedor o en la cocina. No es por casualidad que la cerámica de Tonalá aparezca en alguno de los cuadros de la "pintura de castas" del virreinato. Esos objetos de cerámica pertenecen de lleno al ámbito de la clasificada extrañeza a la que se ven confinadas las variadísimas combinaciones raciales de los habitantes de América y que en la "pintura de castas" se ven representadas. En esos cuadros reinan los frutos de la extrañeza: paisajes, telas y vegetales exóticos se dan cita y son nombrados. Al fondo de algunos cuadros, sin nombre propio pero igualmente exóticos, aparecen algunos objetos de Tonalá. Son también producto de la mezcla "extraña" —para los europeos— de técnicas y artes alfareros de ambos continentes. ⁂

En ese sentido hay quien ha afirmado que la cerámica de Tonalá es un arte mestizo por excelencia, mientras que la cerámica de talavera, desarrollada en Puebla, es un arte criollo. ⁂

La talavera es loza vidriada en doble cocción, con una técnica que sin duda no existía en México antes de la llegada de los españoles. La de Tonalá es loza pulida —bruñida— y se hace con una sola cocción, siguiendo una técnica que ya era conocida por los indígenas de México mucho antes de la Conquista. También hay una gran diferencia entre los dibujos de las piezas de Tonalá y los de Puebla: los primeros son claramente más populares, aparentemente menos reglamentados. Objetos de Tonalá y de Puebla son en rigor imágenes de "la otredad" representada en la pintura de castas. Ambas cerámicas son el fruto de varias mezclas de tradiciones alfareras muy diversas y por eso pertenecen de lleno a eso que, siguiendo a Lezama Lima, la historiadora Margarita de Orellana ha llamado "la fiebre de la imagen en la pintura de castas". Así podemos pensar que los objetos artesanales y la manera de representarlos son también expresión material de la dimensión imaginaria de un grupo social. Así por conducto, de la convocatoria que la cerámica de Tonalá hace a todos nuestros sentidos, convoca también a nuestra imaginación de diferentes maneras. ⁂

El sentido del gusto en las piezas de Tonalá no sólo se refiere al agua que contienen. Durante mucho tiempo las piezas de Tonalá han sido devoradas por quienes aún están convencidos de que tienen cualidades curativas. Por eso hasta los guijarros son valorados y vendidos. Otro llamado a la imaginación alrededor de la cerámica de Tonalá es el hecho de que su misma preparación es un ritual meticuloso con ecos fuertes de la alquimia. La mezcla de las diferentes tierras apropiadas es parte de la receta mágica. El reposo del barro es también esencial. Por otra parte, los artesanos deben estar ya iniciados en el difícil arte de los movimientos de fuego, saber cómo leer el color de la llama y su tamaño, todo esto entre otras exigencias especiales. ⁂

Página siguiente: botellón. Tonalá, Jalisco, siglo XIX. Cerámica modelada, policromada sobre engobe y bruñida.

Páginas 118 y 119: cuencos. Región de Jalisco. Cerámica modelada con restos de policromía.

29 de 1884.

LOZA DE AGUA Y LOZA DE FUEGO

Gutierre Aceves Piña

Los tonaltecas han hecho de la alfarería su signo más característico. Desde fines del siglo XIX, el sacerdote Jaime Anasagasti y Llamas se refiere a este pueblo, en su obra *Brevísimas notas de la historia antigua y moderna de Tonalá,* como "puerto de loza" al que acuden "arrieros de lejanos rumbos" para abastecerse de su cerámica. Esta afirmación nos indica la gran demanda que tuvo la alfarería tonalteca durante el siglo XIX. Sin embargo, el aprecio por esta loza tiene una larga tradición testimoniada desde el siglo XVII por viajeros e historiadores. Asimismo, en nuestro siglo, le han otorgado un lugar privilegiado a lo largo de sus estudios sobre arte popular, el Dr. Atl, Roberto Montenegro, Ixca Farías, José Guadalupe Zuno e Isabel Marín de Paalen, entre otros.

El reconocimiento nacional e internacional del barro tonalteca se ha debido a su variedad, a la calidad de su factura, a sus cualidades utilitarias y a los valores de su decoración.

En México, generalmente se ha conocido a la cerámica de Tonalá como "loza de Guadalajara", pues como menciona el Dr. Atl "la loza toma el nombre de la ciudad más importante en cuyos alrededores se fabrica". Esta denominación geográfica se personaliza en Tonalá, en donde "cada obrador de alfarero está especializado en un solo tipo de loza, y así se reconocen entre sí los habitantes del pueblo. Cuando se trata de recomendar a alguno de ellos, suelen decir: 'donde los Basulto hacen de agua', 'donde los Campechano hacen tinas', 'donde Emiliano Melchor hace puerquitos de una y media', 'los Solís de la de olor', 'los Sésate la pintada en corriente y la de petatillo'", según documenta Marín de Paalen, en 1960.

Así, tanto los artesanos como quienes han escrito sobre la alfarería de Tonalá distinguen por su función y decorado entre la loza de agua

Tibor.
Tonalá, Jalisco.
Cerámica modelada y policromada con engobe rojo bruñido.

Página siguiente: guaje de barro canelo.
Región de Jalisco, principios del siglo XX.
Cerámica modelada, sobre engobe matiz.
35 x 20 cm.
Colección Montenegro, INBA.

Página anterior:
Salvador Vázquez y
Jorge Wilmot.
Mosaico de barro
bruñido (detalle).
Tonalá, Jalisco,
1991.

Jarra.
Región de Jalisco,
siglo XIX.
Cerámica
modelada,
policromada
sobre engobe de
Sayula y bruñida.
20.5 x 21 cm.
Colección
Montenegro, INBA.

y la loza de fuego; que se diferencian por su acabado de superficie: la primera es de barro bruñido o ensebado, de una sola cochura, y la segunda lleva un baño de greta o vidriado que requiere de una doble cocción. ⁂

La de agua, como su nombre lo indica, es la destinada a contener líquidos. La más antigua de este género, de raigambre prehispánica, es la loza bruñida llamada también de olor o de jarro. ⁂

Esta cerámica es el de más fama y tradición de Tonalá, no sólo por sus decorados y espléndido bruñido, que se logra al frotar su superficie con un fragmento de pirita, sino también por las cualidades de sabor, olor y frescura que otorga a los líquidos que contiene, así como por las propiedades curativas que se atribuyen a la costumbre de comerlo en pequeños fragmentos. Aún en la actualidad se fabrican para este propósito miniaturas, en las que se procura dejar el barro tierno a la hora de cocerlas, pues eso les proporciona mejor sabor. Esta pequeña loza es especialmente apetecida por mujeres embarazadas. La alfarera Marcela Álvarez viuda de Pila nos comentó que, cuando estaba encinta, "tanto la deseaba, que si dormida estaba, me levantaba a buscarla", e incluso se vendía en bolsitas "la que se quebraba cuando íbamos a vender a San Juan de los Lagos". ⁂

De existencia breve, y relacionada con la bruñida por sus formas (tinajas, tecomates, botellones, etcétera), la loza opaca tuvo dos variantes: floreada y azteca. Estos términos se refieren a las características de su decoración, el primero por los motivos vegetales que se pintaban en la vasija y el segundo por la alusión al grequismo introducido por la familia Murillo a principios del siglo pasado. Ninguna de las dos se bruñía, por lo que quedaba un efecto mate al pasar por el fuego. ⁂

Por su uso, también son de agua los barros conocidos como bandera y canelo, cuyos nombres nos indican los colores para ornamentarlos. Están emparentados con la loza bruñida por su brillo, aunque el lustre de estas cerámicas se logra puliendo su superficie con grasa animal antes de la cocción; este hecho hace que se les conozca como "ensebadas", para diferenciarlas de la bruñida. Es pertinente aclarar que Juan Pila, uno de los artesanos más viejos en la especialidad de loza bandera, se enorgullece de lograr la luminosidad festiva de sus piezas sin recurrir al sebo, sino que la obtiene con un doble baño de "flor de tierra roja" (engobe), la cual proviene del barro colorado, rico en óxido de hierro, y el secreto de su preparación se debe al uso de agua de lluvia, o del venero localizado en el

LUCIA

cerro de la Reina, para decantar el barro con el que se pinta, pues si se emplea "agua de la llave" existe la necesidad de ensebar la pieza.

En el pasado, pocos alfareros, como Zacarías Jimón —de los que Atl llamó "grandes decoradores de vasijas"—, bruñían este tipo de loza, hecho que no es común en la producción actual.

Los botellones con su plato y la variedad de jarras, característicos del barro bandera, se decoran con flores, animales y nombres, a manera de dedicatoria, que se añaden con matiz (blanco) para finalmente agregarles después de la cocción, finos perfiles con anilina verde, con lo que quedan completados así los colores de la enseña nacional.

El llamado barro canelo proviene de El Rosario, municipio de Tonalá. Sus cántaros y botellones de tonos sepias y ocres tienen la peculiaridad de estar pintados únicamente con colorantes de barros locales. La riqueza de su colorido se consigue con un proceso similar al de la decoración de la loza bruñida: mediante el "palmado" y el "sombreado". Sobre un baño de engobe amarfilado (matiz) se pintan los motivos vegetales que son cubiertos por una segunda capa más decantada del mismo engobe a la que los artesanos llaman "azul", la cual hace perder intensidad a los colores iniciales, para después sombrearlos; es decir, perfilar y repintar las áreas donde se quiere contraste.

Su brillo es el resultado, como en el barro bandera, de la grasa aplicada en su superficie. Excepcionalmente se puede obtener con un bruñidor de pirita, como el barro canelo elaborado por la familia de Nicasio Pajarito. A pesar del gran oficio que requieren estas piezas, son poco valoradas en el mercado.

Otro tipo de cerámica, casi extinto, que tuvo su auge durante el siglo XIX y principios del XX, es el llamado betus. A este género corresponden las alcancías en forma de marranito y los recipientes para agua, como jarras, botijos y botellones, sobre los que se pintaban diversos motivos como paisajes, animales y águilas nacionalistas. "Para ello —señala Ixca Farías— usan colores en polvo mezclados con goma de mezquite, son los que encontramos más vigorosos, pues vemos, por ejemplo, la bandera mexicana como un adorno entre ellos, con los colores enteros. La nitidez del color se debe a que se aplica después de quemada la pieza, para finalmente darle "una capa de barniz 'betus' usando para ello generalmente los dedos de las manos.

Páginas 124 y 125: Pablo y Javier Ramos. Conjunto de jarros. Tonalá, Jalisco, 1991. Cerámica moldeada, diversas decoraciones sobre engobe. Colección particular.

Cazuelas de relleno. Tonalá, Jalisco, 1991. Cerámica moldeada con engobe rojo y vidriado plúmbeo. Colección particular.

En algunas otras piezas le ponen a la goma de mezquite anilinas de colores, que dan una transparencia más agradable". ⁂

Muy relacionada con la anterior debió estar la ya desaparecida loza dorada o amarilla, de la que se conservan todavía algunos ejemplos realizados por Epifanio Maestro y su familia; en esta loza el dorado se aplicaba con leche de mora, y para su acabado final se usaba probablemente el barniz betus. ⁂

Si bien la técnica del bruñido afianza sus raíces en el mundo prehispánico, no así el uso de óxido de plomo para el acabado vítreo de las vasijas. La llamada greta y el horno cilíndrico son parte del legado hispano a la cerámica mexicana. La gran variedad de la alfarería tonalteca se ha debido a la coexistencia de ambas técnicas, supervivencia de una y desarrollo de la otra. ⁂

Para vitrificar la loza es necesario hornearla dos veces. Ya pintada, se "sancocha" a baja temperatura, con lo que queda lista para recibir el baño total o parcial de greta, que se fundirá al ser expuesta a un fuego más intenso, lo cual le proporciona el característico brillo enmielado y la impermeabilidad que la distingue. La asimilación de esta técnica permitió fabricar objetos cerámicos novedosos que, a decir de Carlos Espejel, satisfacían adecuadamente la necesidad de los españoles "para guardar alcohol y aceite comestibles e industriales". ⁂

La loza engretada es la loza de fuego, la complejidad de su decoración (aplicada siempre sobre un engobe de barro colorado) y su uso determinan que asuma diversos nombres: de lumbre, matiz y petatillo. ⁂

La loza de lumbre es la que se expone directamente al fuego para cocinar los alimentos. Usualmente posee una ornamentación discreta que se restringe al borde de las vasijas liberadas de una decoración profusa; cazuelas y ollas brillan por la pureza de su forma. ⁂

Por su parte, la loza matiz es la de servicio; es decir, destinada en la mesa. Se pinta con un caolín blanco (llamado precisamente barro matiz), asegura Marín de Paleen, "con motivos fitomorfos y zoomorfos, siendo características en este estilo las figuras nacionales: soldados de la Independencia o de la Revolución, o águilas heráldicas". ⁂

A la loza de petatillo podemos considerarla como la de lujo en el servicio de mesa. Juegos de té, de café, floreros o vajillas completas —agrega— presentan una "rica y profusa decoración [que] comprende animales, flores y plantas, más una finísima cuadrícula de

Página anterior: alcancía. Tonalá, Jalisco. Cerámica modelada, policromada y bruñida.

líneas rectas, cruzadas en diagonal que va en el fondo y da nombre al estilo". Isabel Marín menciona también que el petatillo fue creado por "Balbino Lucano y Magdaleno Coldívar [...] éstos inspirados y pacientes alfareros [a fines del siglo XIX], no contentos con adornar la loza matiz con motivos de paisajes, decidieron cubrir los espacios libres que quedaban entre las imágenes".

Una variante del petatillo, en donde la cuadrícula de líneas entrecruzadas se sustituye por un punteado o granillado y predomina la fuerza del colorido, es practicada en la actualidad, de manera espléndida, por Javier Ramos Lucano, quien toma su inspiración de su maestro Pedro Chávez, un destacado decorador de petatillo, que ya falleció.

Dentro de la loza engretada merece especial mención la producción de jarros, considerados por el Dr. Atl como el arquetipo de la cerámica nacional. Estimados como loza corriente, son los cacharros más baratos. Han dejado de ser modelados y su característica cintura se hace con un alambre al sacarlos del molde. Los hay muy simples, de color verde y café, o de gran riqueza plástica, pintados con lagrimeado, culebrilla, espuelas, cadeneado, gancho de caracol y alfajor.

Por la bebida que contendrán, por su capacidad o por su forma se llama a los jarros caldetero, trozado, semitrozado, chato, bote, medio bote, ponchero, tequilero, monjero o chocolatero.

Especialmente atractivos son los jarros labrados, pues a la decoración se suman en su base motivos estampados con sellos, cuando el barro aún está fresco. Muy apreciados como recuerdo son los jarros nombreados, siempre habrá una "Lupita", una "Dolores", una "Lucía" o una "María" que los hagan suyos.

A la alfarería de Tonalá se sumó, a partir de la década de 1960, la práctica de la cerámica de alta temperatura introducida por Jorge Wilmot, quien logró una innovadora amalgama de tradiciones: la tonalteca y la oriental. Wilmot, en principio, se interesó por revitalizar la menguada producción de barro bruñido local, la cual enriqueció con un conjunto de figuras: leones, gatos, codornices, tortugas, palomas, etcétera, bestiario que en la actualidad es del dominio común. Más tarde incorporó técnicas chinas a la tradición popular mexicana. Este esfuerzo ha redundado en una amplia producción de piezas exquisitas.

La variedad de la alfarería tonalteca es el fruto de distintas tradiciones; sin embargo, su diversidad se encauza, a la hora de fabricarla, a lograr una loza cuya utilidad y belleza encuentren su destino en la vida cotidiana.

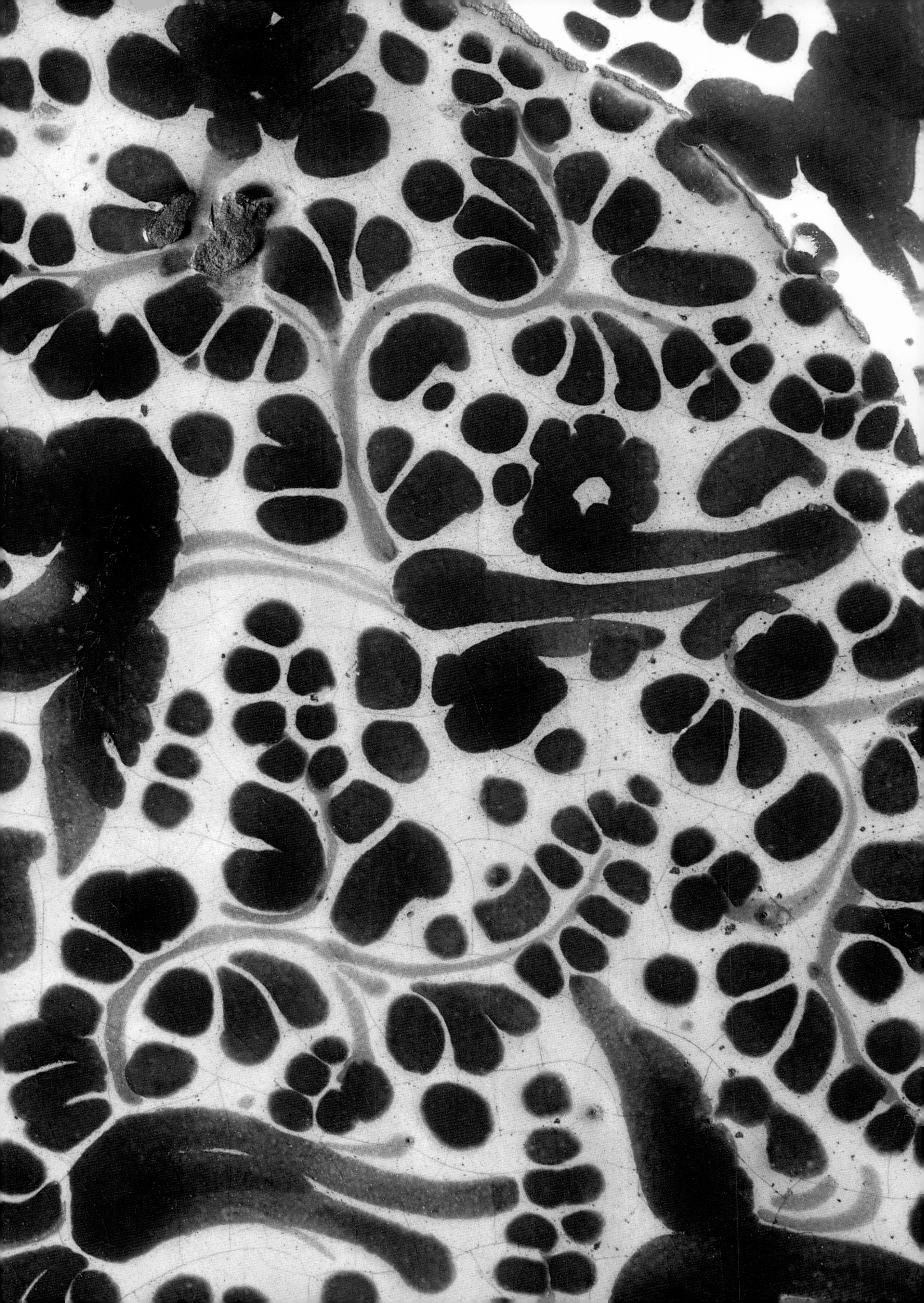

TALAVERA

EL MUNDO DE LA TALAVERA

Alberto Ruy Sánchez

El arte es una evasión del caos, es indeterminación de la materia buscando el ritmo de la vida.

HERBERT READ

TALAVERA ES UN TÉRMINO LLENO DE MISTERIO, COMO MISTERIOSO ES que los hombres se empeñen en obtener de la tierra objetos variados y pintados que, al chocar entre sí, suenan a campana ronca, y que llaman nuestra atención por su belleza.

La loza que conocemos como talavera de Puebla es, sin duda, uno de los temas mayores de las artes tradicionales de nuestro país.

La alfarería de talavera es un arte ligado históricamente a ciertos espacios: la cocina, la iglesia y el convento, la fachada de la casa y su interior, más el espacio del taller, donde los rituales centenarios del artesano se repiten.

Este arte, que es especial como lo es la escultura, tiene además un espacio interno: el de la imaginería representada sobre sus superficies. Estos espacios forman un mundo donde realidad y fantasía se comunican, donde las manos que hacen y compran y venden, se combinan con las manos que pintan las formas de sus sueños sobre una jarra o que se enamoran posesivamente de una vasija. Ése es el mundo de la talavera, otro mundo en nuestro mundo.

La cocina poblana es uno de los primeros ambientes naturales de la talavera: azulejos en los muros y hasta en los techos, y recipientes de alimentos a punto de ir a la mesa se unen formando una "arquitectura culinaria", donde el espacio interior de la cocina es como un gran reflejo de los platillos típicos de Puebla, ricos en sabor, originalidad y colorido. La cocina de azulejos y la vajilla de loza blanca vidriada son como cámaras de ecos donde los platillos reciben también el condimento visual de la talavera. Así, al placer de la comida, la talavera añade un placer que penetra por los ojos y que, como el de los alimentos, es un placer compartido.

En un tipo muy diferente de cocina "en las farmacias de otras épocas" abundaban los recipientes de talavera por ser prácticos y muchas veces hermosos. Su interior era impermeable y en su exterior se mandaba escribir, desde antes de entrar al horno, el nombre de las hierbas o sustancias que albergaría, lo mismo que el emblema de la orden

Azulejo de talavera. Cerámica estannífera policromada. Museo Bello, Puebla.

Página siguiente: jarra de talavera. 29 cm de alto. Puebla, mediados del siglo XIX. Museo Franz Mayer.

Páginas 130 y 131: detalle de un bacín de talavera.

Página 134: bacín policromado con tapa. Talavera de Puebla. Siglo XIX.

Botella periforme decorada con querubines en azul sobre blanco. Siglo XVII. 34 cm de altura. Museo Franz Mayer.

religiosa que encargaba la pieza, si ésta era destinada a la farmacia de algún convento.

La iglesia y el convento son otros espacios naturales de la talavera. En ellos abundaban los objetos que, como los lebrillos, se utilizaban en los rituales más importantes, como el bautizo, o en los más banales, como lavarse día a día los pies o las manos. En la talavera de las iglesias y los conventos convergen los gestos sagrados y profanos de una comunidad. En la vida de los conventos, la loza vidriada era una especie de centro brillante, pero modesto, de la vida común. Por otra parte, en sus fachadas, las iglesias se cubrían de talavera para tratar de dar a su exterior un equivalente del oro que recubría sus altares. En las fachadas, la talavera es esplendor.

En la ciudad, las residencias se vestían de talavera como sus dueños se vestían de gala. Y mostraban el bienestar de las casas, y el recato o la excentricidad de sus dueños. Pero si bien la talavera por fuera era como el ropaje de los de la casa, por dentro era, y es, una especie de manifestación del alma de los coleccionistas: una vasija junto a un cuadro, un lebrillo al pie del retrato de un antepasado, jarrones entre los libros y jarras llenas siempre de ciertas flores, develan asociaciones secretas, manías, vínculos obsesivos con ciertos objetos y con ciertas formas, una red de significados que muchas veces tan sólo una persona puede descifrar.

Lo cierto es que la talavera es una muestra de la pluralidad de razas y culturas que confluyen en México, ya que en cada vasija blanca y azul hecha en los alfares de Puebla, lo árabe, lo español y lo mexicano aparecen sutilmente hechos técnica y dibujo de la materia, herencias mudas que nos hablan por la vista y el tacto.

LA TALAVERA: NOMBRE Y ORIGEN

Luz de Lourdes Velázquez Thierry

EL CRONISTA DEL SIGLO XVIII MARIANO FERNÁNDEZ DE ECHEVERRÍA Y Veytia comenta la existencia de diferentes calidades de cerámica en la ciudad de Puebla y designa a la más fina como talavera al decir: "Pero todavía son más acreditadas las fábricas que hay dentro del casco de la ciudad, de loza blanca que llaman de talavera.

Con el barro blanco que la fabrican[...] hacen todo género de piezas tan pulidas, curiosas, bien barnizadas y pintadas que compiten con las que traen de Europa y las imitan perfectamente".

En la actualidad, a la loza estannífera de Puebla se le sigue conociendo como la talavera, y hay diversas opiniones sobre el motivo de tal denominación. Algunos estudiosos consideran que se le llamó así en honor a los alfareros provenientes de Talavera de la Reina, España, que introdujeron la técnica de esa cerámica en Puebla.

Otros autores, con base en una tradición oral, dicen que los frailes dominicos establecidos en la ciudad de Puebla, conociendo las aptitudes alfareras de los indígenas y deseosos de obtener azulejos para su convento, mandaron traer hermanos de su monasterio de Talavera de la Reina, que supieran el arte de la cerámica estannífera para que lo enseñaran a los nativos, pero no se han encontrado documentos que fundamenten esta opinión. La mayoría de los especialistas simplemente sostiene que a la loza de Puebla se le designa con el término de talavera por ser una copia fiel de la que se produce en la mencionada población española.

Recientemente ha surgido la hipótesis de que el término comenzó a utilizarse a partir de las ampliaciones hechas en 1682 de las Ordenanzas de loceros de la ciudad de Puebla, puesto que uno de los incisos ordena que la "loza fina será contrahecha a la de Talavera", entendiendo por contra hacer el "efectuar una cosa tan semejante a otra que difícilmente se pueda distinguir la verdadera de la falsa". Pero también hay quienes consideran que todas estas opiniones y tradiciones no autorizan a calificar a la cerámica de Puebla con el nombre de talavera y prefieren llamarla mayólica o loza blanca.

Página siguiente: lebrillo con damas en el centro. Cerámica estannífera pintada con azul plúmbeo. Mediados del siglo XVII. 64 cm de diámetro Museo Bello. En la parte inferior lleva las iniciales CS del notable locero Diego Salvador Carreto, quien participó en la redacción de las Ordenanzas de 1653.

Azulejos de talavera. Cerámica estannífera policromada. Museo Franz Mayer.

El primer término, utilizado al principio en Italia para nombrar a la loza esmaltada proveniente de Mallorca, con el tiempo varió su sentido y se hizo común para indicar cualquier tipo de pieza elaborada con esa misma técnica. El término talavera ha caído en desuso en España pero no en México, y mucho menos en Puebla, donde se produce esta loza con los métodos antiguos.

La manera de elaborar este tipo de alfarería ha sufrido pocas modificaciones desde la Colonia hasta nuestros días. Los barros que se empleaban para hacer las distintas piezas eran de dos tipos; uno negro que se extraía de los yacimientos arcillosos de los cerros de Loreto y Guadalupe, y el rosado, recogido en las cercanías de Totimehuacan. Los barros, una vez pasados por un tamiz para limpiarlos de impurezas, hierbas y piedras, se mezclaban y eran colocados en depósitos con agua; se ponían a "podrir". Mientras más tiempo permanecían ahí, su calidad mejoraba, pues adquirían mayor plasticidad. ⁜

Para poder utilizar el barro, el alfarero eliminaba el excedente de agua e iniciaba la tarea denominada "repisar", proceso que se efectuaba en locales techados y sobre un piso de ladrillo. En el suelo se colocaba el barro y el ceramista caminaba con los pies desnudos encima de él con el propósito de obtener una masa uniforme y de buena consistencia. El amasado se terminaba a mano y, posteriormente, con el barro se formaban bloques de diversos tamaños. A los más grandes se les llamó "tallos" y los de dimensiones menores recibían el nombre de "balas". El alfarero trabajaba con los bloques más pequeños con los que producía diferentes tipos de piezas en el torno o utilizaba moldes para la obtención de azulejos. Una vez que el barro obtenía la forma deseada, se dejaba en habitaciones sin ventilación por una larga temporada, con el propósito de que su secado fuera uniforme. Transcurrido el tiempo necesario, las piezas se sometían a una primera cocción en horno de leña. ⁜

Después de esta horneada, que duraba de 10 a 12 horas, cada objeto se revisaba, separando los de buena calidad de aquellos que presentaran algún defecto o estuvieran mal cocidos. Posteriormente se les aplicaba un barniz blanco, hecho de estaño y plomo, que de por sí proporcionaba el esmaltado a las piezas. Según las Ordenanzas del siglo XVII, la loza fina llevaba una arroba de plomo por seis de estaño, y la común, blanca o entrefina, una arroba de plomo por dos de estaño. ⁜

La capa de barniz se dejaba secar para luego decorar los objetos con diferentes diseños, empleando una gama de colores establecida en las Ordenanzas y que variaría dependiendo de la calidad de la loza. Los alfareros preparaban las pinturas con diversos pigmentos minerales. ⁜

Las piezas, una vez decoradas, eran acomodadas dentro del horno para una segunda cocción que duraba hasta 40 horas. El alfarero de la época colonial sabía que durante esta última operación podía perder un número cuantioso de objetos, por lo que siempre hacía a Dios una plegaria en el momento de encender el horno de leña y otra cuando lo alimentaba por última vez. ⁜

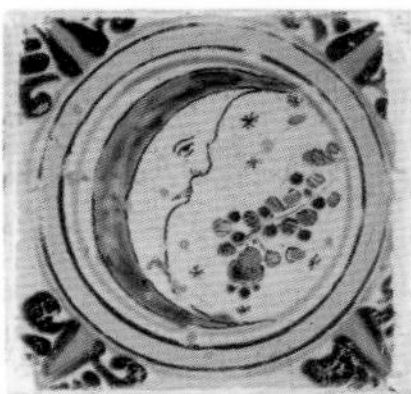

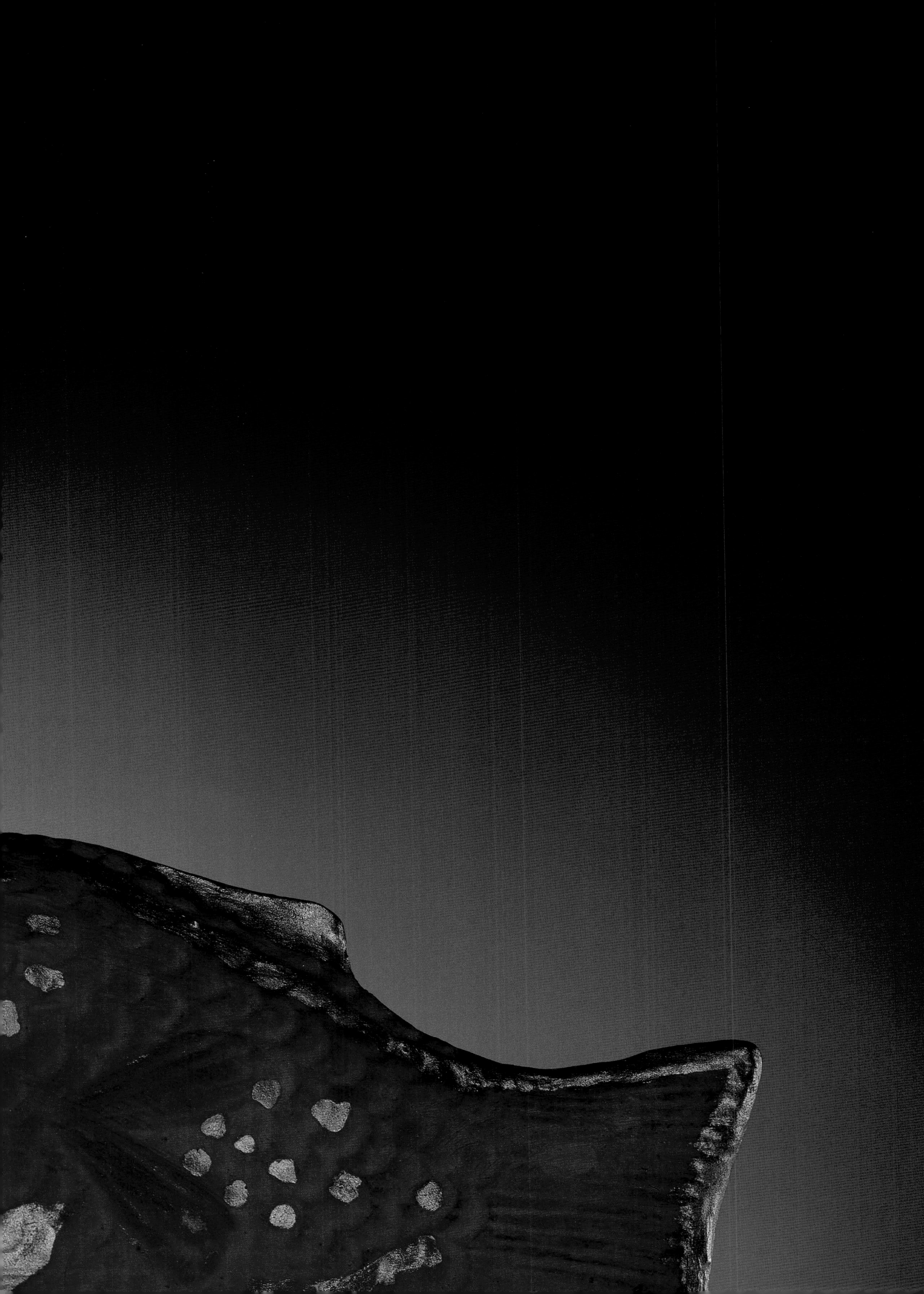

METEPEC

TRADICIÓN Y FANTASÍA DEL BARRO

Luis Mario Schneider

Oficio noble y bizarro, entre todos el primero,
pues en la industria del barro, Dios fue el primer alfarero
y el hombre el primer cacharro.
Quintilla popular

Es imposible determinar con exactitud cuándo comienza el despliegue alfarero de Metepec, que lo clasifica como uno de los cuatro o cinco pueblos del país más destacados por su producción. Arriesgando fechas, podría suponerse que en la década de 1950 se inicia la transformación de un pueblo netamente "cazuelero" en una comunidad de polifacética y artística creatividad.

En su imprescindible estudio Metepec. *Miseria y grandeza del barro*, Antonio Huitrón ha indagado con exactitud el desarrollo de esta alfarería hasta la década de 1960. En él se confirma que dicho pueblo trabajador del barro extrae la materia prima de los poblados aledaños como Ocotitlán, San Felipe Tlamimilolpan y Tlacotepec; se sabe también que el antiguo transporte del burro o la carreta se reemplazó con medios motorizados. De esas minas se obtienen dos tipos de tierra: el barro colorado que es duro y fino y el barro amarillo que es arenoso. Asimismo, Huitrón detalla el sistema de mezclas, los equipos y utensilios, piedra de moler, cernidor, piedra o loza, el torno, los moldes, la maceta, el raspador, el bruñidor, el cortador, el sello o grabadores, las coronitas, los pinceles, el horno, los combustibles y las anilinas. La técnica cubre varios pasos como la preparación, el molido, el amasado, el moldeado, el secado, el decorado, el horneado, el engretado y el enfriamiento.

Antonio Huitrón aclara que en Metepec la producción de la artesanía alfarera está circunscrita al ámbito familiar, ocupación que "es adquirida por herencia". El oficio es practicado generalmente por hombres, aunque no se excluye a las mujeres, y se hereda casi siempre por la vía paterna. La gran demanda alfarera ha conducido a un sistema de mercadotecnia originado en el mecanismo de elaboración familiar, precisamente con la aparición de un comercio en el que el propietario agrupa artesanos a sueldo en un taller. Estos intermediarios rompen esa profunda tradición de trato personal entre el artesano y el comprador.

Páginas 140 y 141: sirena policromada con anilinas. Metepec, Estado de México, ca. 1950. 24 x 22.5 x 12 cm. Museo Ruth D. Lechuga de Arte Popular.

Página siguiente: primeras representaciones del árbol de la vida. Metepec, Estado de México, ca. 1940. Barro policromado con anilinas. Museo Ruth D. Lechuga de Arte Popular.

Dichos datos fueron confirmados en pláticas con varios artesanos del lugar, quienes se explayaron sobre los trucos que la experiencia otorga y que, en su caso, no carecen de originalidad. Mencionaron, por ejemplo, cómo facilitan el molido de la tierra extendiendo ésta en la vía pública, frente a sus talleres, para que las llantas de los vehículos la apisonen en su constante trajinar.

La amplísima gama de colorantes sintéticos actuales les ha auxiliado también en su labor. Curiosamente, en este inmenso campo de diseños y ornamentaciones, cada familia tiene su propia especialidad. Hay artesanos que se dedican a un tipo determinado de lozas, otros sólo manufacturan macetas y, los más realizan "juguetería", nombre dado por la población a toda suerte de esculturas, tanto rituales como decorativas y artísticas.

Dentro de estos particulares menesteres, la loza es producida de manera abundante y con fines comerciales; en los mercados populares. Entre la artesanía de diseño clásico abundan las ollas en toda su diversidad: tlacualeras, pulqueras, platos y fuentes de diferentes tamaños, tazas y jarros, el imprescindible y muy antiguo chocolatero, botellones, charolas, e incluso, en la actualidad, lujosas paveras.

De la adecuada diferenciación de tareas da cuenta la labor de Lázaro León Hernández, cuyo quehacer se centra en la fabricación de jarros pulqueros. De acuerdo con la práctica paterna, este artesano, de 72 años, empezó a trabajar desde los ocho, largo periodo en el que ha pulido su oficio y le ha dado un acento muy personal. Sus cántaros pulqueros se alegran con las múltiples apariencias que les otorga. Así, la panzuda olla culmina en un vertedero con cabecitas de diversos animales: caballos, toros, elefantes y conejos, aunque también presentan encantadoras efigies de charros y charritas a los que no falta el distintivo sombrero. En el cuerpo del jarro van como útil complemento, dependiendo del tamaño del recipiente, de dos a cinco jarritos comunes e igual número de asas para escanciar el neutle. La capacidad de los jarros puede ir desde medio hasta 18 litros.

El vidriado colorido, que poco varía, acoge el amarillo, el negro y el verde, más una sutil decoración que no aparta el interés de la representación principal, realizada con pájaros, flores y hojas, y en la que se deja lugar preponderante a la dedicatoria. Lázaro León

Jarro pulquero. Metepec, Estado de México. Cerámica vidriada y policromada. 30 x 28 x 20 cm. Museo Ruth D. Lechuga de Arte Popular.

tiene un amplio repertorio: "Recuerdo de Metepec para mi dueña" o "Recuerdo de Metepec a mi compadre", por ejemplo; y si el cliente lo pide, se añaden algunos versos: "Recuerdo de Metepec/ su cerrito al frente/ su pulquito/ su chicharrón caliente". O bien aquel otro muy descriptivo: "Agua de las verdes matas,/ tú me tumbas,/ tú me matas,/ tú me haces andar a gatas". En 1993 el estilo, la perfección y la excelencia de este creador fueron premiados con la Presea Metepec, en la modalidad de arte popular.

Universo de cazuelas, en Metepec las hay de todos tipos y tamaños, incluso las más monumentales, como en el taller del joven Celso Camacho Quiroz, quien heredó de sus abuelos un estilo de fabricación que exige una gran "tortilla" de barro y, posteriormente, la técnica del meticuloso tejido en serpentina hasta los remates de las asas, que se elaboran dobles o cuádruples, y se adornan con el acabado "chino". Cazuelas vidriadas que llegan a pasar el metro y medio de altura y que, al decir del propio alfarero, no sólo podrían servir como recipiente molero, sino también como tinas de baño.

Otra gran demanda de la artesanía utilitaria es la del ramo "de la jardinería", en especial las macetas, en gran cúmulo de estilos y tamaños. Enrique Mejía Noriega, que las hace desde hace más de 50 años en su taller, enumera, a manera de letanía, algunas de las formas y modelos: conos, cilindros, juego de holán, base y maceta, jardineras, ollas, macetas de cincho, maceta tipo molcajete, jardinera larga, jardinera cuadrada de apache, maceta de greca, jardinera redonda de colgar, jardinera de respaldo y de holán y maceta tipo chiquihuite, entre otras.

Asimismo, destacan dentro del rubro de la jardinería las fuentecillas de tres niveles, en las que parvadas de palomas, a punto de levantar el vuelo, decoran los bordes de los platos. Casi siempre las fuentes van en color natural y pueden llegar a tener mayúsculas dimensiones, como las que elaboran Felipe Ramírez Carrillo y Trinidad Nava Jiménez, con más de 1.50 metros de altura y un primer plato de 2.24 metros de diámetro.

También en el ámbito doméstico se testimonia la perseverante labor de Andrea Estévez, viuda de Escárcega, quien durante más de 50 años ha diseñado vajillas. Uno de sus juegos de loza llega a completar un servicio de 120 piezas para 12 personas. Al posible comprador sólo le queda acomodar su particular gusto dentro de una variedad de 10 estilos: flor de pascua, estrella, crisantema, pajaritos, cuatro hojas, calendario azteca, elotes, ciervos y gallos. La señora Estévez ha recibido numerosos premios por su creatividad. ⁂

Mayor notabilidad ha dado a Metepec su alfarería artística, rara mezcla de imaginación e interpretación, a medio camino entre lo decorativo y lo ritual o religioso. Formas y policromías que transitan por un desmesurado territorio que aúna no sólo una concepción sincrética, sino un realismo que trasciende hasta el ámbito de la ensoñación. Origen y procedencia de elementos ajenos que han llegado a Metepec pero que allí, por las manos y por la invención, por la inspiración de su gente, se transformaron y devinieron en fantástica originalidad. ⁂

Célebres son en el mundo entero los árboles de la vida de Metepec, realizados tanto en miniatura como en tamaño gigante. Su simbología a veces requiere una vasta interpretación, pero en general expresa la convivencia de la fauna y la flora autóctonas, con las bíblicas. Como símbolo, el árbol ha sido adoptado en casi todas las civilizaciones, desde las legendarias de origen asiático hasta las modernas de la cultura occidental. Se trata de un mito, una cosmología que refleja verticalidad, fertilidad y dádivas; para la religión cristiana fue siempre símbolo del paraíso terrenal, del edén donde se fraguó y se consumó la humanidad a partir del divino designio de la fruta prohibida. ⁂

El árbol de la vida en Metepec es una escultura teatralizada muchas de las veces elaborada en tres niveles, de ingenua factura y siempre dentro de un ritmo descendente de mayor a menor. En el primero, en la cúspide de la fronda del árbol, está la figura de Dios Padre; en el centro, la historia bíblica protagonizada por Eva, situada a la izquierda del espectador; por Adán a la derecha, y por la serpiente, ya enroscada en el árbol sosteniendo la manzana o, simplemente, tentando a la mujer. En el tercero, al nivel del suelo, la pareja aparece huyendo a los abismos terrenales. Por todo el árbol, en frenético barroquismo, está representado el jardín del paraíso, abundante en hojas, flores, frutos, animales y astros. ⁂

Esta descripción corresponde a la forma más clásica, pero hay artesanos que involucran otros detalles. Algunas veces

Lázaro León Hernández. Cántaro pulquero con vertedero en forma de burro. Metepec, Estado de México, 1994. 32 x 23 x 18 cm. Museo Ruth D. Lechuga de Arte Popular.

Jarro pulquero con sombrero cenicero. Estado de México. Cerámica vidriada y policromada. Museo Ruth D. Lechuga de Arte Popular.

se escenifica la creación del hombre, y Dios Padre va acompañado de dos ángeles que portan sendas charolas con el barro y con los utensilios que empleará el Creador para modelar al hombre a su imagen y semejanza. En todos estos avatares de salvación y condenación, san Miguel arcángel desempeña un papel importante, por ello en muchos árboles se coloca el follaje en el centro. El colorido depende del sello de cada taller, ya que existen tanto árboles excesivamente policromados, como los de sobrio color terracota. ᯾

En Metepec, el árbol de la vida es expresión de una íntima simbiosis porque su concepción refiere al mito bíblico de la expulsión de Adán y Eva y a la fertilidad de la tierra, que en la mentalidad prehispánica suponía morir para renacer, como ocurre a la tierra durante el paso del invierno a la primavera. ᯾

Al árbol de la vida corresponde el árbol de la muerte; asunto obligado en un país como México, en el que la muerte se convierte en una celebración de ofrenda, además de conservar el sentimiento trágico y doloroso. Rara mezcla en donde la ironía, el humor y lo jocoso son una especie de exorcismo, una íntima venganza que el mexicano plasma en este árbol. En esta pieza ocurre una adaptación de la forma, pero mucho más simple en sus elementos: se mantiene habitualmente la figura de Dios Padre y, generalmente en menor jerarquía, pero en sitio destacado y en orden descendente, se muestra una gran calavera rodeada de pequeños esqueletos en actitudes cotidianas. ᯾

La exuberancia y la complicación ornamental del árbol de la vida llegan a su paroxismo en el árbol del arca de Noé, cuya intención es realizar una promesa de vida y un gran canto. Entre la nave inmemorial y la figura del Padre Eterno se despliega un amplio abanico que recoge todo tipo de miniaturas: conocidos o inauditos animales, figuras humanas, e incluso un desbordamiento de flores y frutos, elementos del cosmos, además de ángeles y querubines. Esta pieza es escenario de un grandioso despliegue tonal que no disimula el horror al vacío, que no sólo muestra la salvación del diluvio, sino que es un alucinado derroche de la fantasía del artesano. Otra de las composiciones que sobresalen en el barro de Metepec son los soles, las lunas y los eclipses. El astro rey es una pieza decorativa que refleja la alegría de la existencia y se da en variadas versiones. Los hay engretados, policromados y en colores terracota; existen soles cantores, soles bigotones y soles sonrientes, que son una de las manifestaciones más claras de la capacidad creativa de

Adrián Montoya Vázquez. Cacerolas vidriadas y policromadas con flores de pastillaje. Metepec, Estado de México.

los artesanos. Esto ocurre también con la imagen de la luna, siempre en actitud de coquetería, ya redonda, ya en menguante, decorada de flores, de rojos labios que parecieran estar siempre enamorando al sol. Algunas veces ambos, sol y luna, están unidos en un eclipse, pero la representación femenina domina siempre. Distintos seres han hechizado a los artesanos de Metepec. Los hay pintados y al natural, solitarios o involucrados en otras representaciones, ya coronados o decorados con flores y palmas, pero siempre de frente, con ensoñadora mirada, mostrando su arrobadora opulencia.

Hasta aquí se ha designado lo que podría llamarse la alfarería clásica de Metepec. Sin embargo, el movimiento de un país produce interrelaciones que pueden advertirse en Metepec. Tal es el caso de la obra del artesano Manuel León Montes de Oca, conocido por reproducir figurillas eróticas del México antiguo. Esa afición por el pasado le ha llevado a imitar la cerámica de Occidente, la de Colima, la maya (preferentemente estelas y vasijas), las máscaras teotihuacanas, las mujercitas de Tlatilco y las caritas sonrientes totonacas.

En otro terreno hay que destacar la asombrosa creatividad de Raúl León Ortega, cuyo nombre de artesano es Raúl Rock, que produce esculturas policromadas. Su repertorio resulta fantástico, surrealista, una combinación de realidad y sueño que lo apareja un tanto con la imaginación de los artesanos de Ocumichu, Michoacán; diseños de piezas únicas en las que se mezclan lo divino y lo diabólico, el erotismo y la mística, el inconsciente y una extraña poética.

En Metepec, el orgullo no sólo se respira y se palpa en el entendimiento de los artesanos con sus obras, pues ellos han querido significarse en su pueblo, introduciendo como ornato urbano y en forma monumental sus obras. Así como en las urbes modernas se pone la escultura urbana contemporánea al servicio ornamental, en Metepec están los árboles de la vida y los árboles del tianguis de cada lunes, las máscaras, los animales, los soles, las lunas y las cruces que visten plazas, rincones, parques, avenidas y modernos conjuntos urbanos.

Pueblo de rotundos artesanos, hijos del color, la sangre y la quimera del barro, Metepec se canta a sí mismo con una altivez ganada a pulso.

UN AMANTE DEL BARRO

Entrevista a Tiburcio Soteno por Chloë Sayer

Página siguiente: Tiburcio Soteno con su árbol de la vida. Metepec, Estado de México.

Tiburcio Soteno Fernández forma parte de una gran familia de artesanos de Metepec. Sus padres, Modesta Fernández Mata y Darío Soteno León, fueron figuras centrales en el desarrollo de la cerámica en Metepec. Tiburcio se especializa en complejos árboles de la vida, muchos de ellos inspirados en temas bíblicos e históricos.

Artista de gran habilidad y peculiar imaginación, Tiburcio Soteno fue invitado a Londres, en 1992, para ofrecer talleres en el Museo del Hombre, en el departamento etnográfico del Museo Británico. Esta visita coincidió con la exposición titulada "El esqueleto en el banquete: el día de Muertos en México". (1991-1993). Varias muestras de su trabajo se incluyeron en la exposición y suscitaron gran admiración. Otras piezas suyas pueden verse en Italia, Alemania, Francia y España. En junio de 1995 fue nominado maestro de maestros, al obtener el Premio Nacional Modesta Fernández, en Metepec. Al mismo tiempo, su hijo Israel, que entonces tenía 13 años de edad, obtuvo el primer premio en la categoría de "niño artesano".

Chloë Sayer: ¿Cómo y con quién aprendiste tu arte?

Tiburcio Soteno: Mi entrenamiento empezó cuando era pequeño. Somos diez hermanos: seis hombres y cuatro mujeres. De los hombres soy el más chico y todos nos dedicamos al barro. De chico yo veía trabajar a mis hermanos. Me gustaba imitarlos y, cuando ellos amasaban, yo quería amasar también. Es que ellos jugaban conmigo. Empecé como un juego con el barro y hasta la fecha sigo jugando.

C.S.: Háblame del papel que desempeñó tu mamá.

T.S.: Para mí, ella fue la persona más importante, porque si no hubiera existido no habría artesanía en Metepec... tal vez cazuelas u ollas, pero ésta no. Sus tíos adoptivos le enseñaron a trabajar el barro. Es que la viruela negra se dio en la casa de mis abuelos. Mi mamá era la más pequeña y la mandaron con los tíos para que no se contagiara. Los tíos no tenían hijos. Ellos hacían las burritas para Corpus Christi y los silbatos. Tenían el mal nombre de "los piteros", porque hacían silbatos. Ella les llenó el hueco por la falta de hijos. Empezó a trabajar

Páginas 152 y 155:
Tiburcio Soteno.
Árboles de la vida.
Metepec, Estado de México.
Barro cocido y pintado.
Museo Dolores Olmedo.

el barro también como un juego. El papá de mi mamá se llamaba Rafael Fernández y el tío que la adoptó era Tito Reyes. ⁘

Aquí en Metepec, Tito Reyes y Juana Fernández fueron los iniciadores de este tipo de alfarería. De señorita, mi mamá empezó a desarrollar sus propias ideas: hizo nacimientos, Cristos y la crucifixión, con los sayones, que son los soldados, y ella empezó a revolucionar esto. Se casó con mi papá, que era albañil, y él construyó los hornos de bóvedas. Ya había horno y también trabajo. Luego nacieron mis hermanos mayores, que son Mónico, Carmela, Alfonso, Estela, Víctor, Pedro, Manuel, yo, y después Teresa y Agustina. Empezaron a vender las cosas como una alfarería diferente. Ya no fueron las macetas, las cazuelas y los jarros, sino algo de ornato, de lujo. Por entonces iban al Museo de Arte Popular, en avenida Juárez, caminaban por todo Reforma cargando su loza. ⁘

C.S.: ¿Cómo pintaban las piezas? ⁘

T.S.: Eran unas técnicas muy antiguas. El blanco se hacía con tizate, que se muele y luego se pone a hervir en agua. Para que no se cayera, se mezclaba con aguacola al estar hirviendo. Era un olor entre agradable y desagradable. Se pintaban con anilinas, pero sin laca: eran las "fuchinas" o "cochias". ⁘

Mi mamá me platicaba que cuando llegó este señor que llamaban Diego Rivera, les decía cómo podrían conservar mejor su pintura, porque era molesto para los extranjeros tomar una pieza y pintarse los dedos, por el sudor de la mano. Parece que fue él quien recomendó lacas y otras pinturas. Así se revolucionó la pintura aquí. Las originales realmente son anilinas diluidas en alcohol, y se aplican directamente a la pieza. Las piezas pintadas de blanco, al paso de los días, adquirían un olor como agrio. Recuerdo bien todos esos olores. Así era entonces nuestra vida de artesanos. ⁘

C.S.: ¿Qué pasó más adelante, cuando tenías más edad? ⁘

T.S.: Cuando era niño no tenía coches, ni de madera, ni de plástico, ni de nada, y por eso yo me los hacía de barro. Luego, a los diez años, recuerdo que en la escuela nos decían "vamos a hacer la historia de México", y yo me apuntaba: "vamos a hacerla en barro". Yo hacía cañones y soldados y caballos, en unas maquetas, con barro de aquí. Porque temía que me fueran a regañar si me llevaba barro de mi casa, lo íbamos a sacar de ahí, del cerro. Y con el barro, así sin plumilla ni nada, podía trabajar. Hacía soldados, cañones y bolitas, las balas... Me acuerdo que hacíamos unas murallitas de puras bolitas, nomás para jugar. ⁘

Uno de mis cuñados, que se llama Evaristo, me retaba: "a poco sí sabes trabajar en barro" y le decía, "pues sí". Y luego él me obligaba

—bueno, me manipulaba— y me decía, "a que no puedes hacer un caballo". Entonces lo hacía y él decía, "a ver, hazlo más grande". "Sí lo puedo hacer" decía yo; y ya estaba. "Te salió muy bonito, déjalo ahí". Y cuando me daba cuenta, él ya tenía sus moldes de caballos. Yo lo hacía de juego y para él era un trabajo. Mientras, seguíamos trabajando en el taller. Me acuerdo que cuando pintábamos dorado, Pedro lo hacía muy rápido y yo quería ir más allá y hacer mis propios trabajos. Pero me decía "tú échales dorado a las coronas de los reyes". Y con un pincelote grueso, feo, les tenía que echar el dorado a las coronas y otras cosas que no me gustaba hacer. Pintaba sin ton ni son. Pedro hacía todo lo bonito que yo también podía hacer. Cuando cumplí 13 años, pinté unos soles o puercos, sobre pedido. También unas flores con anilinas. Pedro llegó en la tarde y como que se puso celoso: "¿qué, me quieres apantallar, o qué?" y entonces me dio unos golpes y yo también, a no dejarme, porque siempre jugábamos muy pesado. Entonces me dijo, "¿qué, ahora qué te pasó, a ver, por qué hiciste eso?". "Pues yo también puedo", le decía. Claro que no lo hizo de enojo, sino por como nos llevábamos, de juego. ⁂

Recuerdo que así empecé el decorado. Alfonso se dio cuenta y, cuando Pedro no estaba, me decía "pues decórate esto, decórate aquello". Después, cuando vio que hacía las flores muy bonitas en los árboles grandes, me dejaba toda la base, que era lisa totalmente. Hacía mis flores y, cuando terminaba, él me machucaba la mano y me decía "maestro". Sentía muy bonito. ⁂

C.S.: Y tu mamá ¿todavía trabajaba? ⁂

T.S.: Seguía trabajando para los concursos, pero se dedicaba más a las figuras de las cuadrillas. Una cuadrilla, para mí, tiene un significado muy especial, porque recuerdo que éramos muy pobres. Mis padres procuraban que comiéramos carne el domingo o el sábado. Ellos tenían al cliente de las cuadrillas; un personaje muy misterioso. Cuando llegaba a encargar una, yo luego luego lo relacionaba con una fiesta. Es que el día que recogía las cuadrillas, por lo regular se hacía un caldo de carne de res con chile. El señor llegaba con un chiquihuite para acomodar las piezas. A mí me mandaban a traer refrescos. Era una fiesta, algo bonito. Al señor lo invitaban a comer y a tomarse un pulque. Nos decía que ocupaba las piezas para curar a las personas. Si hicieron o hacen efecto, no lo sé; pero así pasó siempre. ⁂

C.S.: Tus padres siguieron con las cuadrillas, y ustedes, poco a poco... ⁂

T.S.: Sí, se fue dividiendo el trabajo. Mis hermanos empezaron a hacer los árboles y a llenarlos de hojas, flores, pájaros y animales. Con Alfonso trabajamos mucho tiempo en árboles muy grandes, de cinco o seis metros. ⁂

Página anterior:
Alfonso Soteno.
Árbol de la vida.
Metepec, Estado de México.
Barro cocido y pintado.

Página siguiente:
caballo.
Metepec, Estado de México.
Barro cocido y pintado.

C.S.: ¿Te acuerdas de tus primeras piezas? ⁓

T.S.: Empecé a hacer árboles pequeños, precisamente con motivo de la fiesta de san Isidro. Hacía mis yuntitas, a san Isidro y maíces para esos árboles. Pero una de las primeras obras importantísimas fue una yunta que Alfonso presentó a su nombre en una fiesta: era el penacho de la yunta, que yo hice en placa. Pienso que yo ya tenía como 16 o 17 años. Estaba en la secundaria. Fue una satisfacción porque ganó el primer lugar, y como todos estábamos juntos, dijo "¡ganamos todos!" Él nos representó y ganó. Seguí elaborando volcanes, casitas, maíz y todo ese tipo de trabajo, que era de muchas horas. El redondel se hacía a mano, con puras grecas, y me tardaba mucho. Iba a la escuela, regresaba, y luego luego me plantaba en el trabajo. Él nunca me exigió, me decía "pues ayúdame, haz esto, te sale muy bien esto". Siempre me motivó a realizar bien las cosas. ⁓

C.S.: ¿Seguiste trabajando con tus hermanos, con Alfonso? ⁓

T.S.: Pues sí, todas las piezas importantes las realizamos juntos Alfonso, Pedro y yo. Siempre lo dejábamos representarnos porque era el mayor. Me casé a los 21 años y seguí trabajando con Alfonso dos años después del matrimonio, pero era un poquito difícil vivir así. Entonces recuerdo que vendimos un árbol, el que está en avenida Juárez, el grandote, de sirenas. Y yo solo hice uno, como de 1.50 metros de altura, y adquirí mi independencia. Cobré mi dinero del árbol pequeño, aunque trabajé también para el grandote. Mi hermano me dio el dinero del pequeño y fue el gran paso. Con eso compramos una cama, un ropero y nos fuimos a vivir aparte. ⁓

C.S.: ¿Qué pasó después? ⁓

T.S.: Trabajaba por mi cuenta, pero muy poco. Son cosas que me han pasado en la vida. Lo platico porque es parte de la enseñanza que les doy a mis hijos. A mí me gustaba el fútbol. Dejaba mi trabajo y me iba a jugar. Entonces caí en el bache de que ya no había dinero: mi hija no tenía zapatos, mi mujer tampoco. El pleito con mi papá y mi mamá: "qué va a ser de tu vida, eres un vago". Hoy les digo a mis hijos: "no hay carestía, no hay crisis, no hay nada; lo que hay es flojera". Si uno trabaja, de cualquier cosa, siempre tendrá para comer. Después le pedí trabajo a mi hermano Víctor, que era supervisor general de una fábrica de latas para cerveza. En la fábrica me formé. Entré de barrendero y sufrí mucho. Hoy les digo a mis hijos: "un patrón te va a mandar". Era algo triste, feo; por la necesidad me aguanté. Llegó una etapa de superación, me invitaron a hacer una prueba para un curso y me mandaron a estudiar al Tecnológico. Llevaba la idea firme de que si no la hacía en este curso era porque no quería y no porque no pudiera. Fui el segundo o el tercero de los 40 del grupo completo. Después de barrendero fui maquinista, luego ayudante de lubricador e iba escalando. En el curso llegué a ser mecánico de tercera; soy bueno. Me enseñé a hacer tuercas, tornillos. Con la crisis de 1984 y siete años en la fábrica me dieron mis diplomas y mis cartas de recomendación para que pudiera entrar a otra fábrica, como mecánico aparatista. Pero regresé al barro, a realizar piezas importantes, de concurso. Ahora trato de que cada árbol sea distinto del anterior. Sí repito algunas piezas, pero ya no me satisfacen.

C.S.: ¿Tú crees que tu estilo ha evolucionado?

T.S.: Creo que cada día lo he mejorado un poquito. Trato de aprender de todos, sigo aprendiendo de los mismos compañeros, a veces de las personas que me dicen: "no me gusta eso, este color. ¿Por qué pusiste eso?; el acabado, ¿por qué no los alisas?"

C.S.: ¿Cuáles han sido las inspiraciones en tu trabajo?

T.S.: Hay muchas que forman parte de mi vida del juego, de las amistades, de mis sueños. Claro que estas últimas no las puedo realizar a veces, porque son difíciles. En una ocasión soñé que estaba parado junto a Cristo, en la parte superior izquierda de su cruz, y veía a muchos ángeles volando en un vacío enorme. Traté de hacer esa pieza, pero no supe cómo lograr los ángeles en el vacío. Además, yo tenía que estar ahí, tal como me había soñado. Recuerdo perfectamente bien el Cristo abierto, gigantesco. Realicé el trabajo, me quedó muy bonito, pero sentí que no alcancé a hacer lo que soñé.

C.S.: ¿Qué importancia tienen la Biblia y la religión en tus piezas?

T.S.: La religión es parte de la enseñanza de mi mamá. Nos obligaba a ir a la iglesia y aprendernos el catecismo. Para ella era importante que estuviéramos quietos. Recuerdo que un día antes de hacer la primera comunión, quise jugar con un yoyo. Cuando menos sentí, me dio mis jalones de orejas. "Órale, usted ya se confesó y no puede hacer esto y lo otro".

Entonces pensaba que las cosas son importantísimas dentro de la iglesia y empecé a ver a los santos de otra manera. En vez de que me diera coraje, me daba gusto meterme en las iglesias y observar santos. Claro, yo me siento muy pequeño al lado de los grandes maestros, porque veo los rostros de los santos, de una perfección increíble, y no creo que la logre, o no lo sé. Cuando voy a las iglesias y a los museos, me doy cuenta de que en estos últimos

Página siguiente: alcancía vidriada y policromada. Metepec, Estado de México, 1945. 22 x 11 x 23 cm. Museo Ruth D. Lechuga de Arte Popular.

Página 160: Alfonso Soteno. Árbol de la vida con Padre Eterno. Metepec, Estado de México. Barro cocido. Colección Horacio Gavito.

Adrián Luis González. Arca de Noé. Metepec, Estado de México. Barro cocido y pintado.

hay mucho de las iglesias y me viene una inspiración. Empiezo a trabajar sobre eso, veo las láminas, me formo mis propias ideas y lo hago a mi manera. ❧

C.S.: Cuando te viene una idea ¿todo está ya en tu mente? ❧

T.S.: A veces trato de no pensar en las ideas. Me pasó con un árbol, en el que iba muy apurado que, por cierto, se fue a Italia. Era sobre la Conquista de México. Para terminarlo, no tenía idea qué ponerle arriba. Entonces pensé: ni lo puedo terminar ni lo voy a dejar así. Lo enredé con unos plásticos y me olvidé de él, pero estaba siempre gravitando la idea. Recuerdo bien que eran como las tres de la mañana cuando me desperté y empecé a alucinar: "¿qué es lo que voy a hacer?", pensaba. De repente me gustó una idea y de inmediato me paré y terminé el árbol, como en una hora. Me sentí satisfecho y me volví a acostar. ❧

Cuando desperté, ya estaba ahí. Les digo a mis hijos que mis duendes me ayudan. Hay piezas que las derribo, casi terminadas, porque se me ocurre una idea mejor. ❧

Mi esposa se enoja, y entonces me dice: "ya trabajaste tantos días para que ahorita lo destroces". Pero es que no me gustó. Cuando realizo la otra obra, me siento satisfecho. También hay otras cosas que pienso antes, y luego no me tardo nada. ❧

C.S.: ¿Te duele deshacerte de una pieza? ❧

T.S.: Pues, francamente, sí. Hay piezas chicas que me gustan, luego las admiro, me pongo a verlas, me rasco la cabeza. Pienso: "¿cómo logré esta pieza?" Son piezas de batalla; alcanzo un nivel muy bueno... y me tengo que deshacer de ellas. ❧

C.S.: Háblame de tu relación con el cineasta francés François Reichenbach, que vivió en México durante una temporada. ❧

T.S.: Él era un amante de la artesanía mexicana. Un viejito, "un coyote", como él decía. Lo conocí por Adrián Luis González, a quien pregunté: "¿por qué me lo llevaste a mí?" Y me respondió: "él llegó a mi casa y dijo, 'quiero conocer a los mejores artesanos

Fiesta de los locos. Metepec, Estado de México, 1951. Fotografía: Ruth D. Lechuga.

de aquí', y yo pensé en ti". Cuando abrí la puerta, me di cuenta de que ya lo conocía, lo había visto en casa de mi hermano y yo no me podía meter con sus clientes.

Vio mi trabajo y luego luego le gustó tanto que compró dos o tres piezas. Como eran muy diferentes, volvió a los 15 o 20 días y le dijo a mi hermano: "Alfonso, quiero ir donde vive fulano, que me vendió estas piezas" y me lo tuvieron que traer. Después llevamos cierta amistad. Aparte de verlo como un cliente, lo vi como un familiar. Además, me dejaba mucho dinero, para qué voy a negar eso. Cada 15 o 20 días, o cada mes que venía, me dejaba al menos mil pesos. Como era un viejecito, yo lo quería. Lo veía y pensaba: "bueno, este canijo viejito, ¿en qué gasta su dinero? Está reloco, canijo viejito". Yo veía que era mi amigo. Un día, algo cambió toda la relación. Venía con una nieta pequeñita, como de unos ocho o nueve años, y él me dijo, "¿puede tocar el barro?", y le dije, "claro que lo puede tocar; a ver siéntate niña". Y la senté y empezó a trabajar. Cuando ya se despedía, le regalé un arbolito pequeño. No era la primera persona a quien le

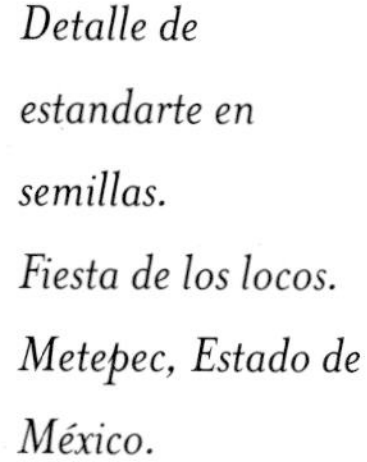

Detalle de estandarte en semillas. Fiesta de los locos. Metepec, Estado de México.

regalaba algo. Me había pasado con un chico de aquí, de la primaria, que me había venido a visitar. Hizo una figura muy bonita, que me gustó mucho. Yo le dije, para motivarlo, "Mira, si tú, puedes ser un día alfarero, sé alfarero. Tienes muchas facultades; ten, te obsequio éste". Fue tan grande el impacto en el señor Reichenbach que se bajó, me dio un abrazo y me dijo, "¿qué quieres que te traiga?" Yo te quiero traer algo, es que esto es increíble", y le digo, "No, pues lo que usted quiera". Entonces Saúl o Israel dijeron, "tráigale un reloj porque nunca sabe ni qué horas son", y cuando regresó la siguiente vez, no nomás a mí me trajo, le trajo a cada uno de mis hijos y a mi mujer. Luego, ya se estrechó más el lazo. Yo siempre estuve dispuesto para él. Iba y lo acompañaba. Hasta un día, en México, él se reía porque a todo le decía que sí, porque íbamos por el Periférico o el Viaducto y estaba muy lleno de tráfico. Entonces me dice: "por aquí es más rápido, ¿verdad?", y le digo: "Sí, es más rápido". "Ah, pero hay muchos camiones, ¿verdad?", "sí, hay muchos camiones". Cuando se da cuenta, me dice: "es que tú nomás dices que sí, pero nos estamos perdiendo".

C.S.: ¿Qué pasó con la *Divina comedia* que ibas a realizar hace años?

T.S.: Cuando abrimos el taller, Fátima y yo, le dije a Carlos Espejel, "¿por qué no me mantienen uno o dos meses para ver qué tanto puedo desarrollar la *Divina comedia*?" Empecé a hacer las placas y sólo logré cuatro, en cuatro semanas. Llegó un cliente a la casa y mi papá las vendió; más bien las regaló. Esos mismos clientes regresaron y preguntaron a mi sobrino Óscar cuánto costaban las mismas placas. "Pues mil". "No, ¡cómo crees! Estas mismas placas nos las vendieron en cuatro pesos". "Pero ¿quién lo hizo?" "Un viejito grande, aquí mismo".

C.S.: ¿Te sentiste mal?

T.S.: No, porque yo respeto la decisión de mi papá.

C.S.: ¿Cuál es tu mercado?

T.S.: He trabajado más con el comprador directo. Por ejemplo, conocí a un director de la sinfónica de México que me vino a encargar una obra con la Virgen de Guadalupe. Hice la imagen con todos los instrumentos de una sinfónica, y ángeles. Hasta a él lo hice ángel y le gustó muchísimo. Cada trabajo lo trato de hacer mejor, porque siento que me va a traer otro más. Mi mamá me decía: "Es solamente barro y lo único que tienes que hacer es volverlo a hacer. Hazlo más barato". Si ahorita me viera cómo vendo estas piezas, me diría que no, o no sé. Me di cuenta que somos pocas las personas que podemos hacer estas cosas y que sí hay quienes las pueden pagar.

C.S.: ¿Y para el futuro?

T.S.: Aquí, en mi taller, quisiera hacer el universo en el techo; pegarlo ahí todo. En una pared hacer la vida de Cristo, en la otra, la historia del mundo, todo en barro. Nada más que para eso se necesita mucho dinero, que me mantuviera otra gente, a mí o a mi familia... Y eso es un poco difícil. ❧

C.S.: ¿Cómo te defines; como artesano o como artista? ❧

T.S.: Como que no he alcanzado a ser artista. Quisiera que mis trabajos permanecieran para siempre. Considero que todavía no llego a ser artista y a lo mejor ni alfarero; simplemente un amante del barro, jugando siempre con el barro. ❧

Es tanto el gusto que me da por jugar, que luego me siento como un chiquillo, hago cosas que digo: "bueno, a éste lo hago haciendo maldades, o a aquél lo hago que se duerma. Siempre tengo la idea de que sólo es un juego y es una gran satisfacción saber que con eso mantengo a mi gente". ❧

Metepec, Estado de México, 1995. ❧

Sirena. Metepec, Estado de México. Barro cocido y pintado con anilinas.

Página siguiente: asa de cazuela vidriada y policromada con tejido serpentino. Metepec, Estado de México, 1985.

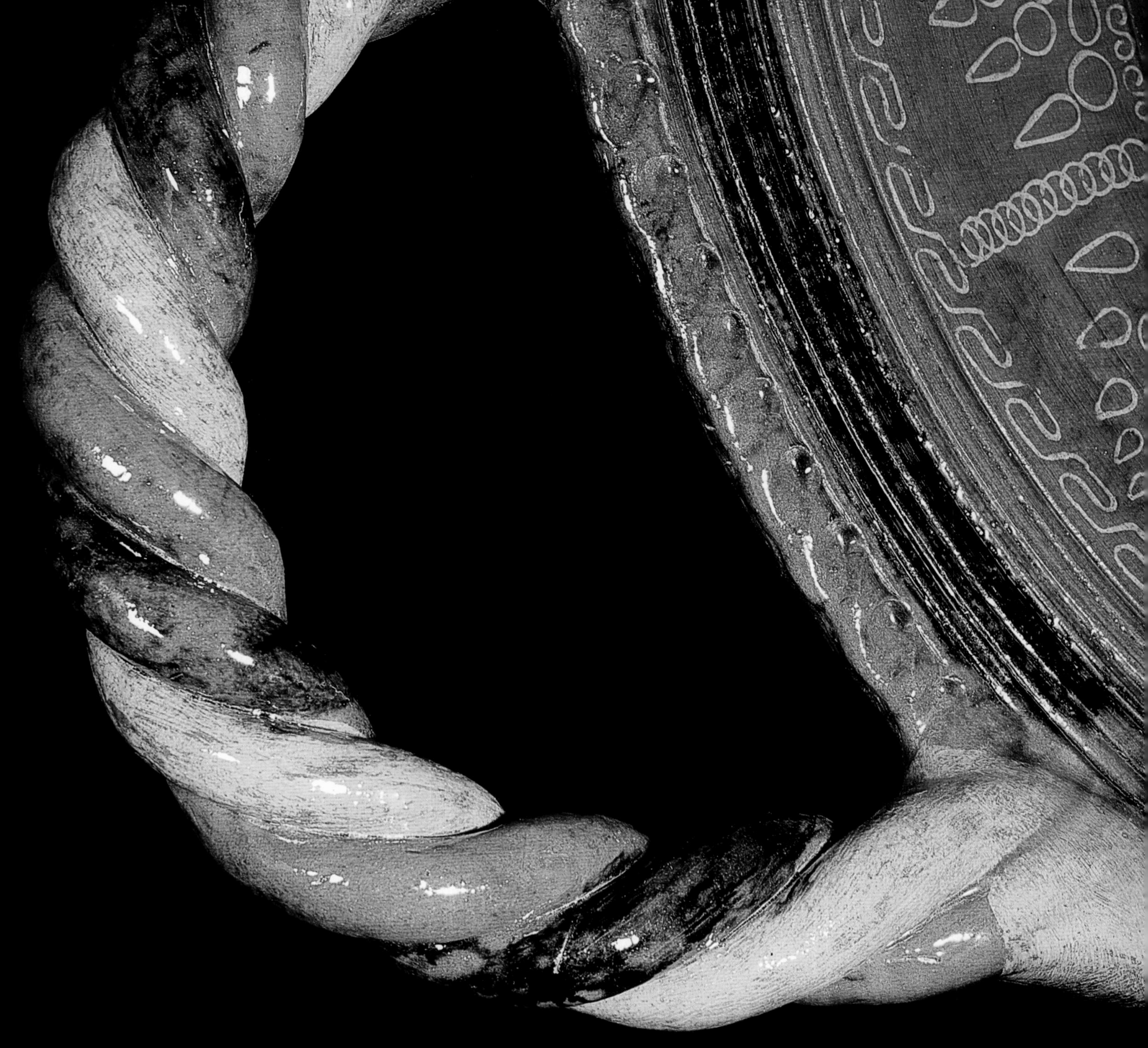

ALQUIMIA DEL BARRO

Bill Gilbert

TODA DISCUSIÓN SOBRE LA CERÁMICA DE MATA ORTIZ, CHIHUAHUA debe centrarse en el trabajo de Juan Quezada, quien tras suponer que los fragmentos de ollas que recogía en los alrededores debieron hacerse con materiales de la región, comenzó una experimentación creativa que derivó en un complejo proceso para crear vasijas policromas.

Con el propósito de hacer cerámica de alta calidad, Juan usó inicialmente los barros más puros que pudo encontrar en el lecho del río Palanganas. Pero éstos tenían demasiada plasticidad y las vasijas se cuarteaban al secarse. La clave para resolver el problema estaba en los fragmentos antiguos. Juan los estudió con atención y advirtió que el material del que estaban hechos tenía arena. En un principio, atribuyó el hecho a un descuido, aunque se extrañó de encontrar la arenilla incluso en los restos de las ollas más finas. Añadió entonces arena al barro y descubrió que las piezas ya no se quebraban.

Con el tiempo, Juan enfrentó nuevos desafíos técnicos. Los barros del río con frecuencia estaban contaminados con depósitos de cal. Los cambios en la humedad hacen que la cal se expanda, lo que produce pequeñas grietas, burbujas y ampollas en la superficie de las vasijas. Las de Juan presentaban ese inconveniente, aun después de ser quemadas.

En busca de un material libre de cal, experimentó con numerosas fuentes de barro del lecho fluvial y de las laderas. Finalmente, usó una mezcla de arena molida de una piedra de color similar al barro. Esta arena fina daba fuerza a la masa de barro y controlaba el encogimiento, aunque también impedía bruñir la vasija hasta lograr una superficie lisa.

La cerámica de Mata Ortiz se produce en barros de diversos colores. Los más comunes son el blanco, el rojo, el anaranjado, el amarillo, el mezclado y el negro. Los alfareros consideran que el mayor reto lo constituye el

Damián Escárcega Quezada. Olla de barro blanco con decoración seccionada en octavos. Mata Ortiz, Chihuahua. 35.6 x 28 cm. Colección particular.

Páginas 166 y 167: Manuel "Manolo" Rodríguez G. Cuatro aspectos de la olla con culebras y lagartos. Mata Ortiz, Chihuahua. 21.6 x 24.1 cm. Colección particular.

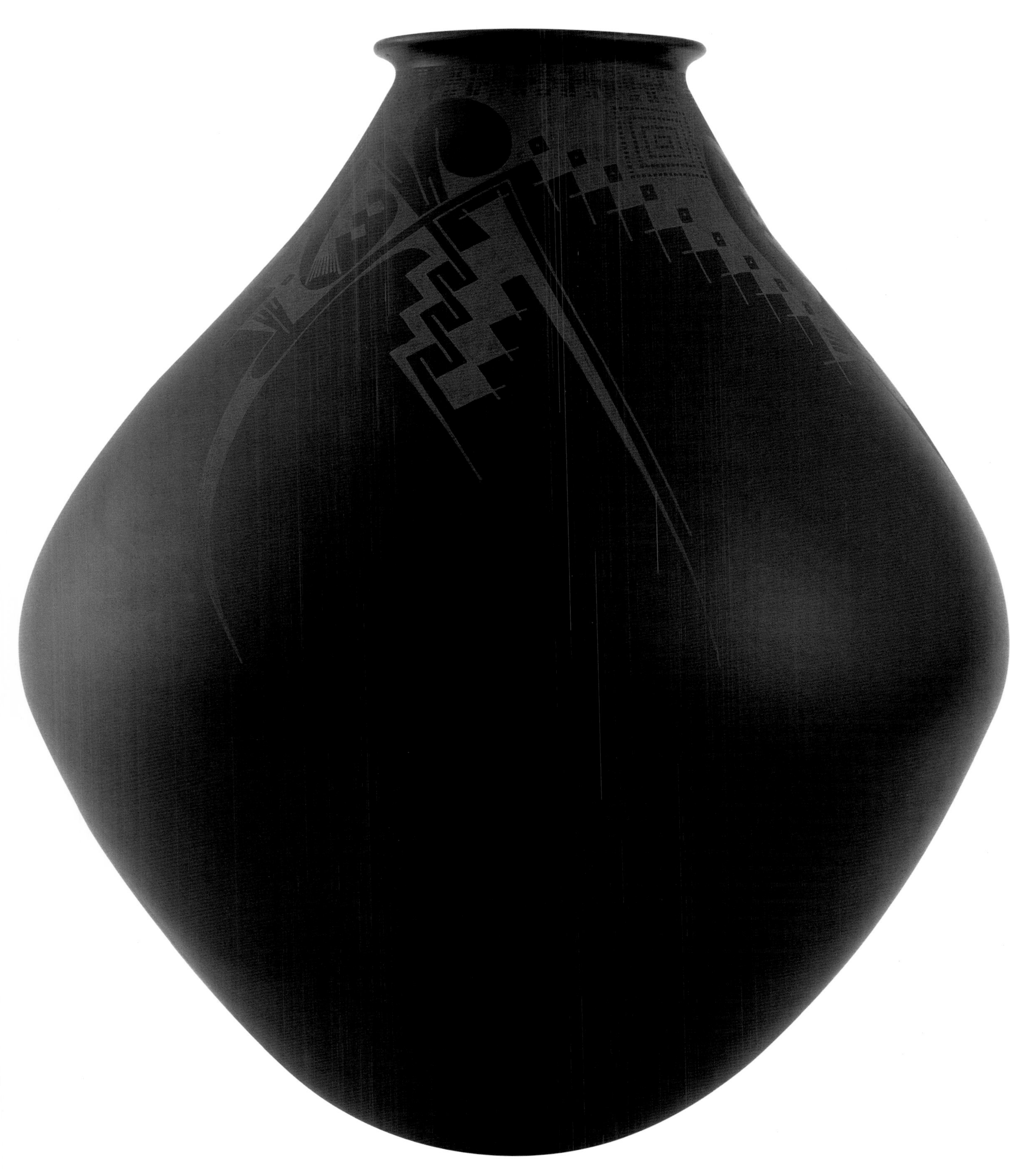

Jorge Quezada C. Olla negra con decoración en gris. Mata Ortiz, Chihuahua. 43.2 x 27.9 cm. Colección particular.

trabajo en barro blanco, del que se usan al menos dos tipos. Uno es muy puro, pero poco plástico; proviene de los depósitos de las colinas al este del pueblo. Con él se hacen las piezas más blancas; es difícil de manipular, pero los alfareros más hábiles lo usan sin necesidad de alterarlo. El segundo tipo de barro es una mezcla del primero con un barro, generalmente color beige, de la región de Anchondo. La combinación produce un material más plástico que, al quemarse, toma una coloración crema. Las ollas de Juan son un ejemplo del barro blanco puro. Héctor Gallegos y Graciela Martínez usan una mezcla relativamente impura que produce un color crema muy bello. César Domínguez y Gabriela Almeida hacen piezas de color crudo o beige con un mayor contenido del barro de Anchondo.

El barro amarillo, el más común en el área, es también el más fácil de usar por su plasticidad y resistencia. En el barrio El Porvenir se usa en piezas de gran tamaño con un terminado negro distintivo. El barro rojo es demasiado plástico en su forma pura como para moldearlo fácilmente; las piezas tienden a encogerse excesivamente y a quebrarse. Olga Quezada y Humberto Ledezma han perfeccionado el manejo de este difícil barro y hacen finísimas ollas de intenso color rojo y paredes tan delgadas como el papel.

Aunque existe barro natural anaranjado, el color más puro se obtiene al combinar los barros rojo y blanco. Esta mezcla comparte, aunque en menor grado, los problemas del barro rojo. El trabajo más fino que se produce con él son las grandes vasijas redondas de Roberto Bañuelos y María de los Ángeles López.

El barro mezclado se elabora al moler parcialmente dos o más tipos de barro. Pequeñas bolas de cada uno se trituran juntas para formar una pasta. Al lijar la pieza, las estrías de los distintos barros salen a relucir, y forman un veteado. El crédito de esta innovación es de Reynaldo, hermano de Juan, quien un día, al no tener suficiente barro para hacer una vasija, mezcló los distintos sobrantes. El descubrimiento ocurrió al lijar la pieza, luego de secarla y de remover la piel exterior del barro. Pilo Mora ha continuado con admirable éxito esta técnica.

Para obtener un terminado negro se siguen tres distintos procesos. Cada uno es el resultado de un método específico de quemado del que se hablará más adelante. Esto no significa que hemos agotado el tema de los colores de Mata Ortiz. Nicolás Quezada fue el primero en crear un barro rosado. Gallegos y Martínez experimentan con uno salmón, al igual que Gerardo Cota. José Quezada es conocido por sus vasijas en barro gris y Juan sigue siendo el puntero en el desarrollo de cuerpos de barro amarillo puro, púrpura y negro carbón. ⁂

Moldeado

Para moldear una vasija, los alfareros comienzan por amasar una tortilla de barro que comprimen con los dedos en una matriz de yeso con forma de plato y de baja profundidad. Tras cortar los excedentes de los bordes, hacen una tira gruesa de barro y unen sus extremos para formar un anillo de la misma circunferencia que la del molde. Colocan este gran "chorizo" anular sobre los bordes del molde y lo unen a la tortilla en todo su derredor; con los dedos lo presionan hacia arriba para formar las paredes. Luego refinan su forma y emparejan la superficie. Las paredes se adelgazan de manera uniforme al raspar la cara exterior con los dientes de un trozo de sierra, mientras se presiona con los dedos desde la cara interior. Para hacer una olla más grande, se puede añadir un segundo anillo de barro; la boca se forma con uno más pequeño. Una vez perfeccionada la forma con el pedazo de sierra, el último paso consiste en suavizar la superficie con el filo liso de esa misma cuchilla. ⁂

Lijado

En un principio, Juan pintaba sus piezas cuando aún estaban húmedas, pero este proceso lo frustraba al no dejarle tiempo suficiente para pintar el diseño que había imaginado antes de que la vasija se secara. A principios de la década de 1980 comenzó a experimentar con barro que, de forma natural, contenía pequeños fragmentos de piedra. El procedimiento sufrió así un cambio importante; poco a poco, el artista desarrolló el método de lijar, pulir y pintar en barro seco, lo que le permitió acumular piezas terminadas y luego concentrarse en pintarlas, sin prisa alguna. Ahora comienza por lijar la pieza seca "primero con un papel lija del número 100 y luego con otro del 200", la cubre con mucho aceite y después ligeramente con agua. Luego pule la superficie con una piedra suave o con un hueso de venado. La lisura absoluta permite mayor precisión en la pintura. Una vez pintada la vasija, le aplica un poco de aceite y la pule para darle un fino terminado. Pintar directamente sobre el barro, en vez de hacerlo sobre una delgada capa de engobe, produce colores más vivos. ⁂

Damián Escárcega Quezada. Olla de barro blanco con decoración policromada seccionada en octavos. Mata Ortiz, Chihuahua. 35.6 x 28 cm. Colección Native & Nature.

Página siguiente: detalle de olla con decoración en azul y negro. Mata Ortiz, Chihuahua.

Porfirio "Pilo" Mora V.
Olla de barro mezclado con decoración geométrica en negro.
Mata Ortiz, Chihuahua.
22 x 19.5 cm.
Colección Native & Nature.

Pigmentos

Juan considera que el perfeccionamiento de sus tintes ha sido el desafío más grande de su técnica alfarera. Sus pinturas están hechas con minerales y barros de los montes cercanos a Mata Ortiz. Su paleta, como la usada hace siglos en Casas Grandes, contiene primordialmente rojos y negros. Para dar con ellos experimentó con diversos materiales: "Los viejos de aquí decían que los antiguos pintaban con sangre de mula. Es por eso que, en mi ignorancia, también empecé a agregar sangre animal, e incluso humana, a mi pintura". ⁂

Hoy, todos los alfareros de Mata Ortiz preparan la pintura negra con manganeso proveniente de una misma mina. Para refinar el tinte, mezclan este metal con grandes cantidades de agua, lo revuelven repetidas veces, dejan que se asiente y entonces toman sólo las partículas más finas que quedan en la capa superior. El manganeso de este asiento contiene suficiente barro como para hacer que la pintura se adhiera a la vasija sin necesidad de añadir pegamento alguno. Juan le agrega un poco de cobre molido para asegurar que la pintura no se queme durante el horneado ni se torne café. "Nunca me he conformado con usar manganeso puro, porque a medida que la temperatura aumenta comienza a perder su negrura. He buscado piedras negras y, después de experimentar por un tiempo, finalmente encontré un tipo de piedra que permanecía negra. Ese día ni siquiera quise regresar a casa. Esto era lo que estaba buscando. Molí la piedra, añadí su polvo al manganeso y salió un negro de a deveras. El brillo del negro no se quemó". ⁂

Aunque todos los alfareros obtienen el manganeso de la misma fuente, hay un amplio rango de calidad de la pintura negra. Los artistas más calificados logran una muy oscura, que adquiere brillo cuando se pule y con la que se consigue una superficie muy suave. A principios de la década de 1990, Gerardo Cota obtuvo un color negro increíble, que pulía con un trozo de pantimedias. El que quizá sea el negro más refinado del pueblo lo produce actualmente Héctor Gallegos. ⁂

Con una mezcla de barro rojo y óxido de hierro, Juan Quezada y Héctor Gallegos preparan un rojo sorprendente. La variedad de pintura roja en el pueblo es amplia, pues cada artista usa su propia mezcla de materiales. Los rojos más puros —"aquellos que están exentos de tonos café tierra"— son los más apreciados. ⁂

En los últimos años, una innovadora gama de pigmentos ha enriquecido la cerámica de Mata Ortiz.

Los alfareros más viejos no están interesados en estos nuevos colores "azul, verde, amarillo, púrpura" porque se alejan de la herencia de Casas Grandes y porque no se hacen enteramente con minerales de la localidad. La nueva generación, en cambio, los usa con entusiasmo, como un medio para crear un estilo más contemporáneo. Manuel Rodríguez fue uno de los primeros en ampliar su paleta, al combinar engobes de diversos tonos. César Ortiz y Eli Navarrete han creado un estilo distintivo basado en diseños multicolores aplicados sobre una superficie de grafito negra.

Pintar

La perfección técnica de sus trazos y la complejidad de sus diseños coloca a los alfareros de Mata Ortiz entre los pintores de cerámica más destacados del mundo. Crean sus finas e intrincadas líneas con un pincel de cinco o siete centímetros de largo, hecho con unos 10 o 20 cabellos de niño. Antes de decidirse por este inhabitual material, Juan y su hermano Nicolás hicieron pruebas con plumas y todo tipo de cabello animal.

Para comenzar a pintar los diseños a mano libre, el artista divide la superficie de su diseño en dos, tres, cuatro y hasta cinco partes iguales, con ayuda de unas pequeñas marcas en la boca y la base de la vasija. Luego llena los espacios con un pincel más corto y grueso; finalmente, para afinar los bordes del diseño, repasa el delineado.

En las piezas de Casas Grandes y en muchas de los indios pueblo, el área de diseño de la olla está contenida entre dos bandas horizontales que separan el cuerpo de la base y de la boca. Una de las innovaciones más radicales de Juan fue eliminar esas líneas y pintar el cuerpo entero, con lo que sus diseños adoptaron las formas curvilíneas que distinguen su estilo. Muchos de quienes siguen su ejemplo recrean lo que Juan llama "un sentido de movimiento", fácilmente distinguible de los diseños estáticos del antiguo estilo Casas Grandes. Los sobrinos de Juan, Mauro Corona y José Quezada, han desarrollado estilos propios a partir de esta innovación.

Algunos de los artistas más jóvenes han ido más allá, eliminando la simetría repetitiva de Casas Grandes. Manuel Rodríguez, por ejemplo, pinta libremente formas que evocan a M. C. Escher y al *op art*. Leonel López ha perfeccionado la técnica del esgrafiado, al tallar en sus ollas escenas de la naturaleza.

La habilidad para pintar es, sin duda, la más apreciada en Mata Ortiz. Normalmente las piezas hechas en conjunto por un alfarero y un pintor son firmadas por este último. Es común que los pintores compren vasijas sin quemar para decorarlas con sus propios diseños.

Mauro "Chico" Corona Quezada. Olla de barro blanco con boca cerrada y decoración polícroma. Mata Ortiz, Chihuahua. 31 x 26.5 cm. Colección Native & Nature.

Humberto Ponce y Blanca Almeida. Olla con diseño a cuadros en rojo y negro. Mata Ortiz, Chihuahua. 30 x 31 cm. Colección particular.

Quemado

Otro logro importante de Juan es el quemado a una temperatura estable y en un medio que conserve los tonos del barro y de la pintura. Su primera prueba fue con madera y carbón. Con un amigo traía carbón del cerro para calentar el contenedor donde colocaba las ollas. Un día éste se calentó tanto que se incendió: "¡Quemaba hasta nuestra ropa! ¡Soltaba chispas por todos lados! Cuando no nos gustaba el resultado, decíamos que no íbamos a sacar ni para los pantalones". ⁓

Después trató de quemar al nivel del suelo; rodeaba la olla con una jaula de alambre para evitar su contacto con la madera. Pero la jaula desprendía gases metálicos que manchaban las vasijas. Finalmente, después de mucha experimentación y de muchas ollas arruinadas, Juan desarrolló un mejor método: coloca en el piso las vasijas de una en una o en pequeños grupos. Para protegerlas de calentamientos repentinos y disparejos que dañan los colores, las cubre con una olla de barro invertida que hace las veces de caja refractaria. Como en otros pasos del proceso, cada alfarero ha hecho sus propias modificaciones a ese método. ⁓

Históricamente, el estiércol ha sido el combustible más usado en Mata Ortiz. Sin embargo, el creciente número de alfareros y la reducción del ganado, debido a una sequía reciente, han dado como resultado una seria escasez de ese recurso. En los últimos años, muchos optaron por usar la corteza de álamo, por considerar que se quema más "limpiamente" que el estiércol de vaca y, por tanto, es mejor para cocer las vasijas blancas, aunque comienza a escasear también. Otros han experimentado con leña de pino y de álamo, pero los resultados han sido muy diversos. ⁓

Lo anterior ha obligado a considerar el uso de hornos eléctricos. Aunque son bastante comunes entre los ceramistas del sudoeste de Estados Unidos, los comerciantes y autores de aquel país rechazan su uso por considerar que atenta contra la tradición. ⁓

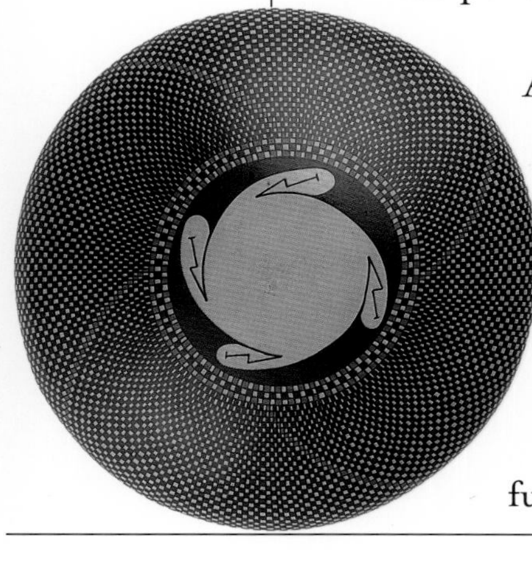

Acabado negro

Para obtener loza con acabado negro, se colocan una o más vasijas en una cama de estiércol finamente desbaratado y se cubren con una cubeta de metal que se presiona contra el piso para sellar el interior. Luego se cubre por completo el exterior de la cubeta con más estiércol o con corteza. Finalmente, se rocía la base de esta pila con queroseno y se enciende. El fuego arde intensamente durante unos 30 minutos. El

Página anterior: Juan Quezada C. Olla negra con decoración roja Mata Ortiz, Chihuahua. 20.3 x 17.8 cm. Colección particular.

estiércol dentro de la cubeta arde de tal modo que crea una cámara de humo. El carbón contenido en el humo penetra los poros abiertos del barro rojo caliente. Al enfriarse, éstos se cierran, aprisionando el carbón sobre la superficie del barro; el resultado es un acabado negro. ⁂

En 1995, un coleccionista pidió a Juan que hiciera una réplica de la vasija negra con trazos grises que había creado 15 años antes para Spencer MacCallum. Juan aceptó, pero quiso experimentar con un proceso distinto. Moldeó la nueva pieza con barro rojo y la pulió con un trapo, en vez de hacerlo con una piedra. Trazó con pintura blanca los diseños y realizó el quemado dentro de una cubeta de metal sellada. Así obtuvo una bella vasija negra, satinada, pintada con trazos grises. Sus hijos Noé y Mireya han seguido sus pasos, con ollas grandes de ese estilo. ⁂

Quizá la innovación más importante que se ha hecho fuera de la familia Quezada es el terminado en negro sobre negro creado por Macario Ortiz. Un día él quemó una olla en cuya base había estado practicando su firma con un lápiz. Lo escrito se había convertido en un negro brillante, por lo que decidió cubrir una pieza por completo con grafito, antes de quemarla. Esta sustancia produce un brillo metálico que contrasta más vivamente con los diseños pintados que con las vasijas que solamente están pulidas. La innovación de Macario, adoptada en todo El Porvenir y en otras partes de Mata Ortiz, crea un efecto dramático y se vende bien. ⁂

Aunque la cerámica negra bruñida era común en el antiguo Casas Grandes, no se ha hallado ninguna pintada. Lydia, la hermana menor de Juan, fue la primera en pintar vasijas negras en Mata Ortiz. ⁂

No obstante los retos y las transformaciones, el trabajo que se hace en Mata Ortiz sigue siendo impresionante. El ejemplo de experimentación e innovación de Juan se difundió por todo el pueblo. Otros artistas se esfuerzan por lograr que su firma también avale un preciado valor estético. En términos puramente técnicos, las vasijas de Mata Ortiz igualan a cualquier otra cerámica hecha a mano en el mundo. En términos estéticos, su mérito es considerable, pues mientras algunos artistas intentan que esta tradición constituya un movimiento artístico contemporáneo, otros tratan de afianzarse a las raíces del antiguo estilo de Casas Grandes. Los cambios ocurren rápidamente, lo que hace difícil predecir qué dirección tomará este trabajo en el futuro. Sin embargo, una cosa puede tomarse como cierta: cualquiera que sea tal dirección, será importante no perderla de vista. ⁂

UN ALMA DE ALFARERO

Entrevista a Juan Quezada C. por Marta Turok

La voz de Juan Quezada C., artífice del llamado "milagro de Mata Ortiz", tiene un inconfundible tono norteño y tal fuerza que parece salir de lo profundo del alma. De complexión delgada y pobladas cejas negras, posee una mata de pelo ya entrecana que le da un aire de distinción. Viste al estilo vaquero: botas puntiagudas, pantalón de mezclilla, camisa a cuadros y un sombrero tejano. Su casa es de adobe, tan sencilla como él y como Guillermina Olivas, su esposa y compañera de toda la vida, con quien ha procreado ocho hijos. En la estancia de la entrada hay dos vitrinas, una que abarca todo un muro y otra más pequeña. La primera está ocupada por piezas de barro de Juan y de Noé, *junior*, Nena o Mireya, los hijos que también han escogido el oficio de alfarero. La mayoría de los trabajos son pedidos en espera de entrega, los menos están destinados a la venta. La vitrina chica guarda diversos objetos que han sido obsequiados a Juan, incluyendo algunas vasijas de sus alumnos estadounidenses. En un muro cuelga enmarcada la xilografía con diseños geométricos que hizo durante uno de sus viajes a California, donde impartió talleres veraniegos de cerámica, de 1982 a 1990, en la Escuela de Música y Artes Idyllwild. ⁂ De abril de 1998 a febrero de 1999 realicé varios viajes a Mata Ortiz. Fue entonces cuando conocí a Juan Quezada. ⁂

Marta Turok: ¿Aún viaja cada año a Estados Unidos a dar clases? ⁂

Juan Quezada: Ya no me da tiempo. Para mí es muy importante ir a cualquier parte, sea algo bien arreglado o no, sea pequeño o grande. Pero tengo muchos pedidos. Algunas personas son desesperadas y otras muy calmadas. A veces vienen y depositan unos centavos para asegurar sus ollas. Pero cuando les digo "espérate y espérate" se cansan. También para uno es un martirio. Uno trabaja y trabaja para medio cumplir. Por eso, lo que más importa es que vayan otras personas de Mata Ortiz. Eso es bueno para todo el pueblo. Lo mismo ocurre si van para Estados Unidos a un evento de alfarería. ⁂

M.T.: Sin embargo, ahora organizan cursos aquí mismo, en Mata

Página siguiente: Juan Quezada C. Olla de barro rojo quemada por reducción y decorada en blanco. Mata Ortiz, Chihuahua. 20.3 x 20.3 cm. Colección particular.

Juan Quezada C.
Olla de barro negro con decoración gris.
Mata Ortiz, Chihuahua.
20.3 x 20.3 cm.
Colección particular.

Ortiz, ¿no es así? Este verano ya tenemos cuatro cursos, ¿verdad, Guille? (Ella rectifica que son cinco). ❧

J.Q.: Los organizamos en ranchos privados que me prestan. Comenzamos como gente desconocida y a media semana ya somos una familia. A mí me gustan mucho, porque ves ideas diferentes de gente que no conoces. ❧

M.T.: Usted siempre ha pensado en el pueblo: descubrió todo esto y siempre anima a los demás. ❧

J.Q.: Para mí es muy satisfactorio que una familia pueda vivir de la alfarería un año, dos, tres, por lo que yo hice. Entre más dure, más satisfacción me da. Cuando un alumno mío hace mejores ollas que yo, me da más gusto que envidia. Somos humanos y hay cositas. Pero que uno diga "¡ay que envidia!", no. Aquí agarramos barro de donde quiera porque somos ejidatarios, aunque a veces me ofrecen barro en algunos ranchos privados. Pero aquí en el ejido se agarra todo parejo. Arriba estaban pensando en unirse para cobrar. Les dije, si esto es lo más bonito que tenemos en este pueblo, que no andamos con esas cosas. ¿Qué tanto es lo que le van a sacar? Es más el movimiento que van a hacer para poner unos guardias allí. Es agradable andar con una persona que tenga nuestra misma profesión, que le guste. No es igual que con un trabajador cuando es pagado. ❧

El dueño puede trabajar de sol a sol y no se cansa porque tiene otra fe, pero el trabajador no tiene mucho empeño, sólo está para sacar lo de su día. ❧

M.T.: Bueno Juan, para unos es un trabajo y para otros, los menos, es un medio de expresión. ❧

J.Q.: Yo veo que todo mundo quiere entrarle a esto, pero no todos tienen alma de alfarero. Hay personas que sí, que le buscan, que se interesan, pero son muy pocas. ¿Cuándo van a perder un día para ir por allí a buscar barros?, ¿a ver? Para muchos es sólo un trabajo. Algunos estamos pensando en el arte y otros en los dólares. Como dijera Noé cuando le pregunté "¿qué piensas cuando estás haciendo una olla?" "Pues, en los dólares", me contestó. Mucha gente está pensando en mejorar, pero para ganar más. No es sólo con la intención de agradar. ❧

Cuando enseño una pieza, o la ven, veo la reacción; a veces es fingida, a veces es real. Yo estoy fijándome en todo. Una vez fuimos a Pensilvania. La esposa del director dijo que había logrado que me dieran un tanto más. Le agradecí, pero ella pensó que iba a saltar de gusto. Le dije que lo haría cuando viera que la gente mira la exposición a gusto, no cuando compra. ❧

M.T.: ¿De dónde cree que nació esa alma de artista? ❧

J.Q.: Eso es natural. Yo creo que desde que tuve uso de razón, desde que tenía seis o siete años me gustó crear con las manos. En aquella época no se conocían las pinturas, no se conocían las herramientas para esculpir. Yo hacía escultura y pintura, me gustaba hacer muebles también; me gustaba todo lo que pudiera hacer con las manos. ~
Desde hace años, desde que estaba chavalo, quería ver las reacciones de los demás ante algo que les enseñaba. Hice una pintura y se la enseñé a mis hermanos. Yo estaba contento, a mí me había gustado. A los pocos días me dijeron que una señora había venido y la había comprado. Pero no era cierto, me habían engañado, y me sentí mal. Luego, a los 13 años, trabajé con madera, la más dura y difícil. Lo hacía junto a la ventana, desde donde oía a mi papá echarle un grito a mi mamá, —¿dónde está Juan? —Pues ha de estar por ahí haciendo sus figuritas—, le respondía ella. Era algo que no lograban entender. El día que no me tocaba ir por la leña, porque nos turnábamos entre los hermanos, me metía a una bodeguita que había en la casa, y hacía dibujos en sus muros encalados. Mi satisfacción era pintarlos hasta acabar y retirarme para verlos. Cuando los veía bien, los borraba y pintaba otro. Entonces no tenía pensado que a esto me iba a dedicar. No pensaba en las ollas, ni siquiera las conocía. Había una creencia de que durante la Semana Santa los tesoros se abrían. Y yo, que estaba chavalo, oía que los sacaban de las "ollas pintas", pero algunas tenían esqueletos en vez de tesoros, así que no todos se animaban. Yo vivía de buscar la leña, había que vivir de algo. Me iba con las bestias por la sierra y las cuevas y las cargaba. Como las pobres tenían que comer algo y descansar, las dejaba una hora o dos y me metía a las cuevas. Allí encontraba ollas bien bonitas. Unas completas y otras pegadas. Traje unas para acá y alguien me dijo —¡unas ollas pintas!— Como los dibujos me fascinaron, pensé: "tengo que hacer algo como esto". No tenía la intención de vivir de ello, nada más quería hacer una. Fue muy duro porque nunca había visto a un alfarero. Empecé experimentando con el barro, la pintura, la quemada, los pinceles. Tan sólo con los pinceles experimenté con plumas de todas las aves, pelos de todos los animales. Era una guerra que yo traía. Aprendí a dominar el barro, la pulida, la arreglada y todo eso. Y cuando empecé a lograr mis primeras piezas, las enseñaba, pero como si nada. La gente de aquí ya sabía que yo andaba en eso, pero no decían más. ~
M.T.: ¿Qué le motivó a firmar sus piezas? ~
J.Q.: En primer lugar no quería tener problemas con la ley. En alguna ocasión me buscaron porque pensaron que yo estaba haciendo copias de piezas antiguas. Me fascinaba la idea de que antes la gente pudiera lograr tanta belleza con lo que estaba a su alrededor. Cuando

Juan Quezada C. Olla de barro con decoración negra. Mata Ortiz, Chihuahua. 20.3 x 20.3 cm. Colección particular.

Miniaturas de: Norma Hernández, Laura Bugarini Cota, Lourdes López, Luis Rodríguez, Eli Navarrete Ortiz, Leticia Rodríguez Mora, Todas pertenecen a la colección Native & Nature.

Página anterior: Lydia Quezada C. Olla que combina fondo negro por reducción, ligeramente bruñido, con diseños en negro mate y acentos en negro pulido. Mata Ortiz, Chihuahua. 30.5 x 22.5 cm. Colección Native & Nature.

se empezaron a lograr las ollitas, me fijaba en la forma, en la boca, en cómo iba a poner el trazo. Cada olla me habla diferente. Entonces pensé: "que cada quien firme", que se vea de quién es este trabajo. ⁘

M.T.: La forma de decorar se ha ido transformando con el tiempo, ¿cuál es la más difícil? ⁘

J.Q.: Antes decoraba toditita la olla. Luego pensé que sólo necesitaba trabajar la mitad. Al principio las líneas eran rectas, seguían mucho la forma de Paquimé, pero poco a poco me fui soltando, y empecé a lograr menos dibujo con más movimiento. En estos últimos años he logrado poner una menor cantidad de líneas y siento la satisfacción de que la olla está terminada. Creo que es más difícil pintar así, por eso me pongo a estudiar la olla mucho antes de empezar el trazo. ⁘

M.T.: ¿Qué debería ser lo más importante para los jóvenes que ahora se inician en el barro? ⁘

J.Q.: Que no se conformen, que se enamoren del barro y salgan a buscar las vetas. Acabo de encontrar una de barro morado, busco de todos los colores: blanca, rosa, naranja. También que experimenten, que hagan pruebas para que puedan lograr más que nosotros, los de la primera generación. La calidad es por lo que se está dando a conocer el pueblo más allá; eso no debe perderse. Cada quien puede mirarse hacia adentro y encontrar su estilo. No tenemos por qué copiar, todos somos libres aquí. Sé que ahora algunos están poniendo grafito, o metiendo colores de fábrica. No puedo hablar por todos, pero creo que gran parte de la magia ha sido el reencuentro con los antepasados, con respeto, pero viendo para adelante. ⁘

Mata Ortiz, Chihuahua, 1999. ⁘

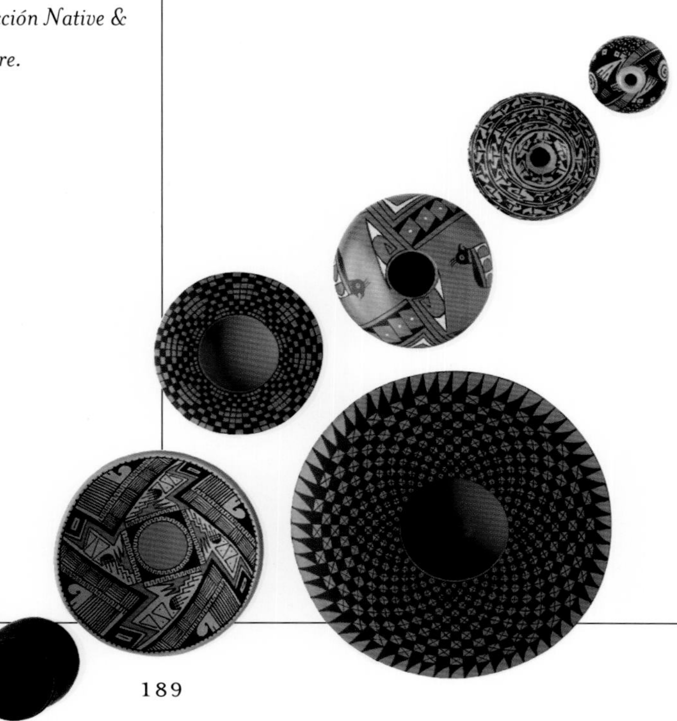

TEXTILES

CÓMO LA LUNA NOS ENSEÑÓ A TEJER

Lexa Jiménez López

Antes hacían los hilos como ahora hacemos nuestros hijos.
Los hacían ellas mismas con la fuerza de su carne.
Cuando empezó el mundo, dicen que la luna subió a un árbol.
Allí estaba tejiendo, allí estaba hilando, allí en el árbol.
A lo mejor así se fue.
"Ustedes deben tejer", les dijo a las primeras madres.
"Ustedes deben hilar". Les enseñó a tejer desde allí arriba.
Así fue que empezó el tejido. Así fue que empezó el brocado.
Es que ni sabíamos cómo cardar la lana. Ella nos enseñó eso también.
Tenía sus cardadoras allí arriba, su telar y su huso.
No sé si tenía sus borregos allí arriba en el árbol.
Tal vez allí estaban.
La luna tenía su vara para medir la urdimbre. Su *comen* para medir el hilo. Era largo su *comen* y salía de la copa del árbol.
Ya había hilado, ya que había acabado el trabajo de huso, medía el hilo en su *comen*. Tejía en lo blanco de una blusa las semillas coloradas del brocado. Arriba en el árbol amanecía. Allí estiraba su urdimbre, allí arriba. Si no fuera por la luna, no sabríamos tejer. Es que nos dejó dicho cómo hacerlo.
Hizo sus lienzos, sus bastidores. Cortó las ramas del árbol e hizo su telar. Si no fuera por eso no sabríamos crecer.
Así aprendieron nuestros antepasados.
Cardó, hiló, tejió y así empezó el tejido antes.
Dijo ella: "Así lo voy a hacer para que así aprendan mis hijas".
Lo que estaba en el árbol es ahora la luna. Siguió subiendo y subiendo en el árbol, y después subió su *comen* como escalera y se quedó en el cielo. O a lo mejor lo hizo de un brinco, meciéndose en las ramas.
Todavía tenemos su telar, quedó con nosotras. La luna nos dejó su huipil cuando se fue. Dejó su telar y su machete.
Los mayordomos los cuidan y durante la fiesta sacamos los huipiles que llevaba puestos la luna cuando se hizo el mundo.
Eran tan grandes que ya ni podemos tejerlos.

Traducción de Ámbar Past.

Página 190: blusa de Aguacatenango, Chiapas. Raso bordado a mano. Colección Pellizzi.

Página siguiente: doña Petrona López Chavinik, "señora mayordomo de San Sebastián" con doña María Gómez Hernández de San Juan Chamula, Chiapas. Fotografía: Jorge Vértiz.

VOCES ENTRETEJIDAS

Margarita de Orellana

LOS TEJIDOS DE CHIAPAS QUE NOS HA SIDO POSIBLE ADMIRAR FORMAN una especie de lenguaje rico en fuerza y belleza.

Un lenguaje en gran parte cifrado, como nos lo parecen las culturas tradicionales. Descifrar el secreto que guardan esas formas bellas es toda una aventura a la que vale la pena lanzarse.

Una de las características de lo que se conoce como Nueva Historia, corriente que se inició en Francia en el siglo XX, es que retoma como documento histórico aquello que a los historiadores tradicionales no les parece elocuente.

Los textiles de Chiapas hablan –a quien quiera escucharlos– de historias antiguas y modernas de esos pueblos indígenas celosos de sus costumbres en el México contemporáneo. Hablan de culturas y de la imagen que los hombres diferentes tienen de sí mismos y de los otros. Hablan de la mentalidad de una parte de México en la que la tradición de crear belleza se ejerce cada día. El primer paso de esta aventura tenía que ser el visitar los pueblos donde estos tejidos nacen y escuchar a la gente que los crea.

El primer lugar que visitamos fue Venustiano Carranza, un pueblo que se encuentra en las faldas de un gran cerro. Buscamos a doña Pascuala Calvo Solana, maestra de tejido de las niñas en la Casa de la Cultura, pero se había ido al mercado. Nos la encontramos en una calle, llevaba sobre la cabeza un enorme ramo de flores. Vestía una blusa azul marino con bordados muy finos de hilo blanco y la enagua que se usa ahí, cuyas uniones de los lienzos están adornadas con bordados de colores brillantes. Ella misma se la había hecho.

De la enagua nos dijo: "Las naguas originales de aquí van más adornadas cuando vamos a misa. Las sencillas nos las ponemos para ir al mercado o para estar en la casa. Los dibujos son nopalitos (en tzotzil *pe toc*), a estos otros los llamamos cola de alacrán. Los pájaros adornan las faldas originales, en cambio los nopales se usan más en las

Páginas 194 y 195: huipil ceremonial para mayordomos del siglo XIX. San Juan Chamula, Chiapas. Tejido en telar de cintura, bordado con hilos de lana teñidos con añil. Colección Pellizzi.

Página siguiente: antiguo huipil emplumado de Zinacantán, Chiapas. Es el atuendo para boda. Colección Pellizzi.

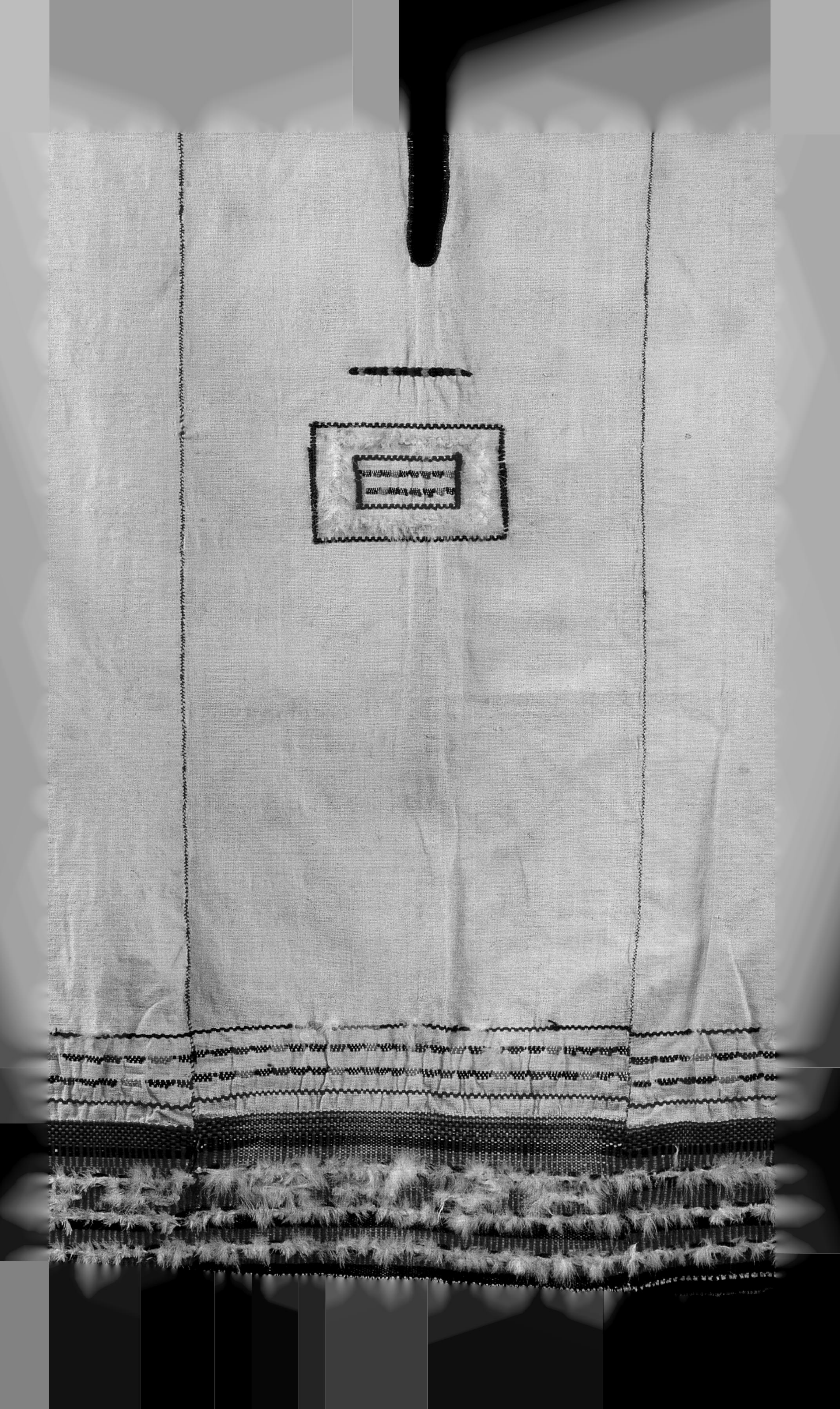

naguas modernizadas. Bordar una falda lleva tres meses; tejerla, uno. Después las mandamos a San Cristóbal de Las Casas a teñir y entonces quedan listas". ⁂

La conversación giró en torno a la importancia de conservar la tradición del textil. Doña Pascuala está empeñada en que las niñas aprendan bien este oficio y nos dijo al respecto: "Mi ropa jamás, jamás la dejo. Desde un principio dije, me voy a morir en mi ley". En las calles de Carranza vemos que muy pocos hombres llevan el traje del lugar, que consta de una camisa que se hace con el mismo tejido que los huipiles de las mujeres, y que está hecha con una tela blanca, delgada, con hileras de bordados del mismo color. Los pantalones son largos y llevan figuras rojas y verdes, en forma de cacahuate, bordadas por toda la prenda. Sobre este hermoso traje doña Pascuala nos dijo: "El pleito que tenemos con los hombres es que ya no quieren usar su traje. Ellos dicen que los caxlanes, los mestizos, se burlan de ellos. Otros no los usan porque están estudiando fuera. Ahora los trajes de hombre

Autoridades de San Juan Chamula, Chiapas. Fotografías: Jorge Vértiz.

Página anterior, abajo: Antioco Cruces y Luis Campa. "Chamula", de la serie Tipos mexicanos.

se están modernizando, los colores han cambiado y ya no ponen atención a lo original". Al irnos mostrando los instrumentos con los que trabaja en el soleado patio de su casa, Pascuala nos contó que a ella no le había enseñado a tejer su madre como es la costumbre. "Tal vez se encontraba aburrida o quizá no tuvo el chance de aprender. Yo desde los cinco años tenía muchas ganas de aprender. Fui con una tía mía de ojos verdes, güera, delgadita y le dije que quería aprender, pero que mi madre me pegaba en las manos. Poco a poco fui haciendo el pajarito, el gusanito, el cerrito, hasta que aprendí todo". Doña Pascuala ha ganado muchos premios por sus bordados y está dispuesta a entrar en todos los concursos que se abran.

Al día siguiente nos encontramos en un lugar muy diferente: San Juan Chamula. Antes de llegar a Chamula observamos a lo lejos, dispersos por el campo, entre las hortalizas o pastoreando a las ovejas, manchas azules que son los rebozos que llevan las mujeres. Muchas de ellas llevan sobre la cabeza un chal en forma de cuadro con borlas rojas en las esquinas. Juan Gallo, artista y director de la Casa de la Cultura, nos esperaba para llevarnos con doña Petrona

Página anterior: rebozo de San Juan Chamula, Chiapas. Algodón tejido en telar de cintura. Colección Pellizzi.

López de Chavinik, a quien le dicen "Señora mayordoma de San Sebastián", porque con su difunto esposo ocupó este cargo. Juan Gallo nos tradujo poco a poco lo que ella nos iba narrando. Con voz dulce y rimada nos cantó en tzotzil los rezos que le hace a san Juan Bautista, a santa Rosa y a la Virgen del Rosario. Juan nos dijo que para los chamulas estas dos santas son como diosas. Ellas fueron las primeras que tejieron y enseñaron a las chamulas el oficio. Muchas veces las sueñan mostrándoles cómo bordar un diseño especial. A ellas les prenden velas y les piden que el tejido que realicen sea del agrado del hombre a quien está destinado o que lo vendan pronto y bien. Según Juan Gallo, a doña Petrona le pasó algo que sucede con frecuencia entre los chamulas. A los 14 o 15 años soñaba que el tejido se le rompía, que sus telas no le salían a pesar de llevar muchos años aprendiendo el oficio. Muy poco tiempo después de esos sueños se dio cuenta que ya dominaba el arte del tejido. Su sueño resultó ser contrario a la realidad. Al mostrarnos su telar de lana, Juan Gallo hizo referencia a las ovejas. En Chamula el borrego es un animal casi sagrado. No se mata ni se come. Un borrego puede ser vendido a otra familia. Se cuida que el animal esté de buen humor, que no se ponga triste, porque de otro modo no da buena lana. Si la oveja no está bien, se reza al santo Pastor y se le lleva un poco de sal para que el borrego no muera. Antes de trasquilar al cordero se le agradece la lana. Al final de esta conversación invitamos a todas las tejedoras y a doña Petrona unos refrescos que ella misma vende. El sol de la montaña es engañoso. El aire frío y los rayos resultan una combinación peligrosa que quema la piel sin que nos demos cuenta. Nos despedimos de Juan Gallo y de las tejedoras. ⁂

Salimos de Chamula rumbo a San Cristóbal y al doblar la primera montaña nos encontramos en un pueblo sorprendente: Zinacantán. En esta población, el azul de los rebozos chamulas se convierte en un torrente de rojos, rosas y amarillos. En un pequeño valle cerrado se ven muchos invernaderos que contienen todo tipo de flores, especialmente crisantemos, gladiolas y claveles; en realidad son adornos de colores violentos, bordados en los ponchos de los hombres. Pascuala Vázquez Hernández, joven tejedora de 19 años, nos dice que los solteros usan muchas flores en sus ponchos, no así los casados. Ellos prefieren un atuendo más sobrio. Otra manera de diferenciar el atuendo entre un soltero y un casado es el tamaño de los pompones del mismo poncho. Los solteros los usan más largos. ⁂

Mientras la joven teje en un patio perfectamente organizado de la casa de su madre, nos relata lo que sucede cuando nace una niña en Zinacantán. "Al nacer vamos a buscar a la partera. Alrededor de

la recién nacida colocamos todos los utensilios: el telar, el machete para traer la leña, el molcajete, etcétera. Después de bañar a la bebé en agua salpicada con hojas de laurel, la partera entrega todos los instrumentos. Encendemos incienso y bebemos *pox*, la bebida alcohólica ritual de la región. Luego comemos para festejar este nacimiento". La madre de Pascuala, doña Agustina Hernández Pérez, nos observa desde la cocina, que es un espacio separado de la casa. Toda la casa tiene los espacios muy bien distribuidos, el patio está adornado con muchas plantas. El colorido de la ropa que está teñida da más vida al lugar. Al llegar Petrona, la hermana de Pascuala, que ha tenido más contacto con extranjeros, la conversación se agiliza: ella domina mejor el español. Dice que lo que más le gusta son los colores chillantes. Teje desde los 12 años y ahora que "ya es grande" domina

Muñecas de barro y lana tejida. Elaboradas por niñas de San Juan Chamula, Chiapas.

plenamente el oficio del tejido. Orgullosa, saca su vestido de bodas: "Mi madre me hizo este vestido de matrimonio. Las plumas son de gallina. Se deben escoger las más blancas porque si se toman de las amarillas, el huipil adquiere un aspecto de suciedad. Primero hay que lavarlas muy bien y luego hay que dejarlas secar. Más tarde se hace el telar y se teje la tela con plumas y todo".

El antropólogo y fotógrafo Ricardo Martínez Hernández dice, en su libro *K'uk'umal chilil, el huipil emplumado de Zinacantán*, que el huipil emplumado es del más puro estilo azteca y que en el siglo XVI se convirtió en una pieza fundamental de los atuendos ceremoniales de los Altos de Chiapas. En la actualidad, Zinacantán es el único lugar donde perdura esta tradición. También señala cómo este huipil simboliza el buen matrimonio. "Al utilizar el plumaje de gallina se está ejemplificando un ser sobredomesticado: tiene alas pero no puede volar, anda en dos pies pero está acorralado al depender de los humanos para su alimento; se mantiene cerca de las casas aunque ande suelto. Esto mismo se espera de las novias". Sin embargo, el mismo huipil cumple una función inversa en la fiesta de san Sebastián de Zinacantán, que celebra la última victoria de los zinacantecos sobre los conquistadores españoles. Son los alférez de San Lorenzo y Santo Domingo que ese año han cumplido con su cargo los que llevan puesto el *k'uk'umal chilil*, que representa a las damas españolas, consideradas como vanidosas y materialistas. Es un personaje que critica el comportamiento incorrecto de la mujer; se refiere a la que no sirve para el matrimonio. Con humor se exponen los valores éticos que no deben regir a la mujer zinacanteca. ⁂

Mujer de Amatenango del Valle, Chiapas, con huipil de fiesta.

Nos despedimos de Petrona, Pascuala y doña Agustina para seguir el recorrido hacia San Pedro Chenalhó. A medida que nos vamos internando por la sierra, el aire se hace más espeso, la luz más tenue y el paisaje más majestuoso. La piel quemada por el sol de Chamula empieza a sentir en la frente el intenso frescor de las montañas húmedas. Chenalhó se encuentra en una hendidura formada por dos cordilleras paralelas. A las cuatro de la tarde, los cerros se han vestido de nubes, y el pueblo está casi en silencio. No nos cuesta mucho trabajo encontrar a Me Peshu, María Pérez Peso, una tejedora muy experimentada del lugar, de más edad que las otras. Incluso hace algunos años llevó su trabajo al Smithsonian Institute de Washington, donde se realizó una importante exposición mundial de artesanías. No habla español, pero una joven, Paulina Santis, nos hace el favor de traducir. El esposo de Me Peshu nos abre la puerta vestido con su indumentaria, el *natil k'u'il*, prenda larga abierta a los lados y pantalón muy corto, sostenido por un cinturón de cuero. Con voz dulce, la tejedora nos narra cómo borda un huipil con hilos de lana teñidos con diversas plantas. También nos canta los rezos que usa cuando teje. Fue su abuela quien le enseñó su oficio y por eso, ya adulta, se acostumbró a rezarle cuando no le salían bien. En Chenalhó la creencia de que los muertos no se encuentran lejos es un consuelo para quienes les rezan. Me Peshu nunca ha dejado de rezarle a su abuela el día de Todos Santos, que es cuando los muertos regresan a visitar a los vivos. ⁂

San Andrés Larráinzar es un centro de tejido importante de los Altos de Chiapas. Tuvimos la suerte de asistir a la fiesta de san Andrés. Desde muy temprano había salido una procesión de un pueblo cercano cargando la figura en madera de su Virgen. Como a las ocho

Huipil de San Juan Chamula, Chiapas. Con urdimbre de algodón y trama de lana y acrilán. Colección Pellizzi.

de la mañana, después de caminar a un paso bastante acelerado, los vimos llegar cargando la estatua en una caja de madera muy bien envuelta en petates. Quemaron cohetes y tocaron música, mientras anunciaban la llegada de su santa. Intentamos seguirles el paso subiendo el cerro, pero nos quedamos a la mitad del camino. Como marco de la procesión se encuentra un paisaje impresionante de nubes que parecen lagos inmensos y que agregan un elemento místico a esta peregrinación. El olor intenso de pino, tierra húmeda y madera quemada impregnaba el aire. Al llegar a una esquina del pueblo sacaron a la santa de su envoltura y la colocaron en un palanquín. La Virgen llevaba puesto un bellísimo huipil. De su cuello colgaban espejos en forma de rombo. El volumen de la santa es considerable porque lleva sobrepuestos muchísimos huipiles. Debajo de la prenda que se ve lleva puestas otras que con el tiempo se han ido acabando. Ella es la auténtica portadora de la tradición, ya que en ella se encuentran los diseños que han ido pasando de una generación a otra. Más tarde, la santa fue paseada por la plaza central y finalmente depositada en la iglesia. ⁂

En su libro *Presencia maya*, Walter F. Morris nos dice que en San Andrés, de vez en cuando, las santas se aparecen ante las mujeres y les solicitan un nuevo huipil. La mujer debe cumplir el sueño o se arriesga a caer enferma. Cuando eso sucede, la mujer de ese poblado teje un huipil de santa, como acto de devoción. ⁂

SNA JOLOBIL SNA JOLOBIL SNA JOLOBIL

Página anterior: muestrario de los diferentes bordados que se realizan en los Altos de Chiapas.

Nosotros vimos pasar a la Virgen desde una casa que pertenece a Sna Jolobil, expresión que quiere decir "Casa del Tejido" y que es el nombre de una de las cooperativas más importantes de los Altos de Chiapas. Aquí se encuentran muchas tejedoras que guardan la tradición y comercializan los textiles. Este mismo día se llevó a cabo una reunión de trabajo con muchas de ellas. Era un espectáculo verlas escuchándose unas a otras, vestidas con gran elegancia y dignidad. Las discusiones se llevaron a cabo en tzotzil porque muy pocas hablan español. Sin embargo, gracias a Pedro Meza, presidente de la cooperativa y de cierta manera el guardián de esta tradición, pudimos entrevistar a algunas de ellas. Empezamos con doña Micaela Gómez Hernández y doña Micaela Díaz Díaz. La primera ha sido alcaldesa y juez de San Andrés y la segunda alférez, mayor y mayordoma, mientras vivió su esposo. Las dos fueron alternándose en la conversación y compartieron algunas de sus experiencias. Nos dijeron que en San Andrés las niñas dejan de serlo entre los 12 y los 13 años. "Una vez que saben tejer dejan de ser *olol*, o niñas. A esa edad ya pueden sembrar milpa. A nuestros hombres les hacemos ropa: calzón, capa, camisa. En pareja nos vemos mejor si ambos vamos bien vestidos". Con respecto a los sueños les preguntamos si en San Andrés tejen en sueños y nos respondieron: "Nuestro espíritu teje en el sueño. A veces aprendemos o enseñamos algo que no conocemos. También vemos diseños muy bonitos que con frecuencia al despertar se olvidan". ⁘

Después se acercó doña Andrea Hernández López, que desde los 15 años hace huipiles muy sofisticados. Ella nos relató cómo pidió a la Virgen el favor y la gracia de convertirse en una buena tejedora. Pero además pidió algo especial: tener la posibilidad de hacer un buen discurso, de hablar bien en público. Y nos repitió su rezo: "Por favor, dame tu sagrada voz, tu sagrado favor, tu sagrada bendición, tu sagrada cabeza". Y afortunadamente logró lo que anhelaba. Quería ser una mujer completa, tener cargos y saber ejercerlos. Así fue, junto con su esposo, regidora y mayordoma. Las tres siempre estuvieron conscientes de que no podían comunicarse con nosotros en el mismo idioma. Nosotros les decíamos que sus tejidos nos comunicaban mucho, que eran como un lenguaje invisible que nos hacía entendernos. Ellas asentían con la cabeza y reían complacidas. ⁘

El nuevo defensor de la tradición

Un caso excepcional en el mundo del tejido de los tzotziles y tzeltales de Chiapas es el de Pedro Meza Meza. Originario de Tenejapa, desde muy pequeño sintió gran curiosidad por el arte del tejido. No sólo conoce perfectamente el oficio, algo inusitado en estos lugares, ya que muy pocos hombres lo realizan, sino que sabe lo que éste significa. Además, dibuja los diseños que luego serán plasmados en tela. Su vida está dedicada principalmente a difundir y a rescatar las antiguas técnicas del tejido, del brocado y los simbolismos de la indumentaria indígena de Chiapas. Es presidente de Sna Jolobil, la importante cooperativa de tejido que congrega alrededor de 800 tejedoras, y se encarga de coordinarla y administrarla.

El contacto con Pedro nos abrió muchas puertas en este fascinante mundo del textil, lleno de poesía. Su testimonio fue tejiéndose poco a poco con palabras: "Para mí, el lenguaje del textil es un arte tradicional, pero es un arte creativo. Es la perfección que alcanzó la cultura maya. Imagino que empieza como producto de la observación. Es decir, las diversas técnicas del tejido surgieron hace miles de años a partir de la observación detenida de las cortezas, nidos y redes de los animales. La necesidad de cubrirse del frío obligó a los hombres a inventar cómo entrelazar urdimbres y tramas. Muchos años después de este aprendizaje los textiles se hicieron más elaborados: se empezaron a plasmar en las telas cosas que se veían, como los animales, las plantas y las diversas formas de la naturaleza. Pero también surgió la necesidad de plasmar cosas que salen del mundo interior para satisfacer al espíritu humano. Creaciones que probablemente fueron individuales al principio y luego colectivas. Durante la época clásica maya (300-600 d.C.) la elaboración de los textiles ceremoniales alcanzó su esplendor. Cada pieza contenía toda una cosmovisión a partir de la combinación de hilos, colores, formas y símbolos. Esa forma de crear textiles, para mí no es una forma fija. Es un conjunto de patrones a seguir. Cualquiera puede continuarlos o mantenerlos vivos. A partir de ellos se pueden crear nuevos diseños y combinaciones. Es una forma de arte. Los indígenas son hoy los

Huipil de San Andrés Larráinzar, Chiapas. Tejido con lana y teñido con anilinas. Colección Pellizzi.

Huipil de San Juan Chamula, Chiapas. Tejido con urdimbre de algodón y trama de lana. Colección Pellizzi.

más interesados en la preservación y recreación de los diseños y las técnicas ancestrales. El textil es el culto que reafirma nuestra identidad y nuestro respeto a la madre naturaleza". ⁘

Como es obvio, Pedro reflexiona constantemente sobre las implicaciones del arte textil. Tiene sus propias observaciones a propósito de los símbolos de los huipiles. Para él un diseño textil es como un poema. Cada uno tiene su propio valor. El afán por alcanzar la armonía del hombre con la madre naturaleza es el motivo principal de la creación de toda una simbología especial en los textiles. Es una manera de representar la geometría del tiempo y del espacio, de recrear toda una visión del universo, una cosmovisión. ⁘

Pedro ha realizado huipiles cuyos diseños se han inspirado en pinturas y estelas mayas, especialmente en las de Yaxchilán, y ha tratado de recrear la ropa de los nobles mayas y de rescatar los diseños para aplicarlos nuevamente en los huipiles actuales. Es así como el arte del textil se mantiene vivo. ⁘

Al preguntarle por qué el tejido es destino, explica: "Los que no son protestantes, los que creen en el sol, dicen: 'Yo me hice curandero porque en el sueño se me anunció', en su conciencia empieza a interiorizarse esa idea. Quizá al día siguiente se vaya a ayudar a un curandero para iniciarse en esa ciencia. Pasa lo mismo con el textil. Fueron las diosas las que crearon el tejido y las que lo enseñaron. Son ellas las que anuncian en los sueños lo que ha de ser nuestra tarea. El textil es un arte casi exclusivo de las mujeres que, por serlo, saben más. En Tenejapa el tejido está más allá del entendimiento de los hombres, es demasiado difícil. A pesar de que el hombre se ocupa del cultivo de la tierra, de cuidar la casa, de cargar cosas pesadas, para él es casi imposible vivir sin una mujer. Incluso las autoridades de los pueblos, que son varones, no pueden ejercer bien sus funciones si no lo hacen en pareja". ⁘

Al escuchar sus palabras surgió la curiosidad de saber sobre su pasado. Preguntamos cómo se fue hilando su vida con el textil. ¿Cómo surgió su propia conciencia sobre la importancia de este arte? Sin pensarlo mucho respondió: "Mi madre continuaba una tradición sin hacerse muchas preguntas. Ella heredó lo que los ancestros le dejaron. Para ella era importante porque había que cubrirse. Pero además, ¿cómo iba a sentirse bien si no adornaba su ropa? Ella no era la única. Se trataba de una obligación colectiva. Mientras mejor fuera un tejido, más respeto despertaba ante los demás. Aunque también

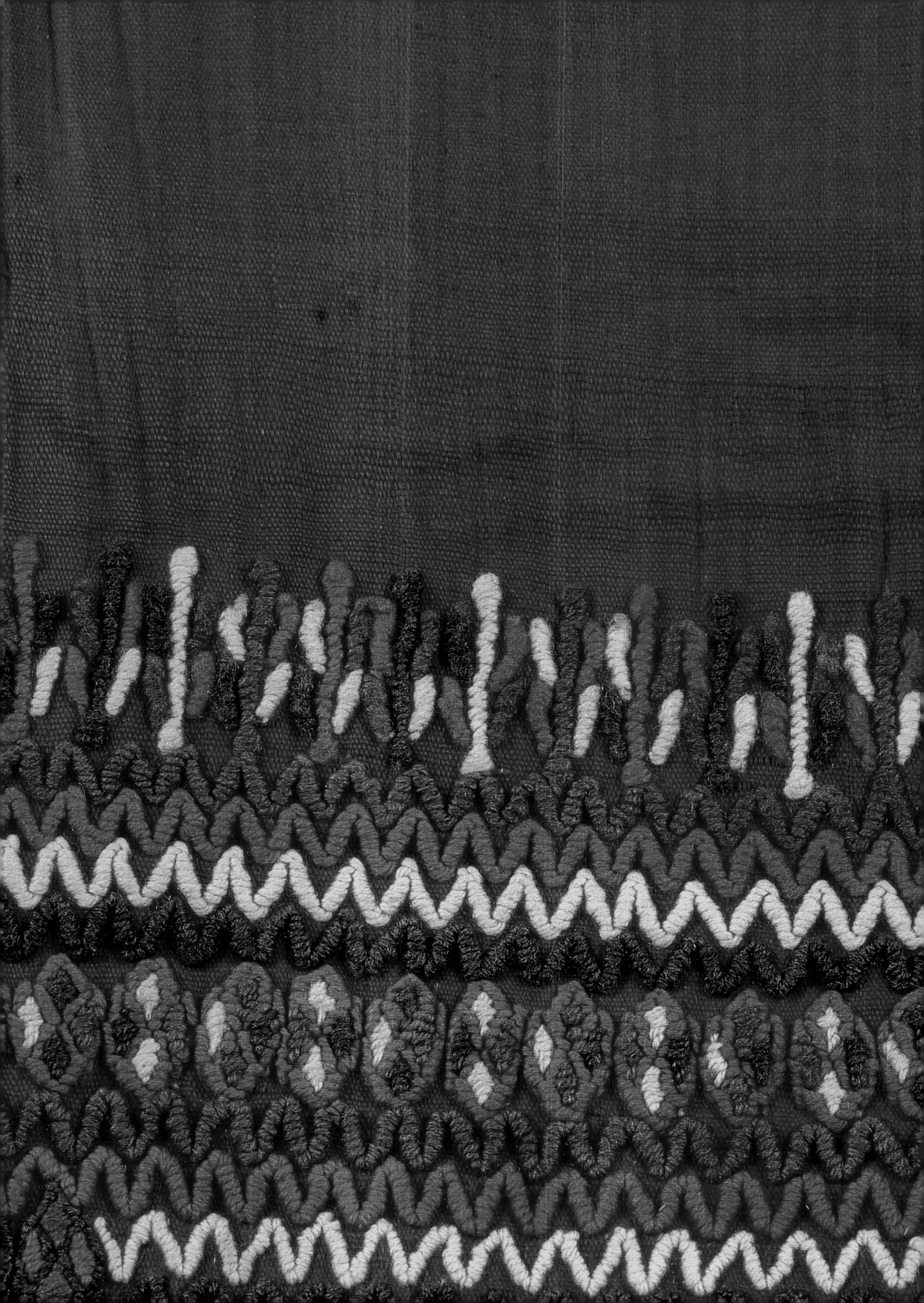

Página anterior: faja de Venustiano Carranza, Chiapas. Brocado con lana en pelo de conejo. Colección Pellizzi.

se corría el riesgo de despertar envidias. Para algunos, el tejer para sí mismos era una manera de ser mejor, de superarse; para otros era una manera de vender fácilmente a quienes no conocían bien las reglas del oficio". Pedro recuerda su propia formación: "Desde muy pequeño quise entender este difícil arte, tejiendo con todo tipo de fibras que encontraba a la mano. A los niños no se les permitía tejer y menos tomar los hilos que las mujeres utilizaban para hacer sus huipiles. En mi casa los niños no podían pasar debajo del telar de las mujeres porque si se atoraban, según mi madre, se podían enfermar. También decía que si los niños metían la cabeza en el telar se volverían grandes comelones de atole de maíz, ya que los hilos se almidonaban con esa sustancia. Sin embargo, cuando mi madre notó mi enorme curiosidad por este oficio un día me retó: 'toma estos hilos, si terminas esta bolsita con la muestra que te voy a enseñar creo que pronto conocerás lo que es este trabajo'. El diseño era sencillo, lo entendí y pronto empecé a combinar colores y formas". ✣

Pocos años después, Pedro llegó a dominar el tejido y a vender bolsas, telares y otros objetos, aunque no era consciente de la importancia y significado del oficio. "Era como vivir en el bosque, todo lo que está ahí es nuestro, nos pertenece. No nos preguntamos ¿cuál es su valor?, ¿de dónde viene? Estas dudas surgieron después". Pedro dedica su vida a aclarar esas dudas. Lleva años inmerso en el complejo lenguaje del textil. Es un apasionado de su trabajo y su pasión nos invade y nos contagia. Es claro que mientras su energía siga canalizada en este arte, su desaparición será difícil. Creo que, en sus sueños, los ancestros fueron categóricos: Pedro sería un tejedor guerrero, y tendría que defender la memoria de sus antepasados con el telar como arma. ✣

EL TEXTIL TEXTUAL

Marta Turok

Hay una flor que se llama Magdalena. Sus pétalos grandes parecen el labrado del huipil de la santa. Sus pétalos chiquitos son como las toallas que regalan las niñas a la Virgen cuando empiezan a tejer. Es muy bonita la flor, como el huipil que tenía puesto la Virgen cuando se hizo el mundo...

Parada en el árbol estuvo tejiendo sus diseños, porque sabe hacerlo muy bien y sus hijos también; la Virgen hablaba con ellos y les explicaba: "Obedezcan, trabajen"; a los hombres les decía: "Apúrense a moler, a hacer sus tortillas, a acarrear el agua y, cuando terminen, pónganse a tejer su ropa".

"Miren cómo hilo el algodón con el malacate, miren cómo pongo el telar. Quiero que me recuerden, que me vistan, que escriban la historia de nuestro pueblo para que no se olvide".

Así, nuestros antepasados pensaron: "Como la Virgen le enseñó a nuestras mujeres cómo labrar diseños, cómo escribir en la tela, ellas llevarán la palabra, nuestra palabra, a los hijos de los hijos de los *Batz'i vinik*, los verdaderos hombres". Por eso, cuando le hacemos su regalo a la Virgen le hablamos, para que nuestras manos se apuren a trabajar, para que nos toque el corazón. Así le decimos:

Qué grande es la tierra santa que tienes, Virgen.
De nuevo estoy contigo, aquí en tu santa tierra.
Estoy en la gloria contigo,
porque me has dado tus tres gracias,
porque me has dado tus tres bendiciones.
Echaste tus bendiciones en mi cuerpo,
en mi cuerpo santo.
Su sangre avisa.
Quiero aprender el sagrado trabajo.
Que las puntas de los dedos de la Virgen
hagan la caridad de tocarme el corazón;
de abrirme el entendimiento, la cabeza...

Páginas 213 a 217: huipil ceremonial de Magdalenas, Chiapas (detalle). Tejido con hilos de algodón y teñido con tintes naturales. Es el atuendo de la Virgen. Colección Sna Jolobil.

Que me dé la bendición en las puntas de sus varitas de tejer.
Es que su relevo quiere aprender.
Te traigo mi bola de hilo.
Con una flor que te traigo.
Dame tus tres gracias,
dame tus tres bendiciones.
Déjame ver cuántos son tus sembradíos,
déjame ver cuántos son tus milagros,
despójate de tu huipil, Virgen,
y tapa los ojos de los envidiosos.
Con la ropa que tienes encima,
tapa la vista de cuantas me estén mirando.
Que en flores se vayan todas tus bendiciones. ⁓

Aquí en nuestro pueblo, Santa María Magdalena, tejemos toda la ropa que usan las mujeres, hombres y niños; como son túnicas, enredos, blusas y fajas. Pero lo más bello, lo más hermoso, es el huipil de fiesta, que como madre e hija portan la esposa del alférez y nuestra madre, santa María Magdalena. Muchas son las mujeres que saben brocar la faja, pero no cualquiera aprende a brocar el huipil. Sólo entre varias familias sabemos, como nosotras, las Álvarez Jiménez, y los *Z'o't'ul*, y la mujer de Juan Vázquez. ⁓

Por eso cada año, cuando se acerca la fiesta, vienen el alférez en turno y su mujer a alquilarnos un huipil por cuatro botellas de aguardiente: dos cuando se pide y dos cuando se regresa. Ahora que mi hija está grande y ya aprendió a tejer bien, le estoy enseñando a brocar el huipil, le estoy narrando la historia y los secretos que encierra. ⁓

El huipil consta de tres lienzos: el central, "su madre", y los costados, "sus brazos". Juntos describen nuestro universo en el cual yo, mujer fecunda, estoy al centro. Así como para las fiestas vestimos con una guirnalda de bromelias y juncia las cruces de los caminos, junto al ojo de agua, en el cerro y en la iglesia; igual, yo tejo una guirnalda alrededor del cuello del huipil, porque el brocado total del huipil forma una gran cruz sobre los hombros, el pecho y la espalda. ⁓

¿Ves que en el lienzo central hay muchas hileras de un diseño de diamantes? Éste representa al cosmos: en cada diamante está el mundo, que para nosotros asemeja un cubo con tres planos: la tierra está en un plano, entre el cielo y el inframundo. ⁓

Al centro de cada plano está el sol, nuestro Señor Jesucristo, que nos acompaña ya sea en su paso de oriente a poniente cada día, ya sea en los solsticios para indicarnos las fechas de siembra y cosecha, y en las sagradas esquinas del mundo y la milpa sobre los que se paran los

vashakmen, los que sostienen cada plano. Y al igual que los granitos de maíz y los puntos cardinales, al diamante-mundo píntalo de rojo, negro, amarillo y blanco. Por eso ponemos tantas milpas, para que nuestro Señor ande en todas. ⁂

¿Ya contaste el número de hileras diamante-mundo? Son 26 por todas, pero marcas con una línea las filas nueve y 13: 13 son los escalones que acercan la tierra al cielo y nueve los que nos separan del inframundo. ⁂

Cuando nuestro Señor descansa, las estrellas iluminan nuestro camino y anuncian el alba; por eso van a lo largo de las orillas del mundo. Así suben por los costados del lienzo central. Son muchos los pueblos por los que pasa nuestro Señor en ese caminar, por lo que en el huipil, en las hileras abajo del mundo, le tenemos que decir con tres diseños quiénes somos los que pedimos su bendición. Primero le diremos que somos del pueblo de Magdalena, y nuestro símbolo es la muerte (murciélago-zopilote-gusano) —pues pasa el viento negro— y el dibujo se llama Corona. Después le diremos que somos las Álvarez Jiménez las que estamos con él en su santa tierra. ⁂

Y para ello usamos la figura de la abeja que llamamos "la cabeza de nuestro Señor de Esquipulas sobre la santa Cruz". ↜

Este diseño nos recuerda el hecho de que las abejas son las semillas del algodón que Jesucristo le tiró a un árbol, y nosotras las mujeres creamos al hombre a partir de una semilla, además de que nuestro Señor de Esquipulas, el que está en la iglesia de nuestro pueblo, es milagroso. Por último, cada una nos identificamos con un diseño. Yo uso una variante del dibujo de las estrellas. ↜

Tú escogerás otro para firmar. Nuestro Señor y la Virgen a veces no nos escuchan, ¡son tantos los pueblos que les rezan! Entonces se necesita una voz más fuerte que hable por nosotros. Por eso, en la última hilera del dorso del huipil, le pedimos al Dueño de la Tierra (*Yajval Balumil*) que interceda por nosotros. Así es el centro del huipil. ↜

Si ya hablamos del mundo, del pueblo, de nuestra familia y nos identificamos como tejedoras, ¿qué más podemos solicitar? ¿Qué es lo que imploramos? Recuerda que cuando se hizo el mundo la Virgen le dijo a los hombres que hicieran sus milpas, y por eso tenemos que rezar para que ésta se dé y no muramos de hambre. Si

en el cuello del huipil está la bromelia, el sustento de los dioses, en las mangas está el sustento de los hombres: el maíz y el frijol. ⁓
A la altura del hombro comienza el ciclo agrícola con el maíz y el frijol, como semillas amarillas y negras. Al bajar por los costados de la manga van creciendo, hilera por hilera, hasta alcanzar la madurez. Y para alcanzarla necesitamos mucha agua, mucha lluvia. ⁓
El Dueño de la Tierra vive en una cueva debajo de la tierra y controla la vida, la riqueza y la muerte. A él lo ponemos justo debajo de la milpa florecida. ⁓
El Señor de la Lluvia, o Ángel, crea las nubes con la ayuda de sus hijos, ya que mientras ellas abatanan el algodón, él lo transforma con un trueno. Así sigue. Y, al final, queda el mensajero de estos señores: el sapo, que, además, como buen mozo, espera a la entrada de la cueva de sus amos. Él es nuestro intermediario más inmediato, pues con él es más fácil dialogar; además de que sabemos que cuando aparece en el pueblo anuncia la lluvia, y es como si nos trajera una respuesta. Algún día nosotros volveremos a ser los dueños de la tierra, ya no seremos el mozo a la entrada de la cueva. Por eso pon muchos, muchos sapos, porque son como nosotros. Los ciclos agrícolas y rituales son de 360 y 260 días divididos en 20 meses de 18 días y en 20 meses de 13 días, respectivamente. Los sapos están agrupados de 20 en 20 para representar los meses. El Dueño de la Tierra, con su sapo mozo, suma 18, nueve en cada manga, para significar los días agrícolas, y el Ángel aparece 13 veces, seis en una manga y siete en la otra, para ubicarse en cada escalón del cielo, así como para marcar los días sagrados. ⁓
Siempre que aparezcan estos tres señores, agrega florecitas de color verde, puesto que es el color del agua, las plantas y la vida. ⁓
Las serpientes y culebras caminan entre las filas de diseños, separan ciclos y personajes, y a la vez los unen, como la serpiente emplumada (*Bolonchón*) que serpentea entre la tierra y el cosmos, o las culebras que cuidan las milpas y al Dueño de la Tierra. A veces sólo dejan marcado el camino por el que han pasado (*Be chon*), a veces su camino es espinoso (*Ch'ix*), pero eso sí, para nuestro huipil, para nuestro mensaje, son muy importantes. ⁓
Aquí termina el huipil. Aquí comienza tu trabajo, tu aprendizaje. Para cumplir con la promesa, tejerás y obsequiarás a la Virgen tu mejor huipil, tú y tu esposo asumirán el cargo de alférez, y acompañarás a la Virgen en las festividades con otro huipil que te hayas tejido. Cuando yo muera, me enterrarás con mi huipil de fiesta y así llevaremos la palabra, nuestra palabra, a través de las hijas de las hijas de los verdaderos hombres". ⁓

Pascuala Hernández, tejedora de Zinacantán, Chiapas, con telar de cintura.

CHIAPAS

MUJER FLORIDA

Anónimo

Madre en flor
Tus primeras hijas
Tus primeras hijas
Quieren tejer sus rebozos
Quieren tejer sus chamarras
Para no sufrir la helada
Para no sufrir la lluvia
Cánsate hasta la muerte
Pon en sus cabezas
Pon en sus corazones
Pon en sus manos
Pon en sus corazones
Los tres husos
Los tres primeros husos
Las tres primeras cardas
Las tres primeras ollas
Los tres primeros tintes
Las tres ramas de "hierba amarga"
Las páginas de los tres libros
Los tres tintes de las letras
Tus primeras hijas
Tus primeras hijas
Quieren aprender
Quiero aprender
Madre anciana en flor.

Página siguiente: (arriba) haciendo la telaraña donde tejerán los huipiles. (Abajo) bordando un huipil ceremonial. Dibujo de un niño tzeltal del municipio de Tenejapa, Chiapas.

Este poema fue escrito originalmente en tzotzil. Fue extraído de *Bon*, folleto sobre el arte del tejido publicado por la Asociación de Grupos de Artesanas Indígenas Sna Jolobil.

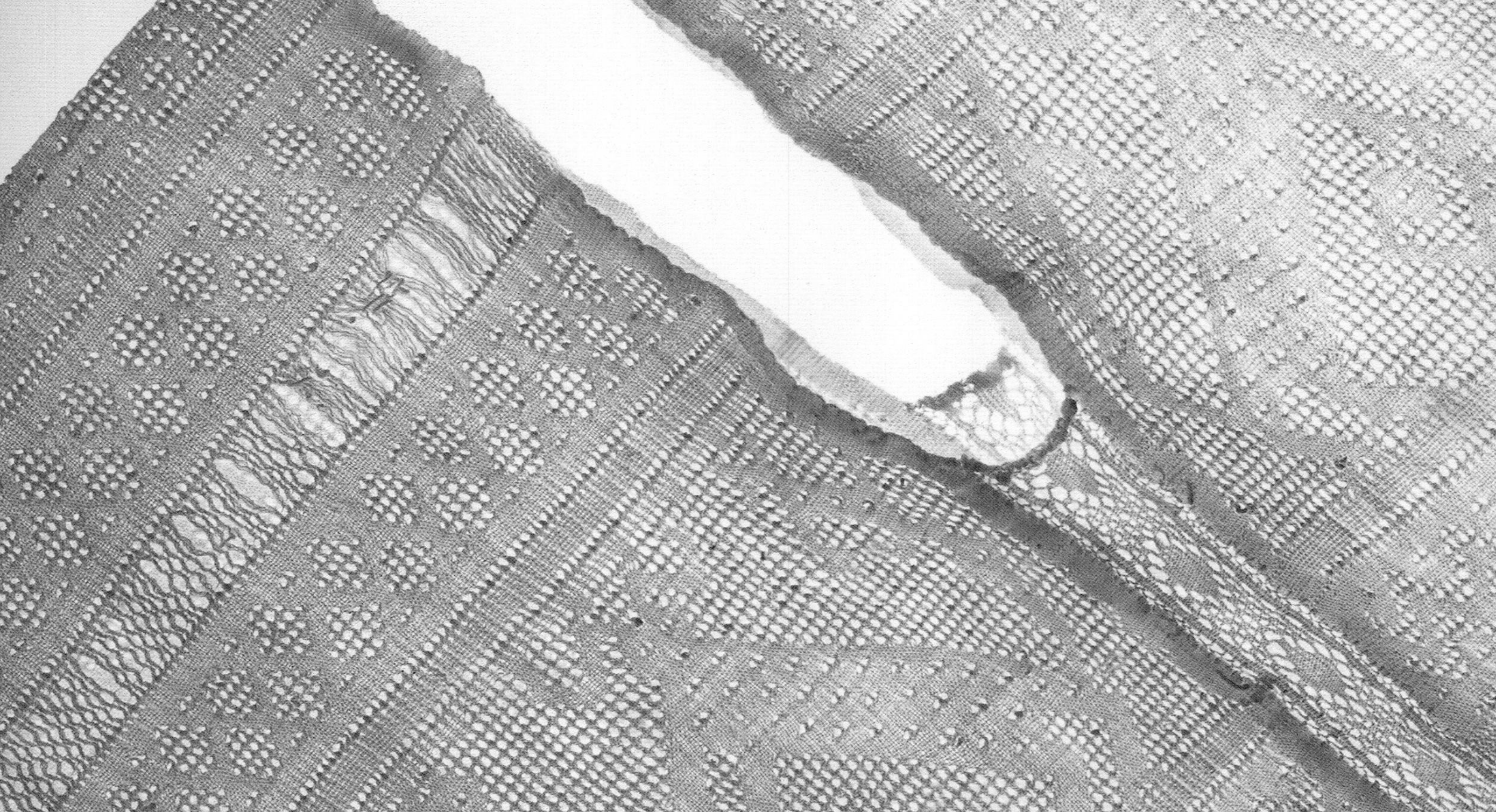

OAXACA

ANATOMÍA DE UNA TRADICIÓN TEXTIL

Irmgard W. Johnson

Los tejidos indígenas de Oaxaca tienen una extraordinaria diversidad y colorido, y muestran una extensa gama de técnicas, finura y belleza en los diseños. Algunos motivos presentan diseños muy variados, desde aquellos naturalistas hasta los de formas muy convencionales. Otros son ejemplos de encantadora simplicidad, humor y calidad imaginativa.

Este breve ensayo se refiere a algunos detalles de varias piezas sobresalientes de tejidos tradicionales. Se trata de piezas que corresponden a seis diferentes grupos étnicos de Oaxaca.

La selección se basa principalmente en las siguientes seis características: todos los textiles son tejidos a mano, en telar de cintura. Algunos de estos ejemplares tienen hilos de algodón finamente hilados, como en el caso del antiguo huipil de la Mixteca de la costa. Otra de las piezas seleccionadas está totalmente elaborada con seda hilada y tejida a mano, cultivada en la región de Huautla de Jiménez. En otras áreas la seda se usa sólo para elaborar diseños bordados o brocados.

Otro elemento importante para la selección fue la técnica de tejido, por ejemplo la de tramas envolventes y la gasa de tramas discontinuas, que representan algunos de los ligamentos más complejos que conocemos y que, por desgracia, ya no se elaboran.

También se tomó en cuenta el uso de colorantes antiguos tradicionales, como el caracol (*Purpura pansa*), utilizado por los huaves, los chontales y las tejedoras de la Mixteca baja, y la grana cochinilla (*Coccus cacti*), preferida por los chontales y los mazatecos.

Algunas piezas se seleccionaron por las formas peculiares que adopta su uso como vestimenta tradicional, como en el caso del huipil huave, del ceñidor mazateco y del paño chinanteco.

Se consideró, también, el uso de algunas piezas, como la función ceremonial del mantel utilizado en el altar de la región chontal, o el uso especial que tuvo el llamado lienzo, que constituye un muestrario chinanteco.

Página siguiente: huipil chinanteco. Valle Nacional, Oaxaca. Prenda estilo antiguo usada para bodas y fiestas. Colección Irmgard W. Johnson.

Páginas 222 y 223: huipil zapoteca. Santiago Choapan, Oaxaca, 1943. Prenda antigua tejida a mano. Colección Irmgard W. Johnson.

Página anterior: derecha: huipil de boda. Mixteca de la Costa, Pinotepa Nacional, Oaxaca. Brocado blanco sobre blanco. Izquierda: gabán. Santa Catarina Estetla, Oaxaca. Tejido labrado en lana y remate enlazado. Museo Ruth D. Lechuga de Arte Popular.

Por último, es importante señalar algunos diseños antiguos que han sobrevivido como elementos decorativos especiales en estos textiles: el águila de dos cabezas, que se encuentra en los huipiles de brocado blanco sobre blanco, de la Mixteca baja. Este diseño también se elabora mediante la técnica de tramas envolventes, en huipiles y algunas prendas masculinas de Santiago Choapan y también con motivos bordados bajo el cuello de huipiles mixtecos, de la región de Jamiltepec. ⁓

No todos los diseños contemporáneos son de origen indígena, algunos son copias de diseños europeos muy conocidos: el águila de dos cabezas con corona, por ejemplo. ⁓

Entre los mazatecos, la presencia de la mariposa como diseño textil es especialmente interesante por su probable relación con las tradiciones prehispánicas. Todavía, en la actualidad, los mazatecos identifican a la mariposa con el alma que sale del cuerpo. Creen que el alma de los muertos tiene permiso de dejar su morada una vez al año, en los festejos de Todos Santos y del Día de Muertos, para visitar a sus parientes. Ésta es la época en que son más abundantes las mariposas de la región, y los mazatecos consideran un pecado matarlas. Por ello, es extraordinario que los mazatecos conservadores de Ayautla decoren sus prendas con motivos convencionales de mariposas. Se trata de un claro caso de supervivencia de símbolos prehispánicos. ⁓

Uno de los motivos más característicos del arte indígena mesoamericano es el *xicalcoliuhqui* o greca escalonada, de la cual hay innumerables variantes y grados de estilización. También en este caso hay diversas teorías sobre su origen y significado. De acuerdo con José Luis Franco, la importancia del *xicalcoliuhqui* reside en su forma; es decir, en el hecho de ser un elemento dual. Significa "dibujo retorcido para decorar jícaras". ⁓

El motivo "S espiral" o "espiral doble" fue conocido por los antiguos mexicanos como *ilhuitl*. Como elemento fonético significa "día de fiesta", y se encuentra plasmado en huipiles chinantecos de Chiltepec y en motivos bordados en huipiles de Valle Nacional y Ojitlán. ⁓

En la época prehispánica, el color estaba relacionado con los cuatro puntos cardinales. La versión más común señala que el amarillo se relaciona con el oriente, el rojo con el norte, el azul verde con el occidente y el blanco con el sur. Sin embargo, en la actualidad hay poca información sobre el simbolismo de los colores relacionado con los textiles de Oaxaca. Un ejemplo probable de supervivencia de un aspecto asociado con el color se registra entre los mazatecos de San Pedro Ixcatlán. Según Gonzalo Aguirre Beltrán, durante el embarazo las mujeres se ajustan siempre una faja roja a la cintura para protegerse de influencias malignas. ⁂

Otro elemento decorativo tradicional, utilizado por varios grupos étnicos, es el pequeño ornamento rectangular que se coloca justo debajo del cuello del huipil, presente entre los chinantecos de Ojitlán. Una banda transversal elaborada con técnica de enlazados es frecuente en los huipiles mixtecos de Santa Catarina Estetla, y los zapotecas de Yalalag adornan su indumentaria con una gruesa trenza cosida bajo la abertura del cuello. Barras transversales bordadas aparecen en los huipiles zapotecas de San Bartolo Yautepec y en el antiguo huipil bordado de la Mixteca de la costa. Todas estas variantes están, sin duda, relacionadas con el motivo rectangular tradicional, que evidentemente data de la época prehispánica, ilustrado con frecuencia en los antiguos códices. También aparece en unos huipiles en miniatura encontrados en una cueva en la Mixteca alta, que fueron depositados como ofrenda. Actualmente, este elemento constituye la continuidad de una antigua tradición y, excepto en algunos casos, se desconoce su significado original. ⁂

Los ceñidores de la región de Huautla de Jiménez y los huipiles tradicionales de Valle Nacional, así como las prendas de algodón blanco de Pinotepa de Don Luis y los manteles chontales son ejemplos de tejidos que, por desagracia, han desaparecido. ⁂

Otros, como los huipiles antiguos de San Bartolo Yautepec, han sido rescatados pero, desde luego, ya no tienen la misma calidad. Piezas como éstas deben ser protegidas y, aunque se trata de un asunto muy complejo, hay que impedir que desaparezca el hermoso arte textil indígena. ⁂

Tipos de huipiles

Chinanteco de Valle Nacional. Huipil estilo antiguo usado en bodas y fiestas (página 225). La tela es una combinación de tejido sencillo y de brocado sobre fondo de gasa. En su confección se usa hilo de algodón blanco, así como hilaza roja y azul y estambres de varios colores. Los tres lienzos, que se elaboran en telar de cintura, van unidos con una banda decorativa en color azul y rojo. La parte más profusamente ornamentada es la del lienzo del centro, que lleva un diseño de rombos concéntricos y ganchos de complicado tejido policromado. Los lienzos laterales destacan por su fina labor de franjas transversales, hechas con tejido sencillo de color rojo, que alternan con franjas angostas elaboradas con gasa blanca. Cuando la tejedora acaba una de estas prendas de lujo, pinta las franjas blancas con añil, con lo que les da un atractivo tono azulado. El uso de este

Página siguiente: huipil chinanteco. Valle Nacional, Oaxaca, 1934. Prenda tradicional. Colección Irmgard W. Johnson.

Página anterior: izquierda: antiguo paño chinanteco para la cabeza usado por las autoridades en eventos civiles y ceremoniales. San Felipe Usila, Oaxaca. Derecha: huipil zapoteca. Santiago Choapan, Oaxaca. Prenda antigua tejida a mano. Este estilo desapareció a mediados del siglo XX. Colección Irmgard W. Johnson.

huipil de lujo, que representa el estilo "rojo" tradicional de Valle Nacional, parece haber desaparecido por completo. ⁂

Chinanteco de Valle Nacional. Huipil tradicional usado en 1934 (página 229). Los tres lienzos se elaboraron en telar de cintura, con algodón blanco; la tela es una combinación de franjas angostas, de tejido simple, que alternan con hileras de gasa sencilla. Los motivos decorativos se bordaron en punto de cruz en los tradicionales colores rojo y azul, aunque hay detalles con estambre de otros colores. Una banda ancha cubre las costuras que unen los lienzos. En esta región de la Chinantla, el diseño más frecuente es una planta estilizada, que sale de una maceta, y está adornada con flores, hojas, pájaros y mariposas. Este árbol de la vida ocupa casi todo el espacio del centro del huipil. Los lados de la prenda llevan grandes pájaros, estrellas, *ilhuitl*, animales como el venado, el mono y el león, guías florales y adornos con espiral, bordados de manera independiente. Este huipil corresponde a uno de los dos estilos tradicionales de Valle Nacional: el blanco. ⁂

Chinanteco de San Felipe Usila. Antiguo paño para la cabeza, usado por "ancianos", presidentes municipales y "mandones" como turbante, durante eventos civiles o ceremoniales (página 230). La tela está tejida en telar de cintura, con algodón rojo. Varios motivos antiguos son introducidos por un fino brocado de trama y elaborados con estambres en tonos de morado, vino, rosa, verde, azul y negro. Son cinco los motivos que componen diferentes conjuntos: el grupo que se entreteje en las esquinas posee un águila bicéfala, rodeada por cuatro mariposas estilizadas; el conjunto bordado a los lados consiste en un águila bicéfala rodeada de *xicalcoliuhqui* que se reproduce a manera de imagen invertida. En el centro del paño hay un gran diseño geométrico que quizá represente al sol con mariposas a su alrededor. Hay motivos que tienen nombres simbólicos en chinanteco. El efecto total de la composición de diseños, además de la vibrante sensación que se obtiene de las combinaciones de colores, es el de una bellísima obra de arte textil. ⁂

Chinanteco de Santiago Quetzalapa. Muestrario totalmente hecho en telar de cintura (página 232). La tela es de un solo lienzo de algodón blanco, elaborado con franjas de tejido sencillo que alternan con hileras o bandas de gasa. Los motivos se trabajan sobre este fondo de variada textura, de igual manera que se elaboran los lienzos ornamentados para un huipil. El diseño se logra con la técnica

de brocado en trama, usando hilaza de color azul y rojo, estambres de varios tonos de morado, rosa, verde, azul, amarillo y otros. Hay franjas transversales con águilas bicéfalas y franjas con guías y flores estilizadas, así como hileras de rombos con volutas en los extremos; en el centro del muestrario hay un interesante zigzag con bordes dentados, que sugiere una serpiente emplumada. Los diseños producen un efecto de mayor diversidad debido a la gran gama de colores utilizados. Este extraordinario y antiguo textil data, posiblemente, de comienzos del siglo XX. Es de especial interés porque representa el único muestrario indígena completamente tejido en telar de cintura.

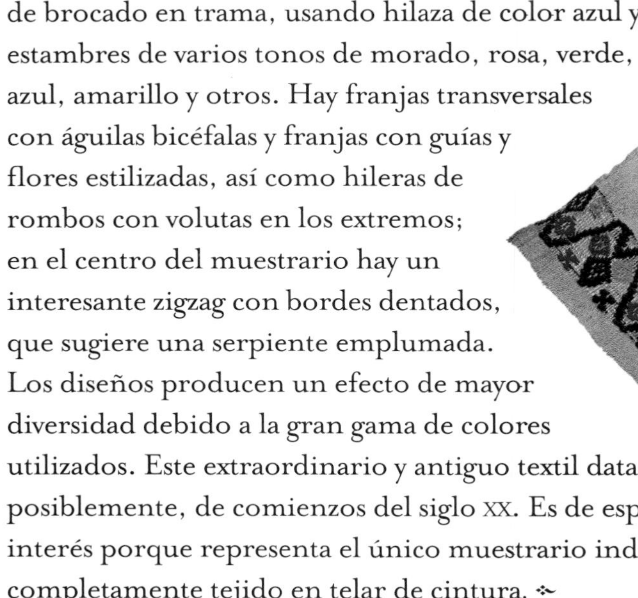

Muestrario chinanteco. Santiago Quetzalapa, Oaxaca. Hecho en telar de cintura a principios del siglo XX.

Mazateco de San Bartolomé Ayautla. Huipil estilo antiguo confeccionado con lienzos de algodón blanco, tejidos en telar de cintura (página 233). La tela es una combinación de tejido sencillo y de gasa, en tanto que la ornamentación es de brocado y de bordado. La parte inferior del huipil está elaborada con la técnica del brocado hecho con hilaza roja. El diseño posee bandas anchas con motivos geométricos y plantas estilizadas, combinadas con un diseño de zigzags. Según Renato García Dorantes, mazateco de Huautla de Jiménez, la planta simboliza la flor del elote. Una hilera de pájaros brocados divide las dos áreas de ornamentación. La parte superior está profusamente bordada a mano, con diseños curvilíneos de pájaros, flores y hojas, trabajados con hilaza roja y delineados en verde. En la parte central se distingue una planta con una flor que sale de la tierra y pájaros con cresta y garras a los lados. Este diseño se repite en el resto de la parte superior de la prenda. Los antiguos huipiles mazatecos de Ayautla no llevaban adorno de listones de seda para enmarcar las partes labradas.

Página siguiente: huipil mazateco. San Bartolomé Ayautla, Oaxaca. Prenda estilo antiguo confeccionada con lienzos de algodón blanco tejidos en telar de cintura. Colección Irmgard W. Johnson.

Chontal de San Pedro Huamelula. Antiguo mantel, probablemente para uso ceremonial (página 236). Los vestigios de cera indican que pudo haber servido como adorno de un altar. Consta de dos lienzos que fueron tejidos en telar de cintura con algodón blanco hilado a mano. El diseño está hecho en brocado de trama, con hilos color violeta y azul, teñidos con caracol (*Purpura pansa*) y con añil, respectivamente. También se introdujo una franja de seda teñida con grana cochinilla (*Coccus cacti*). El hilo de caracol

Página anterior: huipil zapoteca. San Bartolo Yautepec, Oaxaca. Brocado en seda teñida. Colección Irmgard W. Johnson.

fue teñido por los mismos chontales, en la región de Astata, en la costa del Pacífico. Sabemos también que los chontales cultivaban la grana cochinilla serrana en la región de San Matías Petacaltepec, municipio de San Carlos Yautepec. Los interesantísimos motivos geométricos, y las bandas horizontales con diseños angulares que representan el *ilhuitl*, delineados con ganchos son, sin duda, de origen muy antiguo. Es probable que este textil —que está muy dañado, quemado y parchado— date de principios del siglo XX o fines del XIX. ❧

Huave de San Mateo del Mar. Huipil antiguo finamente tejido en telar de cintura, con algodón hilado a mano (página 237). Las bandas verticales son urdidas antes del tejido con hilos teñidos de caracol (*Purpura pansa*). Los maravillosos motivos en brocado también se colorean con el mismo procedimiento y representan aves acuáticas, venados, perros y estrellas. Nótense los motivos introducidos fuera del lienzo principal del centro, sin razón aparente, costumbre que se practica en algunos otros grupos étnicos de México. Así ocurre también con el fleco situado en el extremo de la banda central, que sólo se ha encontrado en los tejidos de este grupo y en los realizados por los mixes de San Juan Mazatlán, el cual constituye un elemento ornamental técnicamente complejo, ya que supone un arreglo especial de la urdimbre en el telar. El hilo de caracol se compra a los chontales, que lo colorean en la costa de Astata y lo venden, principalmente, durante la feria de Huamelula. Hace muchos años, y en ocasiones festivas, las mujeres huaves portaban sobre los hombros, de manera extraordinaria, esta prenda tradicional. Se acostumbra también colocar este huipil como mortaja. ❧

Mixteco de Pinotepa de Don Luis. Huipil antiguo finamente tejido a mano en telar de cintura (página 252). El fondo es de algodón blanco y de tejido sencillo. El diseño está elaborado también con algodón blanco, pero con hilo más grueso, en técnica de brocado de trama. Se utilizaron motivos decorativos de águila de dos cabezas, diferentes formas humanas y geométricas en la greca escalonada, o sea *xicalcoliuhqui* e *ilhuitl*. Ambos motivos con orillas dentadas. La unión de los tres lienzos del huipil se adorna con listón antiguo de seda. Este tejido se elabora raras veces en la actualidad. No sabemos con certeza su origen, aunque hay varios pueblos en la Mixteca baja en donde se han encontrado ejemplos magníficos. Estos extraordinarios diseños también se emplearon antiguamente en los huipiles blancos de los mixes de San Juan

Cotzocón. El que aquí se presenta fue usado en otro tiempo por una indígena de Pinotepa de Don Luis como huipil de boda y como "huipil de tapar". ∻

Mixteco de la costa. Antiguo huipil de boda o ceremonial elaborado en telar de cintura (páginas 242 y 243). El hilo de algodón blanco está finísimamente hilado con malacate y la finura de la tela es extraordinaria. El tejido es sencillo, con franjas transversales acordonadas. Los tres lienzos se unen con listón de seda de color bugambilia. La zona con más decorado es la parte superior del lienzo central, donde hay una sección ancha, tejida con gruesas tramas de seda color grana. Después de retirar el lienzo del telar, esta sección se cubrió, pintándola con el mismo tinte color grana. Allí también se encuentra la abertura ovalada del cuello, que ostenta una hermosa decoración bordada con hilos de seda gruesa, de color grana, rosa pálido y morado. El diseño combina grecas y círculos concéntricos de efectos variados, por el uso de diferentes combinaciones de colores. Bajo el cuello hay una banda horizontal formada por un listón sobre el que se bordaron con seda motivos similares a los del propio cuello. En los extremos de la banda cuelgan, como adorno adicional, los sobrantes del listón. ∻ Este tipo de banda representa un ornamento y un concepto muy antiguos, como se puede comprobar en los códices prehispánicos. Se ha dicho que este fantástico huipil proviene de Santiago Ixtayutla, pueblo mixteco de la costa, pero no se conoce con certeza su procedencia; probablemente date de fines del siglo XIX. Esta prenda no tiene igual, la magnífica calidad de su hilado y tejido sólo es comparable con la de los finísimos tejidos prehispánicos encontrados en Tlatelolco. ∻

Antiguo mantel chontal. San Pedro Huamelula, Oaxaca. Probablemente tuvo un uso ceremonial. Ca. 1900. *Colección Irmgard W. Johnson.*

Página siguiente: huipil huave. San Mateo del Mar, Oaxaca. Prenda antigua tejida en telar de cintura con algodón hilado a mano. Colección Irmgard W. Johnson.

OAXACA

TEJIDOS QUE CUIDAN EL ALMA

Alejandro de Ávila

> *Los huipiles llevan una figura especial a la altura del pecho que se llama 'wo. Este nombre no tiene significado en la lengua actual, pero probablemente su origen sea "amanecer". El 'wo es la figura de rombo, al centro se encuentra un caracol que simboliza el sol: representa la fuerza de la vida, por conducto de este caracol el alma tiene salida para volar al sol en el último suspiro.*
>
> IRMA GARCÍA ISIDRO

> *El 'wo es como una puerta, está cerrada para cuidar el alma. Cuando uno muere, la puerta se abre y el alma sale por allí.*
>
> MARÍA DEL SOCORRO AGUSTÍN GARCÍA
>
> Tejedoras de San Felipe Usila
>
> Traducción de Francisco Maldonado

LOS HILOS DE OAXACA SE ENLAZAN EN MIL FORMAS. DE MANOS HÁBILES que hilan, tejen y bordan surgen texturas y diseños vibrantes. Así como sus fibras y colorantes muestran la mayor variedad registrada en México, reflejando la extraordinaria diversidad biológica del estado, la sofisticación técnica del textil oaxaqueño que se manifiesta en la destreza del hilado y la complejidad del tejido no encuentran paralelo con otras regiones. Sutiles como telaraña o ásperos como red de mecate, los hilos de Oaxaca cautivan la mirada. Las mujeres chinantecas lo expresan mejor: sus brillantes huipiles "emborrachan la vista".

Si al primer golpe la intensidad del diseño embriaga a los ojos, la observación paciente ve más allá del color y poco a poco se da gusto. Con la ayuda de los dedos, la mirada descifra los acertijos de los hilos, y entiende la forma como han sido entrelazados para crear figura y fondo. Asombra el ingenio de las manos. Un segundo impulso de curiosidad la mueve a ponderar los significados de las imágenes tejidas: escucha las palabras de las señoras sabias del telar, transcribe nombres y etimologías de los motivos, comprende cómo algunas hebras —¡no todas!— amarran mitos. Logra distinguir en el tejido fiesta y vida cotidiana, y contempla maravillada hilos que unen el cuerpo con el cosmos. Se le van revelando, en un tercer momento, detalles de técnica, de diseño y de interpretación que relacionan y contrastan textiles de diferentes comunidades, y que le permiten hacer inferencias acerca de su historia. Descubre en la

Página siguiente: huipil chinanteco de primera gala. San Lucas Ojitlán, Oaxaca. Tejido en telar de cintura, bordado a mano. Museo Ruth D. Lechuga de Arte Popular.

Páginas 238 y 239: ceñidores oaxaqueños. Museo Ruth D. Lechuga de Arte Popular.

Páginas 242 y 243: huipil antiguo para boda o uso ceremonial. Fines del siglo XIX. Tejido en telar de cintura con aplicaciones bordadas. Museo Nacional de Antropología, INAH.

trama evidencias de una larga evolución donde los cambios al azar parecieran equilibrar la innovación deliberada. ⁓

Conjugando observaciones, comienza a apreciar cómo se crea sentido y placer en una tela a lo largo del tiempo. Una cuarta mirada ahonda en reflexiones: se pregunta por qué la seducen los hilos, cuestiona cómo una persona ajena puede percibir y recrear (¿acaso falsear?) las ideas tejidas. Trata de ser fiel al discurso y a los silencios de las tejedoras; se convence de que la lectura del textil como texto está coloreada, irremediablemente, por concepciones previas del observador. Pero los ojos fascinados no quedan satisfechos con la introspección. Terminan devanando una madeja política: buscan visualizar cómo llegan los hilos a diferenciar género y estatus, de qué manera especifican la afiliación comunitaria, cómo definen una identidad étnica —funciones críticas en la vida de una sociedad plural y desigual. Acerquémonos brevemente a algunos tejidos maestros de Oaxaca, mirando a cuatro tiempos. ⁓

Un huipil muy fino

Uno de los textiles mexicanos más conmovedores, el más delicado que conocemos, es un huipil atribuido a la Mixteca que se conserva en la bodega de etnografía del Museo Nacional de Antropología.

Los diseños bordados del huipil no guardan semejanza con los dechados mexicanos del XIX ni con las labores de aguja de textiles indígenas contemporáneos. La composición basada en elementos que se disectan y oponen simétricamente, trabajada en colores contrastantes, representa un estilo no influido por los diseños figurativos de origen europeo bordados en hilván y punto de cruz, muy populares en México desde el siglo XIX. El listón cosido de manera horizontal bajo el cuello, en cambio, encuentra rasgos análogos con varios huipiles contemporáneos de Oaxaca y áreas vecinas. Deriva históricamente de una trencilla de tramas enlazadas entre la urdimbre para reforzar un cuello tejido en ranura, como lo documentan pequeños huipiles arqueológicos y algunos textiles contemporáneos. El refuerzo se ha convertido en un elemento decorativo que es tejido, bordado o aplicado de diferentes maneras. Recibe diversos nombres en las lenguas indígenas de Oaxaca, algunos de los cuales hacen referencia a su función, como rasgo que distingue la indumentaria de comunidades específicas. Bartola Morales nos comenta que, en Ojitlán, el recorte de listón cosido sobre el huipil es llamado en chinanteco *kï tsa kon wï̱n*, que ella traduce como "rectángulo de la gente de un horno"; es decir, gente de un origen común, forma como se denominan a sí mismos los ojitecos. Bartola se refiere a él como "la banderita" del huipil. ⁓

Faja femenina. Santo Tomás Jaliesa, Oaxaca. Tejido en telar de cintura. Museo Ruth D. Lechuga de Arte Popular.

Página siguiente: enredo. Mitla, Oaxaca. Tejido en telar de cintura, teñido con cochinilla. Museo Ruth D. Lechuga de Arte Popular.

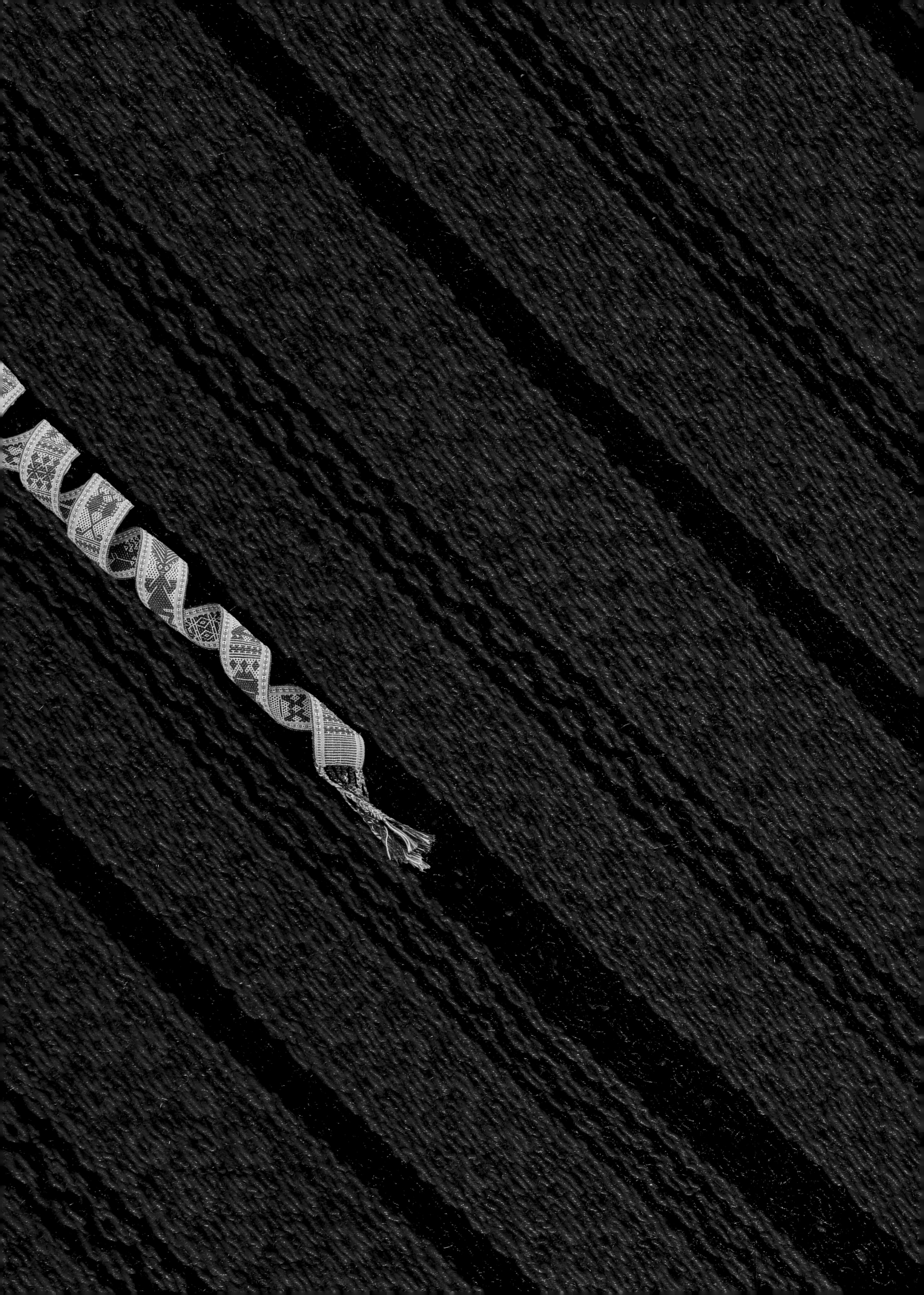

Zapoteca con indumentaria tradicional en desuso. San Bartolo Yautepec, Oaxaca. Fotografía: Irmgard W. Johnson.

Si especulamos un poco, podemos imaginar que los motivos circulares bordados sobre el listón habrán tenido asociaciones simbólicas. Se relacionan tal vez con elementos iconográficos que denotaban nobleza en los textiles y en la arquitectura indígena del siglo XVI, como las cenefas de círculos denominadas en náhuatl *te:ni:xyo:*, ilustradas en el Códice Florentino, o como el friso de discos florales que adorna la Casa de la Cacica en Teposcolula. Es posible que las ruedas bordadas del huipil hayan tenido connotaciones solares, como las tienen otros diseños colocados sobre el pecho en algunos huipiles contemporáneos de Oaxaca. Los soles de hilo nos remitirían al *to:nalli*, calor solar, día, fecha de nacimiento y, por ende, nombre y destino. La misma raíz (hispanizada como la *tona*) designa al alma, que es calor y fuerza vital, y que tiene su origen en el

Ceñidor mazateco antiguo (detalle). Huautla de Jiménez, Oaxaca. Elaborado con seda cultivada e hilada a mano. Museo Franz Mayer.

pecho. En mixteco, *ini* se refiere igualmente a espíritu, corazón y calor. Las invocaciones dirigidas a un recién nacido, recogidas por Sahagún, expresan, mediante metáforas, que los dioses han encendido el *to:nalli* en el pecho del recién nacido con el taladro de hacer fuego. Como objetos perforados por este instrumento, las cuentas de piedra preciosa eran figura y asiento del *to:nalli*. Una posible lectura de diseños circulares como el *te: ni:xyo* es representar la fuerza anímica de los nobles en forma de chalchihuites perforados. Quisiéramos leer ecos de tal simbolismo en las ruedas bordadas del huipil. El color rojo sobre el pecho reforzaría el vínculo del tejido con el alma: la sangre es encarnación del *tonalli*. La etimología del nombre náhuatl de la grana es la "sangre del cactus". El campo semántico de *ini* y *to:nalli* abarca, además, la energía sexual que eleva la temperatura y provoca rubores. Teñir rojo sobre rojo parece obedecer a una motivación simbólica poderosa. ⁂

En realidad no sabemos quién usó este magnífico huipil. Podemos suponer que habrá vestido a una mujer elegante que pertenecía a la vieja elite indígena, cuyos descendientes conservaron tierras y privilegios en algunas zonas de Oaxaca, hasta principios del siglo XX. La finura del hilo de algodón y los largos meses de esfuerzo que debe haber exigido hilar tan delgado, parecen representar el trabajo de mujeres altamente especializadas en la producción de textiles suntuarios. Es vestigio, quizá, de las labores impuestas como tributo de macehuales a caciques, obligaciones que registran varios documentos coloniales de la Mixteca. Sea o no una muestra de la explotación del trabajo femenino por parte de la aristocracia indígena, el huipil reviste importancia más allá de la historia local, por ser uno de los tejidos mesoamericanos más virtuosos que se conservan. La calidad del hilado es comparable a la de los textiles arqueológicos andinos más delicados. Nuestro sobrio huipil atestigua con vehemencia el nivel de maestría alcanzado por las hilanderas y por las tejedoras de Oaxaca. ⁂

Página anterior: huipil de boda (detalle). Mixteca de la Costa, Pinotepa Nacional, Oaxaca. Brocado blanco sobre blanco. Museo Ruth D. Lechuga de Arte Popular.

Un distintivo de respeto

Otro textil oaxaqueño que nos ha impresionado por su lucimiento técnico es un ceñidor de hombre del Museo Franz Mayer. Proviene de la sierra mazateca, una zona kárstica de cafetales y bosques de neblina. El ceñidor data probablemente de fines del siglo XIX. ❧ En el Museo Nacional de Antropología se conserva también un hermoso paño de cabeza, tejido en seda, con franjas de urdimbre y trama teñidas en las mismas tonalidades de este ceñidor (el rojo tinto es también el color dominante en el paño), que parece provenir de la misma área: una acuarela de la época porfiriana en la obra de Martínez Gracida muestra a un hombre de Huautla con un paño similar. Ceñidor y paño parecen haber distinguido a los miembros del concejo de ancianos, personas investidas con la mayor autoridad en los sistemas tradicionales de gobierno de Oaxaca. Si bien estos tejidos han caído en desuso, los señores "caracterizados" conservan en algunas comunidades el uso de un pañuelo colorado como distintivo de respeto. Quisiéramos adivinar en el paliacate de hoy un rastro del simbolismo del rojo como *to:nalli*, como señal del calor anímico de los ancianos poderosos. A los viejos del concejo se atribuye, en algunas comunidades, la capacidad de causar lesiones, especialmente a las criaturas, por la fuerza de su *tona*: son "calientes", tienen la mirada "pesada". Y tal para cual, las cuentas de coral, cintas y borlas de color rojo subido son amuletos contra el mal de ojo para niños y animales tiernos. ❧

El textil más exquisito

En una colección formada hacia 1900 por Zelia Nuttall, gran dama de la investigación antropológica en México durante el porfiriato y dueña de la Casa de Alvarado en Coyoacán, se encuentra, en la lista de remisión, un calzón antiguo, valuado entonces en cinco dólares. Se trata del textil indígena para hombre más exquisito que conocemos en México. La urdimbre y la trama de esta pieza –que se conserva en el Museo Hearst de Antropología de la Universidad de California en Berkeley– son de algodón blanco hilado a mano con malacate. El corte del calzón, sin jareta ni cintas, pero con bragueta y alforzas a media pierna, difiere de las prendas homólogas contemporáneas. La tela rasa de tejido sencillo en su parte superior no muestra franjas de trama más gruesa, puesto que parecen reservadas a los textiles para mujeres. La parte inferior fue decorada profusamente con diseños en tejido de trama envolvente: guías muy adornadas y espléndidas águilas bicéfalas. El calzón fue usado quizá como ropa de fiesta bajo unas calzoneras de cuero o de paño, prenda que describen las relaciones geográficas de 1777 a 1778 de varias

Mujer con huipil de tapar de Santiago Jamiltepec, Oaxaca. Fotografía: Irmgard W. Johnson.

comunidades de Oaxaca, y que todavía se puede apreciar en algunas fotografías de principios de siglo XX. Las calzoneras, que con frecuencia eran cortas, habrán protegido al tejido delicado, y hacían lucir al mismo tiempo los diseños de la parte inferior.

Calzón y calzonera son parte del vestuario masculino, de origen español, adoptado en los pueblos indígenas durante la época virreinal; la presencia del tejido de trama envolvente en esta prenda representa un caso interesante de sincretismo textil. Conocemos fragmentos de tejidos precolombinos realizados con esta técnica, provenientes del cenote de Chichén Itzá y de la cueva de San José de Ánimas, en Durango, además de varias muestras encontradas en el suroeste de Estados Unidos. Mejor que otros, el tejido de trama envolvente da fe de la creatividad de las antiguas tejedoras mesoamericanas: no se conocen muestras de esta técnica entre

Página anterior: huipil mixteca. Pinotepa de don Luis, Oaxaca. Brocado blanco sobre blanco. Colección Irmgard W. Johnson.

Página 251: Florentina López de Jesús. Servilleta. Xochistlahuaca, Guerrero. Tejida en telar de cintura y algodón blanco. Museo Ruth D. Lechuga de Arte Popular.

los textiles prehispánicos del área andina, de donde —algunos investigadores han propuesto— se difundieron hacia el norte las variantes más complejas de tejido, si no es que toda la tecnología textil. La presencia en México de técnicas únicas pone en duda tales interpretaciones. El tejido de trama envolvente era empleado todavía hacia 1930 en huipiles de gala de Santiago Choapan. El calzón ha sido atribuido a esa zona; sin embargo, algunos detalles de técnica y de diseño nos parecen relacionarlo más cercanamente con un antiguo ceñidor de Ayautla. Antes de percatarnos de que el tejido de un antiguo ceñidor mazateco de Ayautla corresponde a esta técnica, confundida con un deshilado, se pensaba que la trama envolvente era exclusiva de Choapan. En todo caso, parece haberse conservado únicamente en el norte del estado hasta principios del siglo XX. La supervivencia restringida de éste y otros tejidos habla nuevamente de la importancia de Oaxaca como espacio que propicia la diversidad.

Los huipiles de Choapan

Santiago Choapan es una comunidad zapoteca en el área tropical húmeda del noreste del estado. Los zapotecas de Choapan forman una cuña cultural y lingüística entre la Chinantla al noroeste y la sierra mixe al sureste. Los tejidos de esta zona son muy diferentes de los que se elaboran en otros pueblos zapotecas, chinantecos y mixes. Los blancos huipiles de Choapan, "de labor", nos parecen los textiles técnicamente más complejos de Mesoamérica. Además de bandas anchas de tejido de trama envolvente con diseños garigoleados, muestran franjas angostas de gasa con tramas discontinuas que establecen un contraste entre la textura delicada y abierta y las áreas de tejido figurado más denso. En la parte inferior del huipil las líneas espaciadas de gasa simple rompen la monotonía del tejido sencillo. En algunos casos se tejieron, entre las bandas de diseño, franjas de trama doble que al lavarse se encresparon con crepé, lo que hace que varíe aún más la textura. Las tejedoras parecen decididas a transformar con refinamiento el juego de la luz sobre la tela, para compensar así la monocromía del blanco...

Los huipiles por lo general son de algodón hilado a mano con malacate, y constan siempre de dos lienzos. El calado de la tela pareciera confirmar la intención de las tejedoras de hacer alarde de su habilidad para jugar con la luz entre los hilos, y, como para convencernos de que el huipil es un estudio de la transparencia, los dos lienzos se unen con encaje o crochet, y el cuello se forra por el revés con muselina cortada en picos que realzan sobre la piel morena, entre animalitos.

Mujeres de San Felipe Usila, Oaxaca, con su indumentaria tradicional. Fotografía: Ruth D. Lechuga.

Contamos con algunas fotos que muestran cómo se usaban estos maravillosos tejidos, pero sabemos muy poco de ellos. En la década de 1940, cuando el antropólogo Julio de la Fuente visitó el pueblo, nadie tejía ya los huipiles de fiesta. En la década de 1960, los Cordry recogieron algunos testimonios. Por ellos sabemos que tejer un lienzo del huipil tomaba hasta cuatro meses de trabajo. Ni los Cordry ni otros apasionados del textil parecen haber escuchado en Choapan memorias acerca de los diseños. Si nuevamente nos aventuramos con especulaciones, podemos pensar que las tejedoras zapotecas compartieron algunos de los referentes mitológicos de otros grupos de Oaxaca. Nos parece significativo que siempre aparezca, como figura mayor, el águila de dos cabezas y que ocupe por lo general la banda superior en ambos lienzos. El repertorio de diseños documentados en Choapan es, en términos generales, limitado; no obstante, parece haber mayor variación en el tejido de otros motivos. La rigidez de las anchas águilas contrasta con la espontaneidad de los perritos y guajolotes que aparecen en la parte baja del huipil. La posición dominante de esta figura y su relativa fijeza no son exclusivos de Choapan. El águila bicéfala habita con frecuencia entre los paisajes tejidos de Oaxaca, así como en otras zonas de México y Guatemala

Huipil chinanteco. San Felipe Usila, Oaxaca, ca. *1935.*

(con la notable excepción de Chiapas). Constituye muchas veces el foco de atención en el diseño: en los huipiles de tres lienzos es común observarla sobre el pecho. Es evidente que el escudo de armas de los Habsburgo, casa reinante en España en el momento de la Conquista, se implantó con fuerza en el imaginario indígena. Sin duda aprovechó consonancias plásticas con la dualidad insistente del arte y de la religión en el México antiguo. La serpiente de dos cabezas —nos viene a la mente *ma:qui:zco:a:tl* de la piedra de sacrificios, y su relación con sangre y *to:nalli*— fue quizá su precedente más inmediato.

A la vez, las alas desplegadas bien pueden haber identificado al águila real con las figuras aladas, ubicadas sobre el pecho, representadas en algunas esculturas prehispánicas, como el pectoral bicéfalo que porta el emperador guerrero en la piedra de Tízoc y como las aves o mariposas estilizadas sobre el pecho de los atlantes de Tula. Jill Furst interpreta estos diseños alados como representaciones de la fuerza vital, y los relaciona con la mancha lívida en forma de mariposa que con frecuencia se dibuja en la piel de la espalda de un cadáver tendido boca arriba. El fenómeno, debido a la gravitación diferencial de la sangre, parece indicar que el alma ha dejado huella de su forma al abandonar el cuerpo. Podemos imaginar que, al tejerse sobre el pecho del huipil, el águila imperial se habría asimilado a las representaciones del alma vigorosa. Más que una instancia de sincretismo, nos gustaría pensar que las tejedoras subvertían, de esta manera, el colonialismo iconográfico. Como veremos, el águila bicéfala llega a tener, en algunas áreas de Oaxaca, un papel mitológico estelar que se relaciona de manera explícita con diseños textiles.

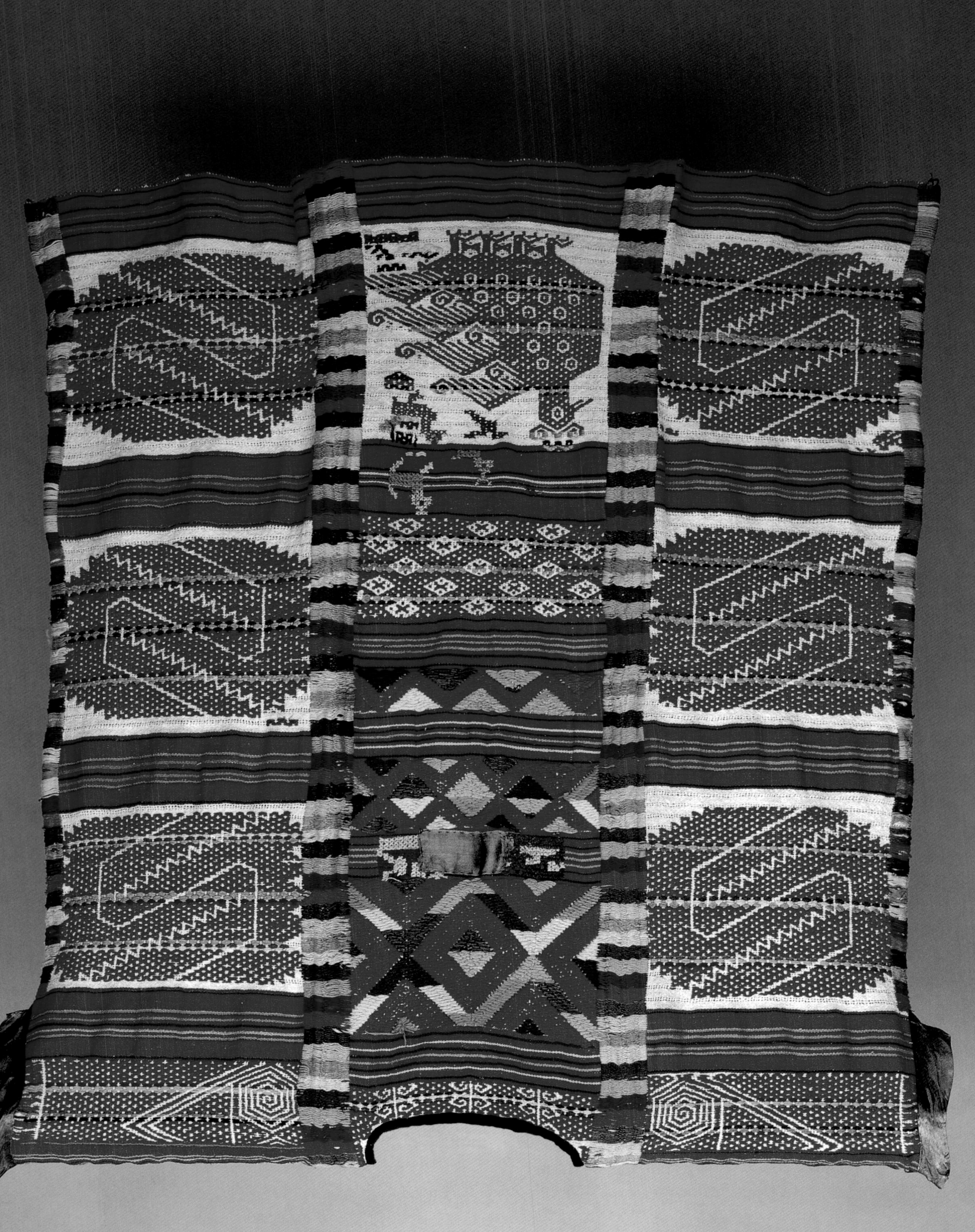

Derecha:
huipil mazateco.
Huautla de Jiménez,
Oaxaca, ca. *1950.*
Tejido en telar de
cintura y bordado.
Izquierda:
huipil mazateco.
Jalapa de Díaz,
Oaxaca, 1976.
Bordado en cabeza
de indio.
Museo Ruth D.
Lechuga de Arte
Popular.

Página anterior:
huipil chinanteco de
segunda gala.
San Lucas Ojitlán,
Oaxaca.
Museo Ruth D.
Lechuga de Arte
Popular.

Sin embargo, el motivo se teje también sobre el pecho de los huipiles, en comunidades donde el mismo papel cosmogónico corresponde a una serpiente. Nos parece que la interpretación de Furst de los diseños alados, como imagen y escudo del alma en el mundo mexica, puede ayudar a explicar la presencia constante del águila de los Habsburgo en los textiles mesoamericanos, a partir de la Conquista, independientemente de las reencarnaciones mitológicas subsecuentes (creemos), geográficamente más restringidas de esta figura. En el caso de las tejedoras de Choapan, no sabemos si, en su tradición oral, la protagonista era el águila bicéfala, como en los mitos chinantecos, o la gran serpiente de los "cuentos" mixes. ⁂

Tejidos chinantecos

Así como los huipiles de Choapan son los tejidos técnicamente más sofisticados de Oaxaca, los textiles de la Chinantla central y occidental lucen los diseños más diversos y complejos. La mayor parte del hábitat chinanteco es un área montañosa sumamente húmeda, cubierta en principio por selvas tropicales perennifolias y bosques de neblina. Los verdes saturados del entorno quizá favorecieron la evolución de un estilo intrincado de diseños, donde el rojo es de nuevo el color dominante. La urdimbre y la trama blanca de los huipiles más viejos son de algodón hilado a mano, sustituido en los tejidos recientes por hilo de manufactura industrial. La trama roja es también hilo de algodón de fábrica, teñido con tintes sintéticos. ⁂

Gracias a los extraordinarios trabajos de investigación de Irma García Isidro, en Usila, y de Bartola Morales García, en Ojitlán, contamos con una serie de testimonios de ancianas tejedoras chinantecas, fielmente transcritos y traducidos, que evocan la inspiración mágica de su arte. Enfoquémonos, por un momento, en algunos comentarios recogidos por Irma. Comencemos con el águila de dos cabezas, que encontramos de nuevo sobre la pechera de los antiguos huipiles blancos, y justo debajo del *'wo*, en muchos de los huipiles de trama roja. Campea desafiante en los paños de cabeza de las mujeres. En Usila, las personas mayores relacionan este diseño con las narraciones sobre el origen del sol y de la luna.

Muchos grupos de Oaxaca comparten la trama básica de este mito, que se relaciona estrechamente con algunos pasajes del *Popol Vuj* de los mayas quichés de Guatemala, y con la *Leyenda de los soles,* registrada en náhuatl, poco después de la Conquista. Los personajes centrales son los gemelos que adopta una tejedora (la señora Tepezcuintle para los chinantecos), cuyo marido es un venado. Después de matar al venado, los gemelos emprenden una serie de aventuras. Logran vencer a un gran monstruo (generalmente un águila o serpiente de dos o siete cabezas) al que arrancan los ojos, con los que ascienden al cielo para convertirse en el sol y la luna.

La muerte del monstruo recuerda la escena del *Popol Vuj* en la que los gemelos Junajpu e Ixb'alanke derrotan a Siete Guacamaya: herido con una cerbatana, el pájaro muere cuando le quitan los ojos y los dientes. Después de muchas peripecias, Junajpu e Ixb'alanke suben al cielo como sol y luna. En Oaxaca, los gemelos (niña y niño en varias versiones) luchan por el ojo más brillante, antes de iniciar la carrera astral. Sol, fuerte y mañoso, se adueña de él a cambio de dar de beber a la Luna, pues los manantiales se secan cuando ella se acerca. Señalando esta pugna, un anciano usileño, entrevistado por Irma, vincula expresamente al águila bicéfala con la diferenciación de personalidad y poder entre mujeres y hombres. Antes del encuentro con el monstruo, dice, los gemelos son indistintos: "el águila es la fuerza, por eso se definió el sexo del niño, que el hombre es más fuerte que la mujer; porque es al contrario de Adán y Eva: aquí el niño es el que engaña a la niña, y le quita el ojo". Este comentario nos hace entrever, en el motivo tejido, dejos del resentimiento por las divisiones de género. La prominencia del águila en los textiles femeninos de la Chinantla se relaciona tal vez con estas connotaciones del diseño.

El resplandor del ojo y la sed de la luna son un tema frecuente en el ciclo de los gemelos en Oaxaca. La relación entre el monstruo del mito y el águila bicéfala del huipil la articulan otras tejedoras: las vecinas chinantecas de Ojitlán, y también las mujeres mixtecas de Citlaltepec y Chilixtlahuaca, en Guerrero. En Usila encontramos una interpretación compleja que vincula al sol con otros diseños tejidos. En palabras del anciano, "este cuento es muy importante, tan importante, que está en el huipil". Ya citamos, como epígrafe, una carta de Irma en la que esboza nexos de voz e imagen entre el sol y *'wo*, el diseño de rombos concéntricos brocado sobre el pecho. En las entrevistas, las tejedoras mayores relacionan el rombo con las cuatro direcciones cardinales, definidas por el curso solar. Su identificación del "caracol" central no hace alusión al aparente movimiento circular del sol, como podríamos pensar, sino al toque de un caracol marino como el sonido más potente que antiguamente convocaba a la gente del pueblo. La intensidad de luz y calor del sol y la resonancia del caracol dan pie a una metáfora tejida. ~ La espiral dentro de un rombo parece tejer una larga trayectoria como símbolo solar en Mesoamérica. Aparece en esculturas olmecas: la estela 21 de Chalcatzingo la muestra dentro de las fauces del monstruo de la tierra, bajo la figura de una mujer —representación, quizá, de la entrada crepuscular del sol al inframundo en el occidente, rumbo femenino en náhuatl. La asociación de este motivo con el ocaso prefiguraría su posición en el huipil como salida del alma de la mujer cuando muere. No debe ser casual que en los textiles de hombre estén ausentes el *'wo* de Usila y los rombos análogos que muestran los huipiles de otras comunidades chinantecas y cuicatecas, así como los diseños similares de otros grupos (especialmente los rombos o diamantes brocados sobre pecho y espalda, en huipiles ceremoniales tzotziles y tzeltales de Chiapas). En la mayoría de estos casos, los rombos contienen espirales o volutas como elementos sobresalientes. Curiosamente, en Usila el caracol solar no se identifica con las volutas, sino con un pequeño diamante central. ~

Una de las grandes tejedoras citadas por Irma se refiere a las volutas del *'wo* (llamadas *m kei̱*, cuya etimología no es evidente) como "botones de vida, es la vida en sí". Entre una voluta y otra, cada escalón del diseño cuenta como "una vida", refiriéndose a cada etapa de la existencia desde el nacimiento hasta la muerte. Al contar los escalones, sus dedos van subiendo por el tejido, siguiendo la progresión de la vida hasta llegar al caracol, desenlace del alma al morir. Irma encuentra referencias a un simbolismo numérico del siete y del nueve en el *'wo*. Las tejedoras asocian el nueve con el novenario que se reza cuando muere una persona. Al siete lo relacionan con los años en que se recuerda a un difunto: es el tiempo que permanece el alma de una persona en la tierra, en forma de una luz tenue; cada vez más hasta que desaparece en el séptimo año de su muerte. Siete años perdura también el alma que se ha perdido cuando una persona enferma de "susto". Durante este lapso, la persona puede ser curada si se escarba en la tierra para recuperar el alma. Pasados siete años, la persona muere. Para evitar la pérdida del alma, una persona asustada recibe palmadas en la espalda y aspira profundamente a través del cuello o pechera de su ropa. Una mujer inhala en el *'wo* para recuperarla. De lo contrario, el alma desciende por los pies y entra en la tierra, que la retiene. Volviendo al momento de agonía, no hay contradicción entre la salida del ánima hacia el sol y su permanencia en la tierra en forma de luz: en el pensamiento mesoamericano el alma es una entidad compleja, que puede desdoblarse en diferentes manifestaciones.

Servilleta cuicateca. San Andrés Teotilalpan, Oaxaca. Brocado de confite. Colección Irmgard W. Johnson.

Páginas 258 y 259: izquierda, huipil trique. San Martín Itunyoso, Oaxaca, 1955. Derecha: huipil trique. San Martín Itunyoso, Oaxaca, 1980. Ambas piezas: Museo Ruth D. Lechuga de Arte Popular.

Página siguiente: Huipil trique. San Andrés Chicahuaxtla, Oaxaca. Tejido en telar de cintura. Museo Ruth D. Lechuga de Arte Popular.

Flores de las tonas

Parte de la conformación anímica de una persona es su doble con forma animal, llamado *tona* en Oaxaca. Al menos uno de los diseños tejidos en Usila se asocia con la *tona*. Se trata de una greca en forma de "z", llamada "flor quebrada" (quizá una mejor traducción del nombre chinanteco sería "diseño disparejo"). María García Pantoja, tejedora anciana entrevistada por Irma, la identifica como "víbora enroscada, *a m nisa*". "Las víboras enroscadas provocan las lluvias [...] se encuentran en los ojos de agua, echan un vaho, y ese vaho provoca el arcoiris, trae la lluvia [...] También a las trombas les dicen *a m nisa*: decían 'ahí va la víbora enroscada', yo veía las nubes, decían 'es que seguramente ahí va la víbora, va a caer la tromba [...]' Es la que se mete en los arroyos, pero nace del mar cuando va a haber una tromba, sale, va en las nubes, y cae cuando cae la tromba, se mete al arroyo". Como diría Bartola Morales, un diseño similar se relaciona con lagunas, inundaciones y trombas en Ojitlán. La culebra-agua no es exclusiva de la Chinantla: las serpientes reaparecen como trombas y dueñas de manantiales, "nanas del agua", en muchos lugares de México.

En Usila, la "víbora enroscada" es considerada la *tona* más fuerte: "es la más peligrosa, o sea que la gente le tiene más miedo a ésa". Tal vez por ello la "flor quebrada" sea un diseño que sobresale en los paños de cabeza colorados que distinguían a los miembros del concejo de ancianos. La tradición oral da cuenta del poder de la *tona* de los concejales. Irma ha grabado narraciones que describen cómo los ancianos del concejo sacrificaban criaturas para "calzar" las grandes obras, como el techado de la iglesia, el tendido de los puentes hamaca y la construcción de los grandes altares de Semana Santa: "iban los señores a unas piedras grandes, les dicen en chinanteco 'piedra altar',

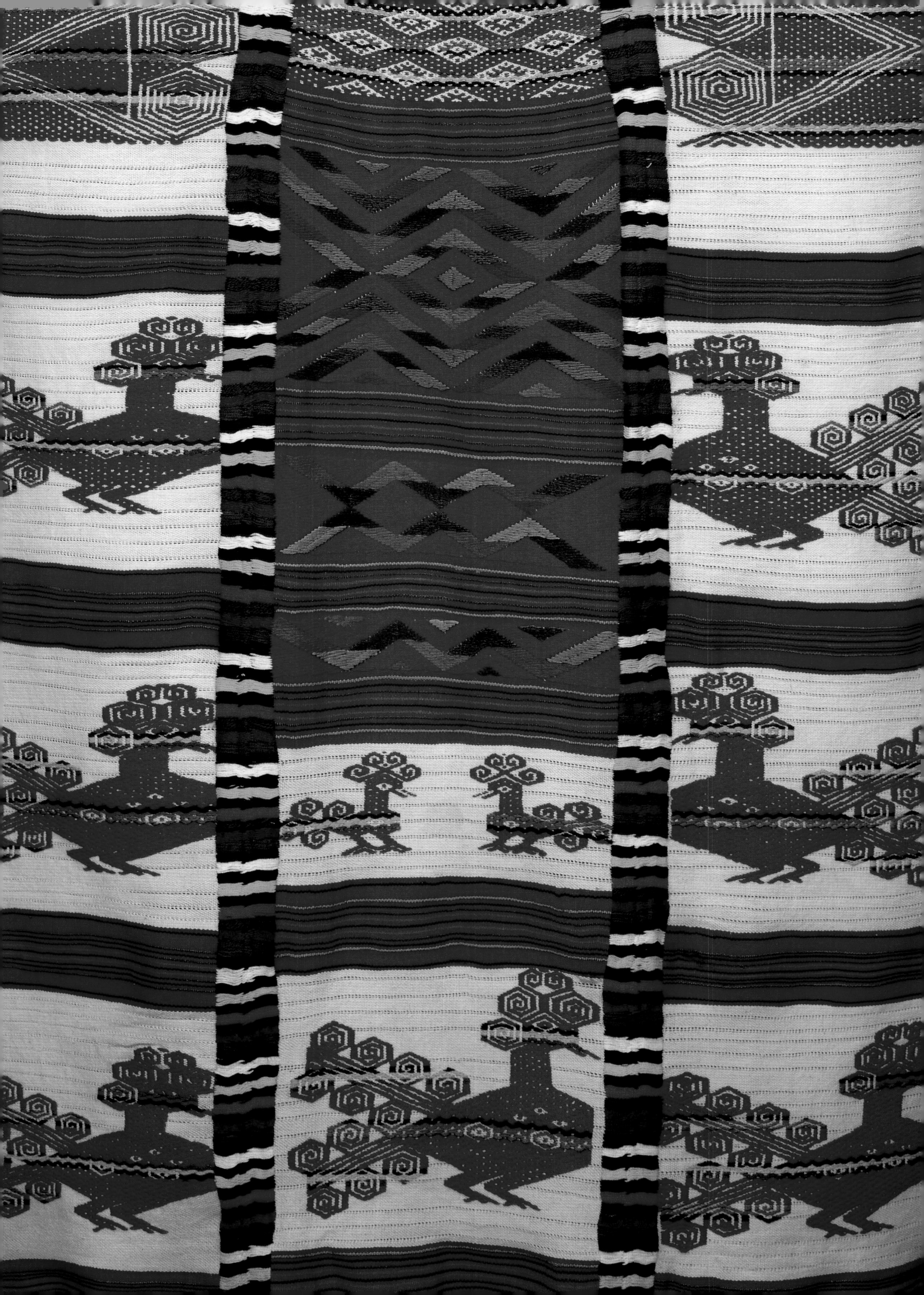

Página anterior: Florentina López de Jesús. Cinco huipiles amuzgos. Xochistlahuaca, Guerrero. Tejidos en telar de cintura, algodón blanco, de colores y coyuchi, hilados a mano. Museo Ruth D. Lechuga de Arte Popular.

las usaban para hacer sacrificios: no como uno entiende sacrificio, pero a través de brujería [...] decían, 'aquí hace falta un calzo', clavaban un pedazo de palo y, al clavarlo, escurría sangre, amanecía la piedra bien ensangrentada, y de seguro morían unos niños en el pueblo. Era un sacrificio mágico, a través de las *tonas*".

Si la "flor cortada" trae a cuento viejos peligros para el alma de los bebés, otro diseño del huipil parece favorecer la concepción. Las tejedoras lo llaman "flor mano de cangrejo". Consiste en dos guías horizontales apareadas, inspiradas en los dechados europeos. Las guías zigzagueantes se tejen desfasadas medio ciclo, de manera que dos grandes flores queden una sobre la otra en el centro del diseño. La composición ocupa, significativamente, una porción del lienzo central sobre el abdomen. Irma relata cómo doña María relaciona este motivo con una flor mágica: "Si una persona encontraba una flor de yerbabuena era muy buena señal... la persona que quería curar esperaba el 24 de junio, toda la noche para ver si encontraba la flor en el patio [...] Entonces las mujeres que no podían tener un hijo podían buscar esa flor y guardarla (para concebir). Inclusive en el vientre (del huipil) es una flor doble, es una flor macho y una flor hembra". El 24 de junio es día de san Juan Bautista: "es el día que se dan cita las *tonas* [...] se reúnen en las cuevas, hacen fiesta". La flor mística de Usila es una especie introducida de Europa, como el diseño que la representa. Así como la planta se ha incorporado a la iniciación chamánica y a la fiesta de las *tonas*, el motivo (que no se asemeja ni remotamente a la yerbabuena) se ha armonizado con otros diseños del huipil, para lo cual ha modificado sus proporciones y ha sido adornado con vírgulas chinantecas. En la apropiación de un diseño foráneo podemos apreciar mejor el genio de las tejedoras, su imaginación para acomodarle pareja a una flor, forma por demás hermosa de la fecundidad. Las metáforas tejidas se elevan a poesía visual.

Otra figura de los textiles chinantecos se asocia también con una planta mágica, en este caso, con una especie nativa. En los paños de cabeza usileños aparece a veces un motivo que las tejedoras llaman "flor de palo", o sea, "figura de árbol". Guadalupe García se lo describe a Irma como "árbol de la vida", y señala a los pequeños rombos clareados en el interior del diseño, los cuales indican vitalidad. Vemos en este pequeño detalle otra representación tejida del principio anímico. Las tejedoras de Usila no identifican el motivo como alguna planta en particular. Comparándolo con diseños similares, brocados o bordados, en los textiles de otras comunidades chinantecas, podemos relacionarlo con la ceiba, el árbol cósmico de varias culturas mesoamericanas. En la parte inferior del lienzo central de los huipiles blancos de Ojitlán y Valle Nacional se

Mujeres triques con indumentaria tradicional. Oaxaca. Fotografía: Ruth D. Lechuga.

Página siguiente: huipil trique. San Andrés Chicahuaxtla, Oaxaca. Museo Ruth D. Lechuga de Arte Popular.

levantan figuras soberbias que las ancianas describen como "árbol sagrado". La versión ojiteca es un laberinto de espirales deslumbrantes, rematado por cinco aves. Como árbol axial, la ceiba es un ícono recurrente en el arte precolombino a partir de la cultura olmeca. Aparece asociada con aves en los textiles contemporáneos de varias comunidades, especialmente en la zona maya. ⁂

En la Chinantla, la ceiba se ha cruzado con el árbol bíblico de la sabiduría. Irma comenta que en Usila "es el árbol del paraíso". No por ello se desliga de significados más antiguos: verse al pie de la ceiba es sentir próxima la muerte. En sus ramas se refugian las *tonas* cuando las sorprende el amanecer en sus travesías nocturnas; pasan el día en su copa, en forma de iguanas y lagartijas, para reanudar el viaje al anochecer. Crece, quizá, en la ceiba cargada de *tonas*, un retoño del *chi:chi:hualcuahuitl* mexica, el árbol que amamantaba las almas de los niños difuntos. ⁂

Los dos huipiles de Yautepec

No en todos los tejidos de Oaxaca florecen imágenes simbólicas. Son más bien pocas las comunidades en las que las mujeres reviven el sentido de los diseños. Los textiles de San Bartolo Yautepec están

cargados de pequeñas figuras, pero no encontramos una que nos abra camino al mundo de los mitos. La pasión de las tejedoras de San Bartolo por el trabajo minucioso no parece llevarnos más allá del goce que provoca una animación vertiginosamente detallada. ⁂

Yautepec es una comunidad zapoteca en las montañas tropicales secas al sureste del estado. Todavía a mediados del siglo XX, las mujeres de este pueblo hilaban el algodón más delgado y tejían los huipiles más finos de México. Ganaron un poco de fama en la década de 1950, cuando María Félix se puso un huipil de San Bartolo para posar en las fotografías de publicidad para *Tizoc* —una de las primeras obras del cine mexicano filmadas a color. Desde entonces, las mujeres de Yautepec habían dejado de usar sus maravillosos tejidos, que habían sustituido por el traje de las mujeres istmeñas. Pero las señoras mayores guardaban con cuidado sus huipiles para que les fueran puestos al morir. Por un tiempo, las tejedoras siguieron recibiendo encargos de prendas expresamente destinadas para los entierros. Persistía una convicción: aunque el cuerpo hubiera mudado de ropa, el alma debía vestir el huipil propio. ⁂

Se hacían, en Yautepec, dos tipos de huipil. Uno se vestía en la forma usual, que permite pasar la cabeza por la bocamanga. Era largo, pero se recogía a la cintura, sobre la falda de enredo. Por eso los brocados se tejían únicamente en la parte superior de los tres lienzos. El otro huipil era de tapar: se usaba sobre la cabeza y se dejaba caer sobre la espalda. No se le abría el cuello, y los diseños se tejían a lo largo de los tres lienzos de un solo lado de la prenda, el lado que se lucía. Las ancianas relacionaban el huipil de tapar, ante todo, con la indumentaria de boda. Ambos huipiles iban adornados con los mismos motivos de miniatura, brocados en hileras. Destacan entre ellos los animales que las tejedoras enumeran en zapoteca, gallos, gallinas, gavilanes (incluyendo una versión bicéfala), chivos y costoches (inspirados los dos, creemos, en el león de la heráldica hispana). El adorno bordado bajo el cuello, que deriva de la trencilla de tramas enlazadas, se llama *mdin*, el ratón, seguramente por las colas sueltas de seda. Los arbolitos son *yagguier*, pinos. Para los motivos geométricos hemos encontrado sólo préstamos del español: greca (los rombos y zigzags escalonados), girasol, *strib* o estribo, y *spiil* o espiguilla. ⁂

Una profusión prodigiosa de diseños adorna un huipil de Yautepec de la colección de Irmgard W. Johnson. Si las tejedoras de San Bartolo se distinguen por su esmero, la mujer que tejió esta pieza quiso llegar al extremo. No hay huipil que se le compare en densidad y perfección del brocado. Las figuritas limpias y vibrantes parecen comunicarnos que el huipil no se usó. Guardado con cuidado durante años, nos preguntamos si fue tejido pensando en la divinidad, más que en el aprecio de los ojos humanos.

La extraordinaria calidad de los textiles de Yautepec plantea un problema teórico interesante. Por lo general encontramos que los tejidos con un gran trabajo son producto de un grupo laboralmente especializado. Trátese de tejedoras esclavizadas o de mujeres privilegiadas que destinan todo su tiempo a los trabajos manuales, asociamos las telas finas preindustriales con sistemas sociales estratificados, donde la labor femenina se traduce en bienes de prestigio o de intercambio. Resulta difícil explicar cómo una comunidad que tiene una economía de subsistencia puede destinar tanto tiempo y esfuerzo a un bien de uso.

La calidad excepcional de estos tejidos motivó su rescate en la década de 1970. El Museo Nacional de Artes e Industrias Populares becó a un grupo de mujeres jóvenes para que aprendieran el oficio de la última anciana tejedora de San Bartolo. Gracias a esa iniciativa, se llegó a tender una docena de telares en las enramadas, 20 años después. Además de huipiles y servilletas, las tejedoras elaboran actualmente blusas y pantalones para boutique y le han abierto el cuello al huipil de tapar, que es el que mejor se vende. Toda la producción es para el mercado, pues en San Bartolo ha caído en desuso hasta el huipil istmeño. Aunque no alcance a igualar la delicadeza de que hacían gala las abuelas, creemos que el trabajo en telar de cintura de las buenas tejedoras de Yautepec sigue siendo el más fino en México y, quiza, en el continente americano.

Nuevos textiles mixtecos

Prenda chontal. Santa María Quiegolani, Oaxaca. Chichicastle tejido. Museo Ruth D. Lechuga de Arte Popular.

Hemos visto, en los huipiles de Yautepec, cómo revive un estilo antiguo y cómo es destinado al consumo externo. En otros textiles encontramos sorprendentes innovaciones de técnica y de diseño para uso exclusivamente local, apegadas a criterios tradicionales de calidad. Dos pueblos mixtecos, Santiago Tlazoyaltepec y Tilapa, nos parecen ejemplos elocuentes de la vitalidad del arte textil en Oaxaca.

Tlazoyaltepec está situado en las montañas que delimitan al valle de Oaxaca por el occidente. Los terrenos de cultivo se entremezclan con bosques secundarios de pino y encino en las laderas deslavadas. La comunidad, una de las más pobres del estado, surte de carbón y morillos a la ciudad de Oaxaca. Las mujeres hilan y tejen lana. Antiguamente usaban la técnica de tejido sencillo de cara de urdimbre para tejer sus faldas de enredo negras, así como las cobijas oscuras de dos lienzos que usaban los hombres. Se conservan en el pueblo algunas de estas prendas, adornadas únicamente con franjas. A mediados del siglo XX ocurrió una revolución: las tejedoras, influidas por los sarapes de Teotitlán, idearon cómo tejer tapicería en el telar de cintura. Adecuaron el hilado a las necesidades de esta técnica: hilo de alta torsión para el pie, lana delgada menos torcida para la trama. Espaciaron más la urdimbre en el telar, para poder apretar la trama. Pero el cambio mayor se dio en la decoración: surgió un vocabulario de diseño completamente nuevo. Los hombres mayores que hemos entrevistado no saben cómo nacieron los motivos, pero recuerdan claramente que en su juventud las cobijas no llevaban más que rayas de urdimbre y eran "frías". *Dzoo vita*, la "cobija suave" (de tapicería), calienta más, nos comentan. Una tejedora madura, enfiestada y un poco ebria, responde a la pregunta sin titubear: "Nosotras inventamos las figuras, salen del corazón".

Los diseños de Tlazoyaltepec sorprenden por su fuerza. Al ver su geometría limpia y simple, cualquiera pensaría que se trata de motivos tradicionales de gran antigüedad. Las tejedoras usan tres colores exclusivamente: negro (tinte sintético), blanco (color natural de la lana) y gris (lana prieta cardada con blanca). Aprovechan hábilmente la intensidad del blanco en contraste con el negro para tejer las líneas de diseño. Esto resalta enérgicamente los motivos, y balancea las grandes áreas de fondo pardo. De esta manera economizan su lana: la tinta es cara, y el hilo rinde más si se mezclan los vellones.

Huipil huave. San Mateo del Mar, Oaxaca. Tejido en telar de cintura con algodón hilado a mano y teñido con tintes naturales. Museo Ruth D. Lechuga de Arte Popular.

El diseño más frecuente es una franja de rayos en cada extremo del lienzo. A medio camino suele haber una tercera franja con un motivo diferente, y grandes zigzags verticales en los campos intermedios. Alineados en la franja central o aislados entre los zigzags aparecen motivos compactos a partir de barras. A veces reconocemos en ellos la O, la T y, sobre todo, muchas eses. Una tejedora joven sonríe y dice en voz baja: "S de Santiago". Esa cobija lleva la inicial del santo patrón, como si fuera marca del pueblo. En ocasiones encontramos nombres enteros tejidos en las franjas: "Tuxtepec", "Tepic, Nayarit" —selecciones libres, por el puro gusto de las letras. ⁂

La escuela parece ser la principal fuente de inspiración para las tejedoras de Tlazoyaltepec. A diferencia de sus vecinas de Santa María Peñoles, las grecas de Mitla y otros motivos de los sarapes teotitecos no parecen haberles llamado la atención. Jugando con el alfabeto y con los elementos más sencillos de diseño, las mujeres de Santiago han creado textiles en verdad novedosos. En ellos sentimos vivo un talento sofisticado, a la vez fresco y sin pretensiones. ⁂

Los nuevos huipiles de Santiago Tilapa nos dan una sensación similar de alegre espontaneidad. Esta comunidad es agencia municipal de Coicoyán de las Flores, en el extremo occidental de Oaxaca. Las tierras de Tilapa bajan precipitadamente, enfilando una cañada entre la zona alta de bosques de encino y los pinares tropicales, hacia la costa. Los suelos están severamente erosionados, como en otras áreas de la Mixteca. Coicoyán y los municipios vecinos de San Martín Peras, Metlatónoc y Tlacoachixtlahuaca (los dos últimos ya en Guerrero) constituyen, según los datos del último censo, la zona más pobre del país. Cuentan con la proporción más alta, en México, de población que no habla español. Actualmente se gesta allí uno de los principales movimientos por la autonomía indígena. En este contexto

Página anterior: huipil de boda. Mixteca de la Costa, Santa María Huazolotitlán, Oaxaca, ca. *1950. Tejido en telar de cintura, bordado con artisela. Museo Ruth D. Lechuga de Arte Popular.*

de miseria extrema y conflicto étnico, el textil conserva mayor presencia, como signo de identidad, que en otras áreas de Oaxaca. ⁘ Las comunidades del municipio de Coicoyán y los pueblos aledaños muestran gran diversidad en su indumentaria. Las mujeres de algunas localidades siguen usando huipiles tejidos en telar de cintura: otras comunidades optaron, desde el siglo XIX, por blusas bordadas, mientras que un tercer grupo se viste con camisas y enaguas de corte victoriano. En casi todos los lugares las mujeres jóvenes usan ahora ropa de manufactura industrial. Sin embargo, algunas de ellas han aprendido a tejer y a bordar para hacer huipiles y camisas a sus familiares mayores. Uno de los huipiles más hermosos que conocemos fue hecho, para su madre, por una jovencita de Tilapa. En lugar de tejerlo, lo bordó en punto de cruz sobre manta, y reprodujo con todo cuidado los diseños brocados de los huipiles tradicionales. El hilo del bordado es estambre acrílico, el material más barato en nuestros días. En manos de la joven, los diseños se condensaron y ganaron precisión; bordó, con enorme paciencia, toda la pechera y la espalda del huipil, una inversión de trabajo probablemente mayor que si se hubiese tejido. ⁘

Vemos, de nuevo, que predomina el rojo en los diseños.

Con ellos, nuestra joven da rienda suelta, literalmente, a su imaginación: dibuja, con los hilos, una recua con su arriero y, sobre una mula, un gran jarrón de flores. Nos guarda una sorpresa. A la derecha, rompiendo deliberadamente la simetría del huipil (lo mismo hace por el reverso), borda una guirnalda con dos palomitas enamoradas. Al pie, como si una le susurrara a la otra, leemos en letras muy menudas "¡yes!" ⁘

Las palomas nos hacen ver que los mixtecas son ya un grupo transnacional con miles de emigrantes al norte. De alguna forma ha llegado hasta Tilapa una muestra o una fotografía de un diseño estadounidense que le ha gustado a nuestra bordadora.

Sin prejuicio, ella ha sabido cómo integrarlo de manera armónica a su composición. No nos parece que el préstamo desmerezca su obra; al contrario, la enriquece. Ojalá tengan tanta habilidad otros artistas mexicanos. ⁘

El telar y la palabra

En los textiles clásicos de la civilización occidental, el hilado y el tejido recogen el silencio al que son condenadas las mujeres. Telar y rueca equivalen a sumisión, a domesticidad y a debilidad en la ideología de género que esbozan *La odisea* y otras obras de la literatura clásica griega. En Oaxaca, las mujeres hablan con fuerza a través del textil.

Leídos como textos clásicos de las civilizaciones indígenas, los mitos de origen reconocen una y otra vez el poder de los hilos. Citemos, como muestra, diferentes versiones del ciclo de los gemelos: una muchacha está tejiendo, cuando concibe al sol y a la luna (mixes). Embarazada, debe tejer las diferentes capas del cielo con su telar, pues se aproxima la llegada de la luz (chinantecos). En las correrías de los gemelos, las piezas del telar se convierten en los rasgos más sobresalientes del paisaje (zapotecas), sol y luna matan al monstruo de ojos brillantes ahorcándolo con un hilo (chatinos) o con un ceñidor tejido (chinantecos). Para inaugurar el tiempo, arrojan una bola de hilo al cielo y trepan por el cabo suelto (chatinos).

La cara de la luna queda marcada por los palos de tejer que le avienta una señora violada por los gemelos (triques). Maldiciéndolos, la señora tira su tejido ensangrentado sobre la tierra; desde entonces las mujeres deben menstruar (mixtecas). Los ejemplos no se agotan aquí: en pocas tradiciones del mundo se otorga tanta significación al textil.

Hemos escuchado las palabras de las tejedoras chinantecas acerca de sus diseños. Nos mueven la lucidez y la profundidad de sus comentarios. Si se examina el águila bicéfala, veremos que se apareja la caracterización sexual de los gemelos con la historia bíblica de Adán y Eva. Al contar los escalones del *'wo*, los dedos de la tejedora señalan cómo las etapas de la vida se conjugan en el diseño, con un rombo como modelo del universo: "el *'wo* es un mundo, está enfocado a los cuatro puntos cardinales y está en el centro de la tierra", explica Irma. Queremos oír, en estas palabras, una reflexión acerca de la unidad de tiempo y espacio, un concepto revolucionario en el pensamiento occidental. Pero el discurso de la tejedora va más allá: relaciona la representación del cosmos con la historia del cuerpo y el tránsito del alma a través del diseño, y nos sugiere que, en su concepción, la persona, como sujeto, es indisociable de la realidad que contempla. Difícilmente podemos leer sus comentarios como curiosidades folclóricas: se trata de imágenes que dan sentido a la existencia.

Otros motivos similares al *'wo* han sido interpretados como un modelo del universo en los textiles de los Altos de Chiapas. También allá se ha adivinado en los brocados una representación del tiempo-espacio unitario. Sin embargo, antes de las brillantes investigaciones de Irma y Bartola no teníamos testimonios que dieran crédito a esas nociones. Los lectores críticos cuestionarán hasta qué punto los comentarios de las tejedoras representan una formulación tradicional, y cuándo son producto de la entrevista. Asumimos que algunas de las explicaciones

Página siguiente: huipil zapoteca. Istmo de Tehuantepec, Oaxaca. Bordado sobre terciopelo. Museo Ruth D. Lechuga de Arte Popular

Página anterior: tlacuate mixteca. Algodón blanco bordado y coyuchi. Oaxaca. Museo Ruth D. Lechuga de Arte Popular.

Motivo bordado en huipil chinanteco de Valle Nacional, 1934. Colección Irmgard W. Johnson.

citadas son interpretaciones individuales, sesgadas tal vez por el contexto de una pregunta. No disminuye por ello su valor como parte de una conversación en el interior de la comunidad y de la lengua: asistimos a ella como oyentes, no como interlocutores. ⁂

En los tejidos de Oaxaca se escuchan, claramente, mensajes políticos. Las mujeres indígenas parecen exaltar, en ocasiones, su capacidad para crear telas de mejor calidad y mayor impacto visual que las de la sociedad hegemónica. Los colores saturados de los huipiles brillan en marchas y manifestaciones. Las consignas no son uniformes: al igual que los diseños, resumen la complejidad de un momento en que lo étnico se cruza con lo transnacional. La efervescencia política y cultural del día pone en relieve la importancia de documentar los cambios acelerados de un arte efímero. Hemos visto desaparecer en los últimos años fibras, colorantes, técnicas y tradiciones de diseño en diferentes comunidades de Oaxaca. El registro y la conservación de los textiles ha padecido, por desgracia, de insensibilidad. Deteriorados sobre maniquíes en exhibición eterna, modelados por chicas clasemedieras de rímel y trenzas postizas, pocas veces los tejidos han recibido un trato digno. Merece mejor cuidado un arte vital. ⁂

Escribimos que el tejido es arte vital en dos sentidos, obsesionados quizá por la dualidad del águila y los gemelos. Hemos intentado captar algo de la vitalidad de las tejedoras de Oaxaca; admirar por un momento su energía, su voluntad de renovarse. Pero el tejido vital también es un sentido que rebasa la vida: ¿hay entre las artes de México otra más cercana al alma? ⁂

VIDAS HILADAS EN TEOTITLÁN

Entrevistas a Manuel Bazán Martínez, Isaac Vázquez García y Arnulfo Mendoza

Chloë Sayer

Estas entrevistas fueron realizadas en junio de 1996 en Teotitlán del Valle, Oaxaca, un floreciente pueblo zapoteca conocido por sus sarapes de lana y sus tejidos en telares de pedales tipo español. Como muestran estos testimonios, los diseños tradicionales han sido reemplazados por otros nuevos, impuestos por las fuerzas del mercado. Sin embargo, durante los últimos 30 años, unos cuantos tejedores han elegido regresar a los métodos naturales de sus ancestros.

El primero es Manuel Bazán Martínez que vive con su esposa, María Álvarez Martínez, en el centro de Teotitlán. Nació en 1914 y ha combinado siempre las labores agrícolas con su actividad como tejedor. Es muy respetado por sus colegas. En 1964 visitó Inglaterra, donde mostró sus habilidades y talento. A los 82 años, don Manuel continúa manteniéndose ocupado a pesar de su ya escasa vista.

Chloë Sayer: Hábleme de su niñez...

Manuel Bazán Martínez: A los cuatro años hacía lana. Mi papá nos ponía a desbaratarla. Compraba lana en vellones, y los espulgábamos. Todos sacábamos la basura y los colores de la lana, por partes. Donde hay negro, un lugar. Donde hay blanco, otro. Donde hay amarillito... Cuando ya teníamos para un sarape, juntábamos la lana e íbamos a lavarla al río. Un día de la espulgada, un día de la lavada, y otro de la secada. Al día siguiente, ya sacudiéndolo, se carda en el sol. Desde chiquito, mi papá me ponía a trabajar. Él tejía sarapes, pero con otra clase de diseños; diferentes de los que hay ahorita. Por eso me da pena que el arte de Teotitlán se haya perdido. Ya no veo los diseños de mis abuelos. Puro diseño de navajo es el que está reinando ahorita, y a mí no me gusta. Yo sigo haciendo lo que mi padre me enseñó. Desde los 12 años comencé a tejer sarapes. Mi padre tuvo cuatro hermanos: Juan, Eligio, Jerónimo y mi tío Francisco, el cuarto. Dos hicieron tapetes de lana y dos trabajaron en el campo, para que hubiera alimento.

Arnulfo Mendoza. Sarape con diamantes entre glifos. Teotitlán del Valle, Oaxaca, 1995. Lana pura teñida con tintes vegetales. 100 x 160 cm. Colección La mano mágica.

Páginas 278 y 279: Arnulfo Mendoza. Sarape. Teotitlán del Valle, Oaxaca, 1995. Lana y seda, con hilos de oro y plata. 120 x 170 cm. Colección La mano mágica.

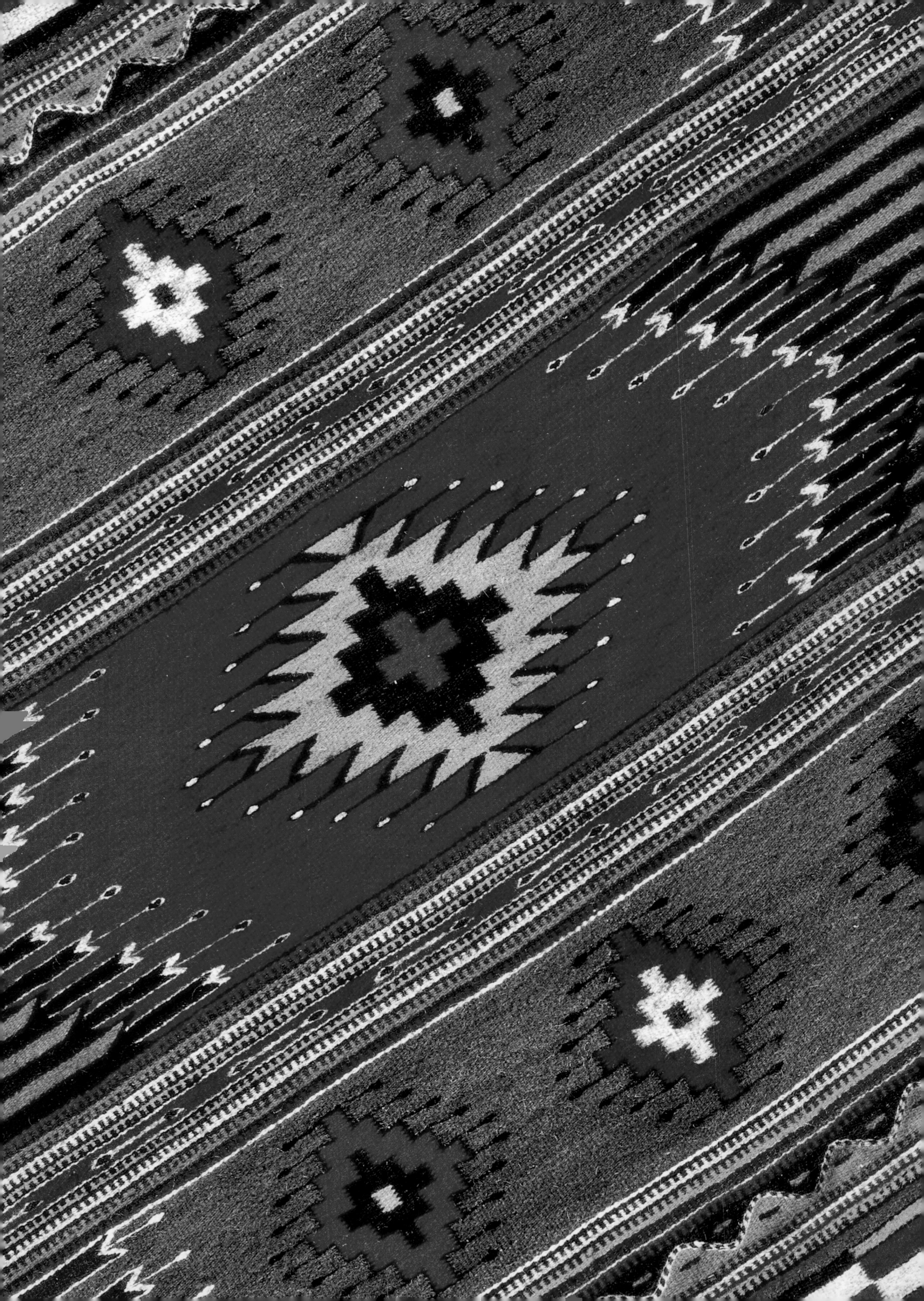

Entonces los tapetes tenían diseño de trébol, de medallón, de diamante, venaditos, caballitos. Eso es lo que se hacía aquí. Había otros diseños más sencillos como las aguilitas. Pero después mi papá y mi tío Eligio se enfadaron de hacer esto, y comenzaron a hacer ídolos.

C.S.: ¿En qué año fue esto?

M.B.M.: De los años no sé decirle nada, nomás me acuerdo. ¡Qué lástima, quién iba a saber que iba a llegar el día en que necesitara las fechas! En ese entonces ellos comenzaron a hacer los primeros idolitos, después, grecas. Poco a poco, los ídolos fueron más bonitos, más laboriosos. También hicieron el calendario azteca. Así se fueron ensayando, hasta hacer tapetes grandes.

Yo tenía 10 o 12 años; iba a la escuela. Pero tenía ganas de tejer, y mi papá no me dejaba. Me decía: "No, no. Estás muy chiquito". Como iban a vender tapetes a México, aprovechaba yo el tiempo. La primera vez hice el intento de levantar un tapetito. Había trabajadores. Veía cómo hacían. Y yo igual hice. Lo levanté, le conté los hilos... ¡Todas las maniobras que tiene el telar me las sabía! Después de urdirlo, lo puse en el telar. ¡Pero no podía! Entonces les decía a los mozos: "Ustedes, a ver, ¿cómo se hace esto?" Y ellos me choteaban, jugando, jugando... No me querían enseñar. Y me enojaba. Entonces comencé a echar cenefas, y a hacer el tapetito. ¡Qué lástima que no había fotos antes, pues así tendría el primer tapete! La cabecera fue muy angosta porque jalé mucho el hilo. Salió el tapete así, malo ¿no?

Cuando vino mi papá, lo escondí, pero, lo encontró y dijo: "¿Y éste?, ¿quién lo hizo?" "Yo lo hice, papá". Nomás se rió. "¿No te dije que no puedes? Está mal hecho. Aquí jalaste mucho, ni modo". Entonces había un señor, un cónsul francés en Oaxaca, que se llevaba mucho con mi papá y con mi tío Eligio. Después hasta fueron compadres... Él compraba los tapetes. Un día, a mi papá se le ocurrió llevar el tapetito. Cuando lo vio, el señor se rió y dijo: "¿qué pasó Bazán?, ¿qué hiciste con el tapete?" "Es el primer tapete que hizo Manuel, porque yo no estaba". "¿Por qué no le enseñaste?", le dijo. "Está bien lo voy a comprar, lo voy a tener como recuerdo para que después, dentro de cinco o seis años, se lo enseñe a Manuel". Y así fue. Tengo mucho amor por este trabajo.

Cuando comencé a hacer idolitos, mi papá usaba una cartulina: pintaba el diseñito que quería, cortaba y pintaba en la tela del tapete. Una vez pinté, pero a la otra ya no; lo hice de memoria. Nomás tomé las medidas... Se quedaron los trabajadores viendo. Y sí lo logré. Salió mejor que los de ellos. Primero hice un idolito sentado. Ya después, otro parado...

C.S.: ¿Y cuántos años tenías entonces?

M.B.M.: Tenía como 13 o 14 años. Estaba enamorado del tapete. Así me fui enseñando yo mismo, porque mi papá no tenía tiempo. Él sabía que yo ya podía. Desde un principio, cuando comencé a tejer, nunca hacía un mismo diseño. Siempre diferente, diferente... Buscaba cómo quería... Después hice un calendario de tres metros, precioso. Yo copiaba, pero en las piedras, en donde veía una cosa que me gustaba, luego me ponía a dibujarlo... Después pensé en casarme y me casé. Pero siempre buscaba diseños diferentes... Hacía cosas que hasta hoy la gente se admira. He hecho fotografías de los presidentes o, más que fotos, retratos en tapetes.

C.S.: ¿Y siempre con lana?

M.B.M.: Con la lana natural se hace el blanco, el negro y el gris. Pero hay personas que quieren las cosas a colores, y tenemos que pintarlas. Entonces había muy buenas anilinas que traían los alemanes a Oaxaca. No eran como las de ahora, porque esos colores nunca se despintaban: lavábamos con jabón, con amole, no se despintaban...

C.S.: ¿Entonces su papá usaba anilinas?

M.B.M.: Usaba también colores naturales. Por ejemplo la cochinilla, que es la más difícil de teñir, el azul, el verde. Se pintaba con hojas, con tinta, con limón, con muchos ingredientes para poder sacar lo que uno quiere en el tejido.

C.S.: ¿Quiénes eran los clientes de entonces?

M.B.M.: Entonces compraba cualquiera. No había ningún americano, no como ahorita. ¡Uhhh! Esos hombres son los que están reinando ahorita... Ellos traen los diseños...

C.S.: ¿Ha cambiado mucho todo?

M.B.M.: Sí, mucho... Antes no había máquinas como ahorita. Antes de veras se hacía a mano, ¡a mano! Son hilos de fábrica, ya no a mano como lo hago yo. Mi señora es la que me ayuda. Cardamos a mano, hilamos a mano. No trabajo hilo de fábrica... Al lavarlo, en vez de mejorar, suelta. En vez de apretar, suelta... Por eso la gente me busca. Entonces yo me dedicaba a hacer cosas especiales, como pinturas de Gauguin, de Rivera, de Escher, de Vasarely... lo que me encargaban. Iba a México: "Don Manuel: ¿me puede usted hacer esto?" "¡Cómo que no!" Y tiene que salir tal como está, porque si no, ¿para qué hacerlo? Pero ahora, ¡puro navajo!

C.S.: ¿Y su esposa siempre le ha ayudado en estas labores?

M.B.M.: Mucho... Así ha sido mi vida. Me gustaría hacer más cosas. La gente también me quiere, en 1978, 1979 y 1980 me nombraron presidente de acá. Cuando fui presidente tuve mucha suerte... He tenido suerte.

Página anterior: Arnulfo Mendoza. Tapiz. Teotitlán del Valle, Oaxaca, 1999. Tejido en lana con hilos de seda, oro y plata. 140 x 104 cm. Colección particular.

En esta segunda entrevista Isaac Vázquez García nos contó su historia. Nació en 1935. Su esposa, sus hijos y sus parientes lo ayudan en el taller familiar. Isaac se especializa en el uso de tintes naturales. Durante su larga carrera como tejedor ha demostrado su destreza en el Museo de Denver de Historia Natural y en el Museo de Arte de Santa Bárbara, en Estados Unidos. ⁂

CHLOË SAYER: ¿Por qué le gusta tejer? ⁂

ISAAC VÁZQUEZ GARCÍA: Me gusta porque es una tradición: es el trabajo de nuestros antepasados. Es el trabajo que ayuda al hogar y al pueblo. ⁂

C.S.: ¿Y cómo aprendió? ⁂

I.V.G.: Por mi papá. Tenía ocho años cuando empecé. A la edad de 12 ya sabía tejer bien. ⁂

C.S.: ¿Qué tipo de diseños había en la época de su papá? ⁂

I.V.G.: Diseños del sol, de estrella, de venados, de tigres y diseños con grecas de Mitla. Mi papá vendía al acaparador más grande de Teotitlán. Como no había turistas, él mandaba a diferentes partes de México. Distribuía a Saltillo, a la ciudad de México, a Puebla y a otras ciudades más. ⁂

C.S.: ¿Y estaba bien pagado el trabajo? ⁂

I.V.G.: ¡Pues no! Ahora es cuando está mejor pagado. ⁂

C.S.: Usted fue evolucionando en sus diseños. ⁂

I.V.G.: Sí, en 1963 conocí al maestro Rufino Tamayo y a Francisco Toledo. Fue en ese entonces cuando tuve más ganas de conservar la técnica antigua. Y hasta hoy seguimos trabajando con hilo hecho a mano y con colores vegetales. Mi padre trabajaba con colorante químico, pero a mí no me gustó. Siempre tenía problemas con el rojo, por lo que investigué qué color se puede usar o en dónde podía conseguir el rojo firme. El maestro Tamayo me dijo que él sabía donde vendían la cochinilla, con la que se lograban diferentes tonos de rojo. Así empecé a usarla. ⁂

C.S.: ¿Usted fue uno de los primeros en usar de nuevo los tintes de antaño? ⁂

I.V.G.: Sí, éramos dos tejedores los que usábamos tintes naturales y así empezamos juntos el señor Fortino Olivera y su servidor. Éramos amigos, pero yo tenía más interés. Nadie me hacía caso cuando en 1963 empecé a hacer mis tapetes con colores vegetales. ⁂

C.S.: ¿Y dónde consiguió las materias primas? ⁂

I.V.G.: El maestro Tamayo me trajo cochinilla de Perú. El maestro Toledo me trajo añil de Niltepec, Oaxaca. Con su ayuda pude lograr los colorantes vegetales, o colorantes prehispánicos que les decimos. ⁂

C.S.: ¿Y cuándo se dejaron de usar aquí tintes como el añil o la grana cochinilla? ⁂

I.V.G.: Creo que en 1915 o 1920, más o menos, cuando introdujeron el colorante químico. ⁂
C.S.: ¿Y qué otros colores obtiene usted? ⁂
I.V.G.: Ocupo cuatro colores básicos: la cochinilla para el rojo; el añil o índigo para los diferentes tonos de azul; el huizache para el negro intenso; el musgo de roca para los diferentes tonos de amarillo. Estos cuatro colores se pintan con todo natural: sal, lejía de ceniza, lejía de cal... No usamos ningún producto químico. ⁂
C.S.: ¿Y todo se hace con los cuatro colores, mezclándolos...? ⁂
I.V.G.: Se logran diferentes colores. Por ejemplo, para lograr el verde se usa el musgo con el añil; azul con amarillo. También depende del color del hilo: cuando el hilo es blanco, beige o gris se van logrando los tonos de verdes. Para el morado se ocupa la cochinilla con el índigo, azul con rojo. ⁂
C.S.: ¿Y hay mucha lana o, por el contrario, existe carestía? ⁂
I.V.G.: Aquí en la casa de ustedes, para mi trabajo, sí hay suficiente lana. Para una fábrica, no. Pero nosotros trabajamos despacio: se carda despacio, se hila despacio, así es que la lana es suficiente. ⁂
C.S.: ¿Y la traen de muy lejos? ⁂
I.V.G.: Yo la traigo de los mercados de Nochistlán o Yanhuitlán. Muchas personas de la Mixteca bajan a vender lana, porque allí hay muchos borregos. ⁂
C.S.: ¿Y quién hace los telares? ⁂
I.V.G.: Antes hacían sus telares los mismos tejedores, pero después ocupaban a los carpinteros. Ellos son los que hacen los telares. ⁂
C.S.: Usted hace a veces telares muy anchos. ¿Cuál es el más ancho? ⁂
I.V.G.: Es el de tres metros. He tenido de cuatro metros, pero hay muy pocos clientes para esos tapetes. Hay más personas que quieren alfombras de tres metros. ⁂
C.S.: ¿Y quienes son sus clientes en la actualidad? ⁂
I.V.G.: Actualmente se compra mi trabajo original en Santa Fe y en Taos. Yo trabajo diseños originales. Por eso es que no hago muchos de los comerciales; ésos los hacen mis familiares: ahijados y sobrinos. ⁂
C.S.: ¿Cuántas personas trabajan aquí? ⁂
I.V.G.: 14 tejedores. ⁂
C.S.: Y en Taos y Santa Fe, ¿les exigen ciertos diseños? ⁂
I.V.G.: Hago diseños antiguos de México con los colorantes prehispánicos. Porque muchos de nosotros, los mexicanos, no

Gabán chocho. Coixtalhuaca, Oaxaca. Lana teñida con añil y cochinilla. Museo Ruth D. Lechuga de Arte Popular.

conocemos el trabajo de nuestros antepasados. Por eso, mi interés es que la gente conozca el trabajo de las personas de antes y los colorantes; por eso me gustan los diseños antiguos de México. He hecho códices. He hecho diseños de los de antes y unos cuantos propios. ⁂

C.S.: ¿La estrella es diseño propio? ⁂

I.V.G.: De cochinilla sí, rojo con negro. El negro es de huizache. Y la estrella se hace con gris, negro y blanco natural, porque así lo hicieron los tejedores de antes. ⁂

C.S.: ¿Y cuáles son sus metas? ⁂

I.V.G.: Mi meta es llegar a tener una colección de tapetes antiguos. Y también hemos hablado con personas en Oaxaca para que hagan un museo de tapetes en esa ciudad. Yo tengo tres o cuatro tapetes y quiero que se haga un museo de tapetes antiguos de Teotitlán, porque los mejores tapetes de aquí se van al extranjero, y Teotitlán no tiene nada. ⁂

C.S.: ¿Sería una inspiración para los jóvenes de aquí? ⁂

I.V.G.: Exactamente, porque se están olvidando de los diseños antiguos. Ahora están haciendo nuevos diseños. Vienen personas de Estados Unidos, ordenan que se hagan diseños que imitan los navajos. A mí no me gusta, porque estamos en México, ¡no estamos con los navajos! ⁂

C.S.: ¿Es importante aquí, en Teotitlán, la fiesta de los Fieles Difuntos? ⁂

I.V.G.: Para Teotitlán es muy importante. ⁂

C.S.: ¿Pero nunca le ponen al difunto un sarape, como es costumbre en ciertos sitios? ⁂

I.V.G.: No, nunca. Pero aquí en la casa, colgamos dos tapetes, uno en cada lado. ⁂

C.S.: ¿Por qué? ⁂

I.V.G.: Porque según la leyenda, así vienen los espíritus. Nosotros queremos que vean que sí estamos conservando los trabajos de ellos. Eso es lo que pensamos. ⁂

C.S.: ¿Entonces por eso colocan dos tapetes muy bonitos? ⁂

I.V.G.: Sí, para que vean qué tapetes estamos haciendo ahora, porque ellos fueron los del principio. Y nosotros nos dedicamos a conservar, nada más... ⁂

El tercer entrevistado es Arnulfo Mendoza Ruiz. Nació en Teotitlán del Valle en 1954. Después de aprender a tejer con su padre, Emilio

Cobija enrollada. Teotitlán del Valle, Oaxaca. Tejida en telar de pie. Museo Ruth D. Lechuga de Arte Popular.

Mendoza asistió a la Escuela de Bellas Artes de la ciudad de Oaxaca. Entre 1976 y 1979 estudió pintura como miembro fundador del Taller de Artes Plásticas Rufino Tamayo. En 1980, durante una visita a París, Mendoza investigó las técnicas de tejido en el taller de Les Gobelins. En 1993 visitó Japón, becado por *Time Life* y por la Fundación Japonesa. Actualmente divide su tiempo entre el tejido y la pintura. ⁂

CHLOË SAYER: ¿Cómo fue tu niñez? ⁂

ARNULFO MENDOZA RUIZ: Fue algo muy agradable. Fui el primer hijo de la familia, por lo que tenía un acercamiento muy grande con mis padres. Muy pronto me di cuenta de que tejer era el trabajo familiar más importante. Siempre jugaba con los pedales de mi papá, y creo que allí nació el amor por el tejido. Originalmente, para hacer un tapete en el pueblo, era necesario comprar la lana en greña durante los días de plaza, en Tlacolula o en la ciudad de Oaxaca. Y nos encargábamos de lavarla en el río, cardarla, hilarla y después teñirla. Creo que todos los de esa generación dimos esos primeros pasos. ⁂

C.S.: ¿Ustedes eran diez hermanos? ⁂

A.M.R.: Sí, cuatro hermanos y seis hermanas. A mí me tocó aprender las primeras cosas, después siguieron los demás. ⁂

C.S.: ¿Y qué diseños hacía tu papá cuando eras niño? ⁂

A.M.R.: Recuerdo ver en los telares de mi papá los diseños populares: los geométricos, que representaban las grecas de Mitla o Monte Albán, y también el diseño popular de la flor de Oaxaca. De adolescente vi a mi papá tejer los danzantes, los motivos prehispánicos de las estelas de Monte Albán, y también los sellos de México del maestro Jorge Enciso. ⁂

C.S.: ¿Y qué colores usaba tu papá? ⁂

A.M.R.: En ese momento había muchas anilinas, pero él mantuvo al mismo tiempo los colores vegetales, igual que otras familias en el pueblo, porque apreciaba lo natural. ⁂

C.S.: Cuéntame, ¿cómo fue tu evolución? ⁂

A.M.R.: Al estar tan cerca de mi papá, veía cómo le gustaba dibujar los cartones para los tapetes. De niño simplemente lo imitaba. Él fue una influencia muy fuerte, porque en la escuela comencé a tener inclinación por el dibujo. Finalmente mi papá observó mis cuadernos de escuela llenos de dibujos, y, me dijo que quizá debía estudiar para mejorar. En ese momento, él trabajaba con algunos pintores contemporáneos: Rodolfo Nieto, Francisco Toledo, Edmundo Aquino... que vinieron a Teotitlán a trabajar con los tejedores haciendo tapices. Mi papá era uno de ellos. También eso fue una influencia para mí, porque yo sentía mucha admiración por ellos, aunque no sabía exactamente qué era un pintor. Finalmente mi papá me llevó a inscribir a la Escuela de Bellas Artes en la ciudad de Oaxaca a principios de la década de 1970.

C.S.: ¿Cuántos años estuviste en la escuela de Bellas Artes?

A.M.R.: ¡Hasta que nos corrieron de allá, y aprendimos varias cosas! En ese momento estábamos terminando la universidad, y tuvimos un acercamiento con el maestro Tamayo. Él nos comentó que si nosotros en verdad queríamos seguir en la profesión de pintar, ya estábamos listos para formar un taller profesional y olvidarnos de la escuela. Nos recomendó con gente en la ciudad de México para que revisara nuestro trabajo. Éramos un grupo de por lo menos 10 o 12 pintores jóvenes. Decidimos renunciar a la universidad para formar el taller, que se llamó Taller de Artes Plásticas Rufino Tamayo, por el gran apoyo que nos brindó el artista.

C.S.: ¿Seguías con tu telar, o sea, pintabas y tejías?

A.M.R.: En Bellas Artes empecé a sentir que estaba abandonando mis tejidos, pero estaba en una encrucijada, pues no quería seguir tejiendo igual que antes de estudiar artes plásticas. Por fin me atreví a tejer mis propios diseños. El primer tapiz que hice fue un grabado que tuvo un reconocimiento en un concurso en Oaxaca. Entonces sentí más libertad para trabajar.

C.S.: ¿Y cuál fue ese tema?

A.M.R.: Fue un dibujo inspirado en el pueblo, en mi infancia, porque yo crecí aquí, alrededor de estas montañas, donde hay animales. Había caminos y muchos conejos que salían al paso. Y por ahí empezó, y después, poco a poco, me di cuenta de que sí podía hacerlo. Seguí pintando y tejiendo mis tapices. Hasta que después de dos o tres años de estar tejiendo, pude juntar una serie de piezas y monté mis primeras exposiciones.

C.S.: ¿Aquí en Oaxaca?

A.M.R.: Bueno aquí no había lugares para hacer exposiciones, con excepción de la sala de Bellas Artes en Oaxaca o la Casa de la Cultura. Por eso busqué invitaciones para otros lugares como Puebla, la ciudad de México y Monterrey. Después fui al extranjero, a California, por ejemplo.

C.S.: ¿Y durante ese periodo seguías, como tu papá, empleando una mezcla de tintes naturales y químicos?

A.M.R.: En ese momento mi papá me ayudaba mucho. Si él no me hubiera ayudado de esa manera, quizá hubiera sido un poco más complicado. Él me ayudaba a preparar todos los tintes hasta que aprendí bien. Después trabajé con las anilinas, cuando fue necesario, y también me gustó el efecto de las tonalidades. Hoy todavía utilizo las dos materias.

Página siguiente:
Arnulfo Mendoza.
Tapiz.
Teotitlán del Valle, Oaxaca, 1998.
Tejido en lana y seda con hilos teñidos predominantemente con grana cochinilla, detalles en oro y plata.
62 x 57 cm.
Colección particular.

Arnulfo Mendoza.
Tapiz inspirado en el sarape mexicano del siglo XIX.
Teotitlán del Valle, Oaxaca.
Tejido con hilos de seda, plata y oro.
Colección La mano mágica.

C.S.: ¿Podemos decir que tus tejidos tienen más influencia del trabajo que se hace en Saltillo?

A.M.R.: Ésa es una nueva inquietud, de hace como dos o tres años. Yo sabía que existía una producción de textil mexicano de los saltilleros, los tapices de Saltillo, pero nunca los había visto ni tocado. Esto porque mis amigos y otros tejedores dicen que esta producción está en manos de coleccionistas, casi el 99 por ciento en el extranjero... Vagamente recuerdo que, muy temprano en mi profesión, vi una exposición en la ciudad de México; creo que fue en el museo del maestro Tamayo, pero la vi atrás de un cristal, ¡y me pareció maravillosa! Nunca pensé hacer rescates. Hasta que por fin le puse más atención, y pensé que tal vez yo debía intentar hacerlos. Recibí una invitación para hacer una demostración de esto en un museo de Oakland. Era una exposición de un coleccionista de Estados Unidos, y ahí mostré mi trabajo. Así he ido aprendiendo más. Todos esos tapices fueron tejidos antes, en diferentes estados, entre Saltillo, Puebla y todo lo que es el sur de México... Me dio mucha alegría participar y es una aportación que me tocó. Sé que no lo voy a hacer toda mi vida, pero quizá este trabajo reimpulse una tradición que es muy nuestra. Lo que no debe ser es la intervención de algunos intermediarios que manejan la exportación de textiles; ellos traen imágenes que imponen a los artesanos mexicanos. Por ejemplo, de finales de la década de 1970, recuerdo las reproducciones ilegales de diseños de Picasso, de Miró... El panorama de la producción de los tapetes zapotecas era eso: cualquier intermediario llegaba con imágenes extranjeras al pueblo. Esto ocurre también con otras artes populares. Yo no estoy de acuerdo. Me da una cierta nostalgia por lo que es nuestro. Creo que nosotros podríamos rescatar, con un poco de gusto artístico y creatividad, nuestras artes populares.

C.S.: ¿Y cuál es el futuro de Teotitlán del Valle?

A.M.R.: Bueno, en este momento quizá el proyecto más cercano es invitar a la juventud, ya que hombres y mujeres están entrando al mundo del tejido, a sensibilizarse realmente con el oficio, y a no dejarse llevar por algunas cuestiones artificiales que provienen del mercado, la modernidad y la televisión, sino a defender esta herencia ancestral del tejido oaxaqueño.

LACAS

LUGARES Y FORMAS DE LA LACA

Ruth D. Lechuga

Se denomina maque, laca, esmalte o barniz a una técnica artesanal que consiste en aplicar y bruñir capas de grasa, polvos calcáreos y colores sobre una superficie alisada, generalmente de madera o de cucurbitáceas como jícaras o calabazas.

Las grasas clásicas son el aje y el aceite de chía, ambas de origen prehispánico. El aje se extrae de un insecto (*Coccus axin*) que anida en ciertos árboles del trópico, mediante la ebullición, trituración, filtrado y desecado. La chía es una semilla (*Salvia chian*) que se tuesta y muele y a la que se agrega agua para formar una masa, que se exprime a fin de separar el aceite que es cocido para su preservación.

Hay varias tierras y piedras con alto contenido calcáreo que se muelen y mezclan entre sí. Reciben nombres diferentes en cada centro productor. Algunos artistas usan todavía colorantes naturales: minerales, vegetales o animales, pero por lo general se sustituyen por anilinas.

El consumo de las calabazas y guajes "pintados" debe haber sido enrome durante la época prehispánica. Solamente en el Códice Mendoza se aprecia que se tributaban anualmente más de 20000 jícaras y tecomates barnizados. En algunos casos se determinaba exactamente el dibujo que debían tener, en otros se hacían de un solo color. Se puede deducir que había piezas de lujo reservadas a ciertos personajes, así como otras de uso diario. Por otro lado, la *Relación de Michoacán* muestra que los sacerdotes purépechas llevaban en su espalda un tecomate alargado, maqueado y engastado con turquesas. Es evidente que eran objetos rituales. Desde el virreinato y hasta la fecha se producen objetos de uso diario, otros suntuosos y otros más ceremoniales y religiosos.

En el estado de Guerrero se elabora laca en Olinalá y Temalacatzingo, en la región de la Montaña y en Acapetlahuaya, rumbo a Tierra Caliente. En los tres centros se usa aceite de chía. Con pequeñas variantes, la

Páginas 290 y 291: cuenco en forma de garza. Olinalá, Guerrero. Laca. 34 x 32 x 10 cm. Museo Ruth D. Lechuga de Arte Popular.

Francisco "Chico" Coronel. Guaje. Olinalá, Guerrero. Laca. Museo Ruth D. Lechuga de Arte Popular.

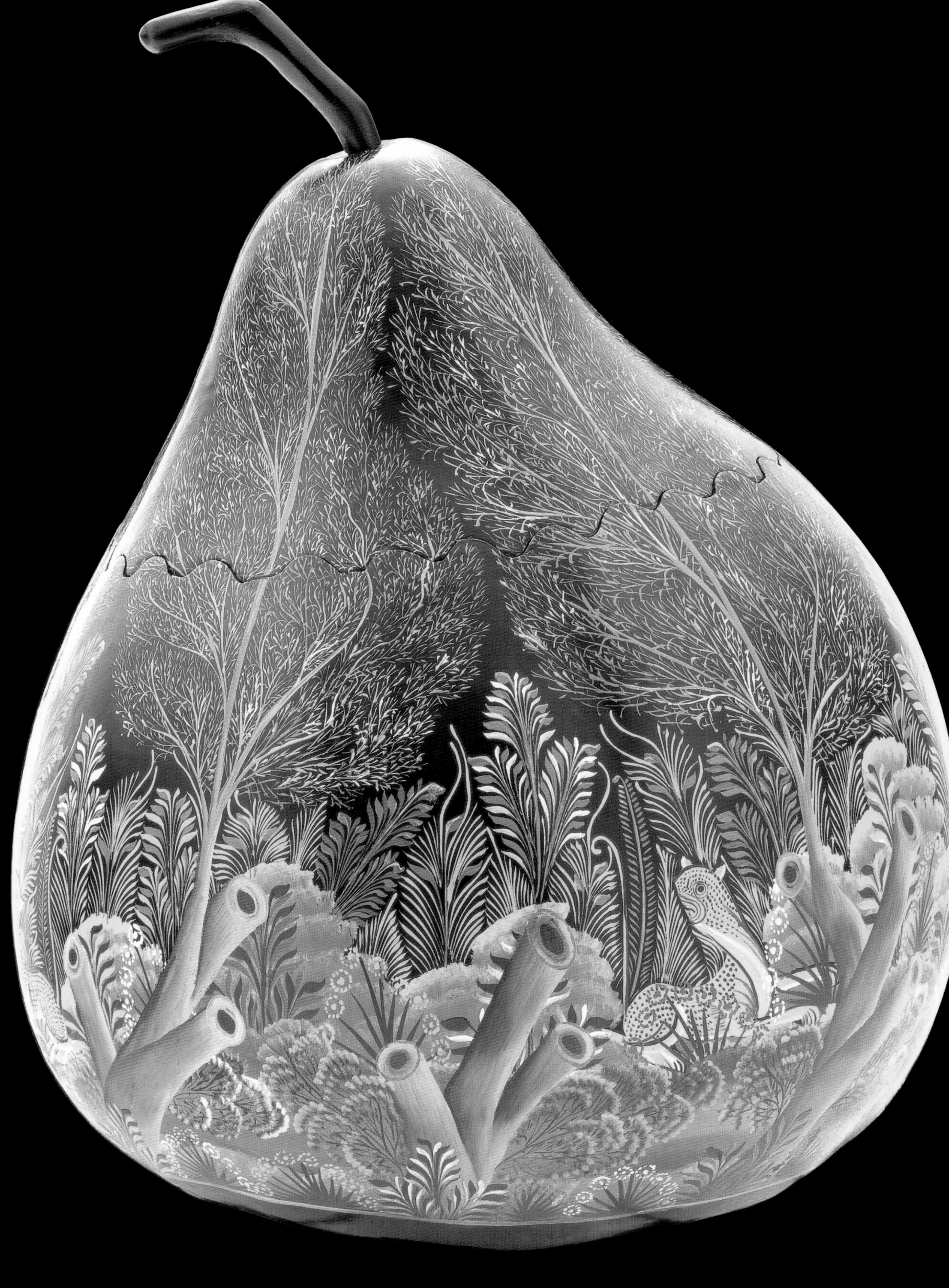

técnica consiste en aplicar una capa de aceite, otra de mezcla de tierras y colorantes, y bruñir luego con una piedra. Cuando la base está bien seca se procede a la decoración. ~

En Olinalá existen dos diferentes técnicas: el rayado se logra al sobreponer a la base una segunda capa de laca, por lo general de color contrastante, y cuando esta última está todavía fresca, se delinea el dibujo con una espina; en seguida se ponen varias capas de la mezcla hecha de tierras y colores, e inmediatamente se vacía el contorno de las figuras para dejar al descubierto la primera capa de la laca. Así se logra que el dibujo quede en relieve y contraste con el color del fondo. ~

La segunda técnica es el dorado, un nombre que proviene de la época en que, para enriquecer la decoración, se acostumbraba poner franjas de plata u oro en hoja. El dibujo se traza con pincel sobre la primera capa de laca, ya seca. Se usa una sisa, o mezcla cocida de aceite de chía con tierras, en pequeñas cantidades, y sobre una paleta de pintor se agregan los colores deseados. Mientras que el rayado es exclusivo de Olinalá, el dorado se usa en los tres centros laqueros del estado de Guerrero. En Acapetlahuaya se añade, sobre la pieza ya terminada, una capa adicional de aceite de chía, como protección contra el deterioro que puedan producir las sustancias calientes. ~

Francisco "Chico" Coronel, sobresaliente artista olinalteco, revivió la antigua técnica de aplicación de hoja de estos metales preciosos,

Francisco "Chico" Coronel.
Baúl (detalle).
Olinalá, Guerrero.
Laca.
Museo Ruth D. Lechuga de Arte Popular.

pero en lugar de bandas aisladas aplica el oro o la plata sobre toda la superficie de la pieza; encima matiza los motivos decorativos con pincel. Las obras resultantes son extraordinariamente suntuosas.

Las jícaras de Olinalá se venden en muchos mercados y ferias de México. Indígenas de varios grupos étnicos acostumbran llevarlas en la cabeza y, al llegar a un río o un manantial, las usan como vasos para beber. En Olinalá se recortan las calabazas de muchas maneras; frecuentemente la parte superior sirve de tapa. Cuando estos bules son pequeños, se utilizan como alhajeros; los de mayor tamaño son costureros.

Otros objetos de Olinalá se tallan en madera. Charolas y bateas de todos tamaños se recubren de laca, ya sea rayada o dorada y desempeñan muchas funciones. Hay también cajas alargadas, cuadradas o triangulares, de acuerdo con su uso: cigarreras, corbateras, lapiceras, libreras, pañueleras, etcétera. También hay cajas "de a real", "peseteras", y "tostoneras", nombres que reciben por el precio en que se vendían antiguamente. Los arcones que sirven como regalos de boda se conocen como "baúles de donas". Muchas de las cajas y baúles se elaboran a menudo con la olorosa madera de lináloe, especialidad del lugar; por desgracia hoy escasea mucho y hay que traerla de lugares lejanos.

Mención especial merecen las cajas de feria. Son de gran tamaño, cuentan con una tapa plana y por lo general se laquean en negro. El

ornato, hecho con técnica de dorado, incluye un paisaje en la parte frontal. Se llaman así porque durante la semana del tercer viernes de Cuaresma se lleva a cabo en Tepalcingo, Morelos, una enorme y muy concurrida feria a la que acuden vendedores de muchas partes de la República. Allí hay una plaza especial reservada para los artesanos de Olinalá y de Temalacatzingo, y hasta allá se desplazan los artífices desde sus lejanas montañas.

En Acapetlahuaya solamente se laquean jícaras de dos tipos. Para el uso diario se decoran en la parte interna y sirven para tomar toda clase de líquidos, para mantener las tortillas calientes, como platos, lavamanos o incluso como tapaderas. Otras se pintan por ambos lados y se destinan a las fiestas; en estas últimas es común que se beba el atole de alegría, especialidad del lugar.

En Temalacatzingo se cultivan muchos bules, tanto de guía como de árbol. Como adorno para las cocinas se hacen unos racimos compuestos por pequeñas calabazas de diferentes formas, laqueadas para simular frutas. Gracias a un proyecto especial que se llevó a cabo durante la década de 1970, ese pueblo náhuatl ha desarrollado una gama muy original de juguetería laqueada que consiste en combinar bules recortados con madera tallada.

Otro estado famoso por sus lacas es Michoacán. Actualmente se produce maque tanto en Uruapan como en Pátzcuaro, aunque con diferentes técnicas de decoración. En ambos lugares se usaba tradicionalmente el aje combinado con aceite de chía. En una vasija se pone el aceite, se enciende un trozo de aje y se deja que gotee dentro del recipiente; se agrega tierra calcárea y unas gotas de resina de ocote, hasta que alcanza la consistencia deseada. Esta mezcla, llamada sisa, se aplica de manera uniforme sobre la superficie que se va a maquear, encima se espolvorea más sustancia calcárea, según el espesor deseado, y luego el colorante, mineral o a base de anilinas. La pieza se bruñe con la palma de la mano. La técnica de ornamentación usada en Uruapan se llama de incrustado o embutido. Se traza el dibujo completo con un punzón, después se levanta la capa de maque en todas las áreas que tendrán un solo color, hasta llegar a la superficie original de la madera o de las jícaras. En seguida se llenan los huecos con sisa y tinte. Una vez que seca, se repite la operación con otro color, y se sigue el mismo procedimiento hasta completar el dibujo. Se termina la pieza con otra capa de sisa que se frota con un lienzo suave.

Juguete. Temalacatzingo, Guerrero. Laca. 32 x 12 x 17 cm. Museo Ruth D. Lechuga de Arte Popular.

Página siguiente: Francisco "Chico" Coronel. Baúl. Olinalá, Guerrero. Laca dorada. Museo Ruth D. Lechuga de Arte Popular.

Página anterior: charola (detalle). Olinalá, Guerrero. Laca. Museo Ruth D. Lechuga de Arte Popular.

Guaje. Temalacatzingo, Guerrero. Laca. Museo Ruth D. Lechuga de Arte Popular.

En Pátzcuaro se acostumbra el llamado perfilado en oro. Para emplear correctamente esta técnica, la laca del fondo debe estar seca a la perfección, lo cual toma varios meses. Luego se calca el dibujo y se cubren con pintura al óleo las áreas que serán decoradas con oro de hoja (sirve de mordente). Sobre esta base se aplica oro del tamaño adecuado y, una vez adherido, se elimina el sobrante con una brochita: de esta manera el trazo queda muy bien delineado. Con frecuencia el dibujo se complementa con pinceladas de otros colores.

También se elaboraba maque michoacano en Santa Fe de la Laguna, en donde se pintaban paisajes de apariencia europea sobre fondo de maque. En Quiroga se aplicaba con pincel sobre bateas labradas con hachuela, tanto en el fondo como en la decoración. Se usaba una mezcla de aceite vegetal, colores naturales y brea derretida. Actualmente en ambos lugares se pintan piezas muy burdas, en las que se usan colores de aceite comercial. Varios museos exhiben piezas lujosas de Pátzcuaro y de Uruapan, sobre todo grandes bateas y toda clase de muebles antiguos y modernos.

Chiapa de Corzo es el único sitio de Chiapas donde hoy se produce laca. Su principal ingrediente es la grasa de aje, aunque en el pasado se diluía con aceite de chía o de linaza. Esta grasa se mezcla con tierra calcárea y se esparce sobre la superficie; encima se espolvorea el colorante y de inmediato se pule con la mano o con una muñeca de algodón. La decoración, a base de ramilletes de flores, se hace con pintura al óleo aplicada con el dedo meñique. Los dibujos más delgados se terminan a pincel.

La producción de Chiapa de Corzo es de distribución más local. Se elaboran exquisitos baúles y otras piezas que pueden admirarse en el museo del pueblo. También se hacen objetos para uso religioso o festivo, como los grandes nichos destinados a las figuras de los santos, así como cruces cubiertas de motivos florales. Los pueblos del Istmo de Tehuantepec, Oaxaca, solían surtirse con los grandes jicalpextles que las mujeres usaban en la ceremonia de la "tirada de la fruta"; los ramilletes de flores pintados sobre estos recipientes armonizaban con su indumentaria festiva, cubierta de motivos florales. Hoy se usan jicalpextles hechos en la localidad y decorados con pintura de aceite comercial.

A finales del siglo XIX, Carl Lumholtz, y con mayor detalle Robert M. Sing, en 1934, describieron unas jícaras huicholas de Jalisco y Nayarit, "pintadas de rojo o verde". Ambos refirieron que para el color rojo se usaba el almagre, tierra rica en óxido de fierro que produce un tinte café rojizo; para el verde una roca de la que no se especifica el material y, como grasa secante, el aceite de chía. Se aplicaban capas alternas de aceite y de colorante molido, y se pulían con una piedra. Eran, por lo tanto, verdaderas lacas. Todavía existen piezas huicholas elaboradas de esta forma, sobre todo aquellas usadas en las ceremonias.

Las jícaras ceremoniales de los huicholes se guardan en sus templos, en sus cuevas sagradas y se colocan en las ofrendas festivas. Sobre la superficie de las escudillas barnizadas se pegan con cera unas figurillas simbólicas rellenas con cuentas de chaquira. Los dibujos representan, de acuerdo con Sing, oraciones o plegarias dirigidas a los dioses.

Otros objetos religiosos son los Cristos tallados en madera, que provienen de Temalacatzingo, y los de caña, hechos en Uruapan. Ambos van cubiertos con laca. Tanto en Olinalá como en Uruapan se hacen máscaras laqueadas que los danzantes usan durante las fiestas. Además de los objetos rituales se producen muchos otros de uso diario. Las calabazas redondas se recortan a la mitad para obtener las jícaras de Olinalá y de Acapetlahuaya, presentes en todo México. En Chiapa de Corzo se acostumbra hacer estas piezas de todos tamaños, y algunas de grandes dimensiones son usadas como palanganas. Los tepehuanes de Durango todavía utilizan hoy jícaras elaboradas con una técnica igual a la de los huicholes, aunque sin decoración adicional.

El arte de la laca sobrevive en todas sus facetas, produciendo bellos objetos destinados a muy variadas funciones.

Florero. Uruapan, Michoacán. Laca. Museo Ruth D. Lechuga de Arte Popular

CESTERÍA

NATURALEZA Y GEOMETRÍA

Ana Paulina Gámez

AL SOSTENER UN CESTO EN LAS MANOS SE PUEDEN APRECIAR DOS cosas: la primera, que está hecho de fibras vegetales, y la segunda, que está tejido con una técnica determinada para dar forma al objeto. "La cestería no es otra cosa que vegetación hecha cultura material", aseguraba Kuoni en un estudio sobre el tema. Es por ello que esta artesanía depende, en cada región, de la diversidad botánica y de la posibilidad de transformar las varas, los pastos y las cañas mediante procesos sencillos.

Esta abundancia de la materia prima y la simplicidad del trabajo permitieron que la cestería se desarrollara como uno de los oficios más antiguos, anterior incluso al descubrimiento del fuego y, por lo tanto, al de la cerámica, a la que claramente antecede, como lo demuestran múltiples evidencias arqueológicas en todo el mundo.

Para muchos autores, esta artesanía fue un invento femenino. Es posible que las mujeres, inspiradas por los pájaros que hacían sus nidos con pequeñas ramitas acomodadas sistemáticamente, empezaran a entrecruzar varas o pastos para confeccionar los recipientes que necesitaban para la recolección de frutos. "Así, a través del tejido de cestería se crean, por primera vez, superficies estructuradas y coherentes mediante los ritmos del tejido", decía al respecto Kuoni. La fabricación de cestos debió ser parte de las labores domésticas que reunían a las mujeres en torno a su trabajo que, además, amenizaban con cantos.

Como se ha mencionado, el trabajo de cestería depende de los recursos vegetales y de la técnica de tejido, por lo que podemos definirla como un conjunto de técnicas para entretejer elementos rectilíneos, rígidos o semirrígidos, sin la ayuda de telares, para formar recipientes u objetos planos.

Antes de exponer las técnicas propias de este oficio es necesario hacer algunas distinciones entre las plantas que le son útiles, las formas que le son propias y las partes principales de los artículos que produce. Las plantas que se usan para tejer cestería se pueden dividir

Página siguiente: Muestra de fibra para cestería. Fotografía: Patricia Lagarde.

Páginas 302 y 303: tlachiquero. Miniatura. Oaxaca. Palma tejida.

en dos grupos: rígidas, como las maderas, las cañas o los mimbres, y semirrígidas, como las hojas, las pajas y los tallos suaves. De las primeras resultan objetos duros, como los pizcadores de carrizo, y de las segundas cestos flexibles, como los tenates de palma. Cada fibra determina los procedimientos para prepararla con objeto de tejerla, por ejemplo, las plantas que tienen forma de listones, como los tules o la chuspata, sólo se someten a un proceso de secado; en cambio, hay otras plantas que necesitan dividirse para formar tiras, como las hojas de palma en cuyas nervaduras hay que hacer cortes paralelos, o las cañas del carrizo que deben cortarse longitudinalmente y luego aplanarse para obtener fibras útiles para ser tejidas. Algunas fibras, como el bejuco y el carrizo, requieren ser rehumectadas para que adquieran flexibilidad antes de tejerse.

Ciertas fibras, como las del henequén, requieren una preparación más elaborada para que puedan tejerse en forma de sogas. Normalmente se separan las fibras de la pulpa con procesos mecánicos y se someten a un secado. Después son necesarios tres procesos distintos para hacer las sogas: "retorcer las fibras hasta formar hilos, los hilos hasta formar cabos y finalmente los cabos hasta

Muestras de fibras para cestería. Fotografías: Patricia Lagarde.

formar sogas; a fin de evitar que la cuerda terminada se deshilache, se retuercen los cabos, en su interior, en una dirección opuesta a la que iban a ser torcidos juntos", describen T. K. Derry y T. Williams en un estudio sobre el tema. Otra opción es la de trenzar los cabos en lugar de torcerlos.

En cuanto a las formas, se pueden distinguir tres tipos: la plana, la de bolsa y la de recipiente. Las planas son bidimensionales, como las esteras o los petates; las bolsas pueden ser bidimensionales o tridimensionales, según su contenido, como los morrales; y los recipientes, que son propiamente tridimensionales, como las canastas de mercado. Estas configuraciones se derivan de las tres técnicas de tejido, las cuales dan pautas para la clasificación de cada pieza.

"Cualquier objeto de cestería posee tres partes diferentes: la pared, la orilla y el centro. La más importante es la pared o cuerpo principal. Dentro de las formas de contenedor o de cesto, la pared se distingue fácilmente de las otras partes: la orilla y el centro, o punto de arranque. En otras formas estas distinciones pueden volverse arbitrarias. En esteras o formas planas o atípicas la pared es la parte principal o mayoritaria de la pieza y abarca todo lo que no sea orilla. La pared o cuerpo principal sólo puede ser tejida con una de las técnicas básicas que consiste en cosido, tejido y torcido", describe Adovasio en su guía para la identificación y el análisis de la cestería.

La técnica de cosido en espiral es la más antigua de todas, como lo muestran los hallazgos arqueológicos, y se puede definir —agrega Adovasio— como el "cosido de un elemento horizontal y pasivo que se enreda sobre sí mismo. El soporte de la cestería cosida se logra con las puntadas sucesivas que la mantienen fija a la base".

"La técnica tejida se realiza —describe Kuoni— entrecruzando dos o más series de elementos activos que, en textiles, son llamados trama y urdimbre. Esta técnica se utiliza para hacer recipientes, bolsas y esteras, y es el procedimiento más versátil de la cestería". Dentro de este procedimiento existe un subtipo: los objetos hechos a partir de trenzas. "El trenzado es un entrecruzamiento de dos o más hebras o ramales que transcurren en dos direcciones [...] esta técnica es ideal para la confección de largas tiras de tejido estrecho que, a su vez, pueden unirse por un cosido para componer un tejido mayor". Muchos sombreros están hechos con esta técnica.

La última técnica es la de torcido. A este procedimiento se le conoce, en textiles, como ligamento enlazado y se realiza con dos hilos de trama

—elemento activo horizontal. Mientras el primero pasa por un hilo de urdimbre —elemento pasivo vertical—, que en este caso forma la estructura del cesto, el segundo pasa por atrás y por arriba del primero y al frente del tejido. ⁂

Cuando se combinan dos de las técnicas anteriores, generalmente tejido y torcido, en una misma pared, se produce lo que se conoce como técnica mixta. ⁂

Un cesto puede decorarse a partir de cuatro técnicas distintas: pintado, agregado, variación de ritmos de tejido y combinación de hilos teñidos. Cada técnica de tejido determina un estilo de decoración. Por ejemplo, es común ver decoraciones circulares, concéntricas, en espiral o en aspas ornamentando piezas de cestería cosidas en espiral. ⁂

La técnica de pintado consiste en aplicar color con pinceles o algún otro instrumento, para formar un diseño sobre la superficie de un objeto terminado. En la técnica del agregado se sujetan con costuras, o cualquier otra forma de unión, elementos independientes del cesto, como conchas o plumas. La variación del ritmo del tejido puede crear grecas o pautas geométricas; la última técnica es la que combina hilos teñidos de colores con hilos de color natural, que pueden tejerse con el mismo ritmo o variándolo para formar motivos. En muchos casos, estas decoraciones son simbólicas, lo que hace de ciertas piezas de cestería objetos rituales y sagrados. ⁂

Desafortunadamente nos encontramos con un vacío de información que hace muy difícil el estudio de la cestería, ya que no hay a la mano ejemplares suficientes como para reconstruir su historia, puesto que sus materiales se degradan con mucha facilidad. ⁂

Además, la cestería, al producir objetos tan abundantes y baratos, poco ha llamado la atención de la gente; sin embargo, con la creación de los museos etnográficos, hoy se ha convertido en objeto de coleccionismo. De aquí que objetos anteriores a la década de 1960 sean casi inexistentes. Específicamente en nuestro país, los estudios dedicados al tema son muy escasos, en especial los que tratan sobre periodos arqueológicos o históricos, aunque en los últimos años se han hecho varios de índole etnográfica. ⁂

Tal parece que la cestería, que tan útil y cotidiana ha sido durante toda nuestra historia, quisiera desaparecer sin dejar rastro, como si ella misma fuera consciente de que todo debe llegar a su fin. Pero son precisamente su utilidad, su carácter cotidiano y su degradabilidad lo que la hacen tan notable. Pensemos qué

Petate. Palma natural y teñida tejida en redondo.

Página siguiente: pieza de cestería tejida con la técnica del torcido.

Tenate.
Palma tejida y teñida.
Oaxaca.
Colección particular.

Página anterior:
tenates.
San Luis Amatlán,
Oaxaca.
Palma natural y
teñida. Tejida con
variantes.

sería de las labores del campo sin los pizcadores para recoger la cosecha o para transportarla a lo largo de dilatados periodos, durante los cuales su tejido permite una ventilación y amortigua los golpes, además de que sus fibras absorben el exceso de humedad, con lo que se prolonga la vida de los vegetales. Así, estos objetos, después de mucho ir y venir, cuando se han aflojado sus tejidos y roto sus fibras, se desechan porque ya no cumplen su misión. Entonces se degradan para enriquecer el suelo que les dio vida, sin dejar residuo tóxico alguno.

Del mercado de Tlatelolco al parián

Cuando los españoles llegaron a lo que hoy es México, se sorprendieron al encontrar tanta abundancia de oro y plata, así como la grana, el cacao y la vainilla; además, se maravillaron con los sabores de las frutas exóticas, como el mamey, las tunas, la guanábana, el aguacate y tantas otras, totalmente desconocidas en el viejo continente.

Bernal Díaz del Castillo (1492-1584) hizo la descripción del mercado de Tlatelolco en su libro *Historia verdadera de la Conquista de la Nueva España* y dio cuenta de muchas de las mercaderías que ahí encontró, pero nunca prestó atención a los empaques o a los cestos en los que se exhibían, sin los cuales estos productos no hubieran podido llegar ahí. Muchas de estas mercaderías cruzaron el Atlántico y el Pacífico en contenedores de cestería, que los transportaban, pues su existencia estaba condicionada a su capacidad de transportar.

A lo largo de la historia han convivido dos tradiciones cesteras: la primera se deriva de la tradición prehispánica que da continuidad a las formas y técnicas propias de las culturas indígenas, como los petates, los tenates, las petacas, los mecapales, los soyates y los cacles. La segunda es la española, que introdujo formas totalmente desconocidas por los indígenas, como las canastas de asa para el mandado, los sombreros de una pieza o de trenzas, los pizcadores y los objetos devocionales, como las palmas tejidas para el Domingo de Ramos o los corazones de trigo. Desde luego, se introdujeron también fibras nuevas como la paja del trigo y la de la cebada.

Por desgracia no han llegado hasta nosotros piezas de cestería virreinal, por lo que tenemos que recurrir a los códices posthispánicos, a las crónicas coloniales y a las pinturas de la época, para conocer cómo eran estos objetos.

En el Códice Mendocino aparecen todas las formas indígenas de la cestería, como los petates, los tenates,

las petacas, los soyates y los mecapales que se usaron durante toda el virreinato, al igual que antes de la Conquista. Los petates servían para hacer bultos, dormir, enterrar a los muertos y hasta para celebrar matrimonios, como todavía sucede en las poblaciones indígenas. Los tenates contenían y transportaban frutas, verduras e infinidad de cosas; éstos, atados a los mecapales, se colocaban sobre las espaldas de los tamemes, que los acarreaban de un lugar a otro. Las petacas servían para guardar la ropa; estos objetos eran casi el único mobiliario en las casas de los macehuales. Además, los cacles y los soyates siguieron complementando la indumentaria indígena. ⁘

Los artesanos indígenas tejieron y vendieron cestería durante todo el periodo virreinal. Esta industria, junto con la elaboración doméstica

Capote. Zinacantepec, Estado de México. Palma tejida y anudada.

Página siguiente: Édouard Pingret. Pastor del valle de México, siglo XIX. Óleo sobre papel. Colección Roberto Mayer.

Berger de la Vallée de México — Pastor del valle de México: —

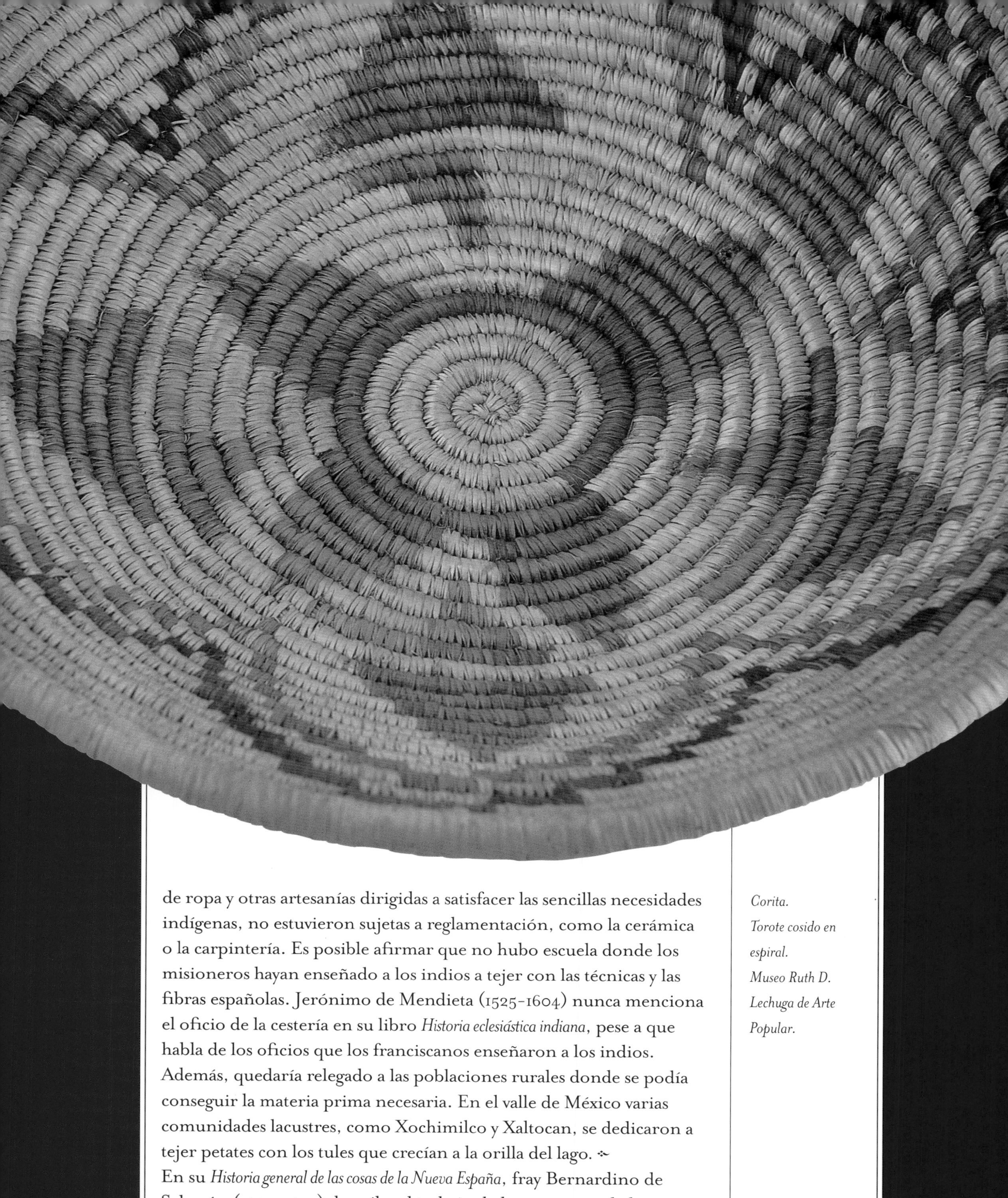

de ropa y otras artesanías dirigidas a satisfacer las sencillas necesidades indígenas, no estuvieron sujetas a reglamentación, como la cerámica o la carpintería. Es posible afirmar que no hubo escuela donde los misioneros hayan enseñado a los indios a tejer con las técnicas y las fibras españolas. Jerónimo de Mendieta (1525-1604) nunca menciona el oficio de la cestería en su libro *Historia eclesiástica indiana*, pese a que habla de los oficios que los franciscanos enseñaron a los indios. Además, quedaría relegado a las poblaciones rurales donde se podía conseguir la materia prima necesaria. En el valle de México varias comunidades lacustres, como Xochimilco y Xaltocan, se dedicaron a tejer petates con los tules que crecían a la orilla del lago. ⁓
En su *Historia general de las cosas de la Nueva España*, fray Bernardino de Sahagún (1499-1590) describe el trabajo de los cesteros y de los

Corita. Torote cosido en espiral. Museo Ruth D. Lechuga de Arte Popular.

Pieza de cestería trabajada con variante de técnica tejida.

petateros del valle de México y proporciona algunos detalles sobre quiénes ejercían este oficio, qué materias y técnicas usaban y qué formas tenían los cestos que producían. Es interesante observar cómo, materiales, técnicas y formas, han perdurado hasta nuestros días.

En cuanto a los artesanos, Sahagún distingue a los comerciantes, es decir, los que "tratan o mercan", de los artesanos u "oficiales de hacer esteras" o los "oficiales de hacer cestos de cañas macizas". Tal vez los llame así por su analogía con los españoles, pero recordemos que nunca existieron gremios de cesteros o de petateros.

Con respecto a los materiales, menciona el uso de cañas, posiblemente otates, carrizos y juncias, que no son otra cosa que los tules que crecían alrededor de los lagos. También menciona a la palma, de la que se aprovechaban las hojas y el "nequen" o henequén, para atar y sostener. Las descripciones técnicas son someras y el autor se dedica más bien a detallar la preparación de los materiales.

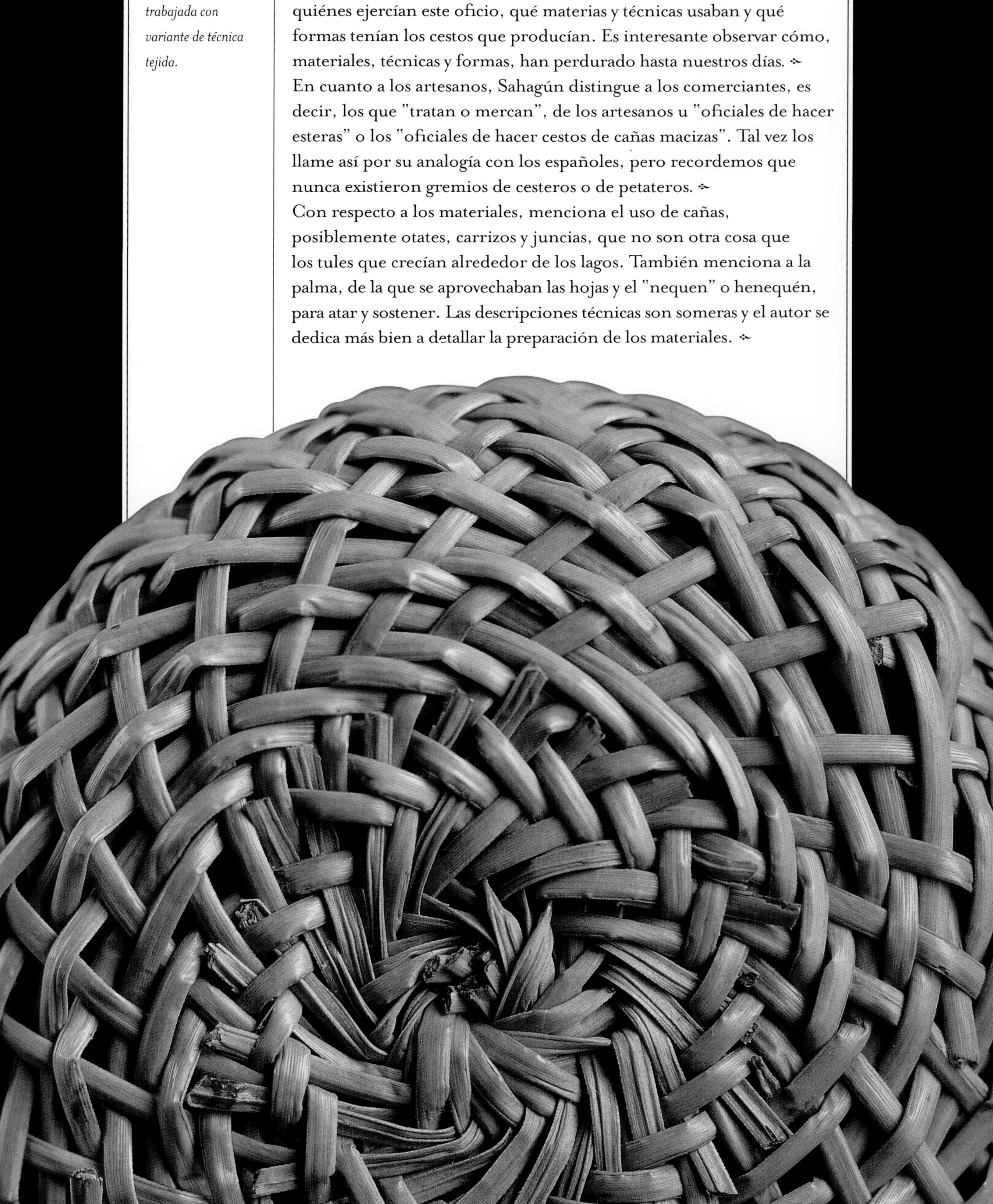

Página anterior: vestimenta para danza de los chayacates de Ixtlahuacan, Colima. Museo Universitario de Arte Popular María Teresa Pomar.

Águila. Tule tejido. Adquirido por Roberto Montenegro. Colección INBA-CNCRPAM.

Por ejemplo, los tules y las hojas de palma se secaban al sol antes de tejerse. Las cañas tenían que remojarse y quebrarse, lo primero con objeto de hacerlas flexibles y lo segundo para obtener tiras que pudieran tejerse, lo cual aún se sigue haciendo.

Sobre las formas, Sahagún da cuenta de cuatro tipos: los chiquihuites, cestos tejidos con cañas de diferentes formas, "como escritorios con divisiones" o cilíndricos; las petacas o *petlacalis*, cestos cúbicos o prísmico-rectangulares con tapas hechas de cañas; los petates o esteras de los cuales menciona que hay "largos y anchos y otros cuadrados y largos y angostos". Estas formas, tal vez, se adecuaban, como hoy, a su uso: para dormir, para arrodillarse frente al metate o para sentarse, como se usan actualmente. También menciona a los *otlatompiati* o tenates, a los que compara con las espuertas españolas.

Tradicionalmente, la zona mixteca ha sido una región tejedora de palma. El Códice Sierra, que es en realidad un libro de contabilidad en el que se asientan los gastos de la comunidad de Santa Catalina Tezupán, en lo que fue el distrito de Teposcolula, durante los años de 1550 a 1564, se registra el uso de ciertos artículos de cestería de tradición indígena. Del documento se conservan 31 páginas, que se dividen por renglones en los que se especifican los gastos, y éstos, a su vez, se dividen en tres columnas: en la primera el texto está escrito en ideogramas; en la segunda hay notas redactadas en náhuatl, y en la tercera se asientan algunas cifras.

En las páginas 5, 11, 25, 34 y 44 de este documento, se consigna la compra de diversos objetos de cestería y jarciería, como petates, mecates, soyates, mecapales y tenates. En algunos casos se aclara que se trata de objetos destinados a ser empaques para llevar la seda a vender a México. Con los petates se envolvía el cargamento para formar fardos o cargas que se colocaban en las angaritas, las cuales se ataban a un mecapal para que los tamemes las pudieran cargar sobre sus espaldas. En otros casos, los petates se compraban para la iglesia; quizá éstos se disponían sobre el piso para que los feligreses se sentaran. Resulta interesante comparar los precios y las descripciones de algunos de los petates registrados en las páginas 11 y 34 de este documento. En la primera se menciona un petate que costó tres pesos, y en la segunda se compran 80 petates labrados de colores por 20 pesos; es decir, cuatro piezas por un peso. Es posible que el petate de la página 11 sea como los que menciona Manuel Toussaint en su libro *Arte colonial en México* que, según él, tenían un trabajo y un diseño tan finos que podían compararse con los de los tapices europeos. ⁂

Un género pictórico muy útil para estudiar la cestería es el de los cuadros de castas, que ilustran las mezclas étnicas de la Nueva España. En ellos, además de los aspectos raciales, se representaron los oficios, la vestimenta y la vivienda de los distintos habitantes del México virreinal. En esos hogares no podían faltar los objetos de cestería, entre los que se distinguían varias formas, como tenates, petates y sopladores indígenas, además de sombreros, charolitas y canastas con asa española. Otro dato interesante que aportan estas series aparece en la representación que, normalmente, se hacía de los indios gentiles: la mujer llevaba a sus espaldas un niño dentro de una cuna tejida, semejante a las que se usan actualmente en la sierra norte de Puebla. ⁂

Otra pintura que registra el uso de estos objetos es *El puesto en el mercado del parián*, óleo anónimo de excelente factura que se realizó a finales del siglo XVIII. El cuadro nos muestra un alegre, activo y bien surtido puesto de comestibles, atendido por dos marchantes indígenas, que enseñan un fardo a dos clientes españoles, mientras unos niños criollos señalan los dulces, las frutas y las golosinas que ahí exponen. Entre las mercaderías hay pilas de tenates, pero también hay petates para decorar las estanterías o para poner mercancías sobre ellos, o huacales, todos de tradición indígena. También aparecen objetos de tradición española, como las charolitas sobre las que se exhiben los "frutos de la tierra". ⁂

Estas pinturas de finales del siglo XVIII dan cuenta de la asimilación plena de las dos tradiciones cesteras y de su utilidad en la sociedad novohispana, fruto del mestizaje. Antes de pasar al siglo XIX, es necesario comentar cómo los *petlacalis* o petacas, objetos de raíz netamente indígena, se transformaron en objetos mestizos como las petacas, que son las antiguas cestas cúbicas forradas por dentro con terciopelo y por fuera con cuero bordado de pita, y adornadas con herrajes y cerraduras que, por su ligereza, se hicieron muy populares entre los viajeros. ⁂

Corita seri con el escudo de España. Norte de México, fines del siglo XVIII. Tejida con la técnica del enrollado. Museo Franz Mayer.

Cestería en el arte del siglo XIX

La pintura y la gráfica son casi las únicas fuentes que tenemos para estudiar la cestería del siglo XIX, ya que de este periodo tampoco quedan muestras. Por fortuna, a lo largo de esta centuria, muchos artistas estuvieron interesados en plasmar las costumbres y la vida cotidiana de nuestro país. El

Diego Rivera
1941

Página anterior:
Diego Rivera.
Vendedor de petates, s./f.
Carbón y acuarela.
38 x 27 cm.
Banco de México. Fideicomiso para los museos Diego Rivera y Frida Kahlo.

Personajes miniatura.
Oaxaca.
Palma teñida y tejida.

viajero Édouard Pingret (1788-1875), por ejemplo, pintó cocinas e interiores de casas humildes; en las primeras hay carolinas, canastas de mandado, aventadores, tenates y chiquihuites, y en la segunda petates y canastas de mandado. Casimiro Castro (1826-1886), en su serie *Trajes de México de 1855 a 1856* muestra, en las escenas de mercado, a las marchantas que despachan bajo sus parasoles de petate y con sus mercancías dentro de chiquihuites y charolitas, mientras los compradores depositan sus compras en canastas de asa y tenates. En la litografía que reproduce la calle de Roldán, este artista plasmó un bullicioso mercado donde se acarrea la mercancía en pizcadores cónicos, típicos del centro de México, y en huacales sujetos con un mecapal sobre las espaldas de los cargadores; hay también quien lleva pan o vegetales dentro de charolitas que se colocan sobre la cabeza y marchantas que venden, desde sus chalupas, las hortalizas y flores que traen de Xochimilco, dentro de tenates de tule o de palma. José Agustín Arrieta (1803-1874) fue el pintor que reprodujo cestos con más detalle. Su observación fue tan aguda que podemos distinguir entre las canastas de varita y las de carrizo, las primeras con un borde rematado con holanes y las últimas con el remate terminado con tejido de trenzas o con tejido simple; también plasmó tenates de borde simple o doble; charolitas de carrizo; sopladores y sombreros de palma. Gracias a estos lienzos, podemos conocer las características formales de las cestas del centro del país vigentes en la época, y podemos inferir su técnica de tejido por analogía con las cestas actuales. ⁂

El capote es una prenda para la que no tenemos referencias prehispánicas o virreinales, pero es muy común encontrar de él referencias plásticas del siglo XIX. Eran capas que se usaban como impermeables. Tenían largas tiras de palma colgadas por un lado, que se exponían a la lluvia y por las que resbalaban las gotas de agua. ⁂

El Dr. Atl y la cestería

El siglo XX, en México, fue un periodo de numerosas transformaciones a las cuales las artesanías y la cestería no se han

podido sustraer. La Revolución mexicana fue uno de los periodos generadores de cambio más importantes de nuestro país, que afectó tanto la vida social como la cultural. Un proceso importante en estos cambios fue la valoración de lo autóctono.

Fue así como en 1921, con motivo de los festejos del centenario de la consumación de la Independencia, se organizó una exposición que mostraba al público en general la riqueza artesanal del país. La encabezaban Roberto Montenegro (1887-1968) y Jorge Enciso (1883-1969). El catálogo de la muestra estuvo a cargo de Gerardo Murillo, mejor conocido como Dr. Atl (1875-1964), quien dedicó a la cestería el capítulo XVI. Éste, aunque breve, nos da una idea muy clara de las formas y usos de la cestería durante los últimos años del siglo XIX y las primeras dos décadas del XX.

Murillo afirma que los objetos de cestería más importantes son los petates; apunta también que los tenates de tule o palma son artículos de primera necesidad, ya que para ese entonces seguían siendo la "cama nacional por excelencia", además del empaque más común y barato para muchas mercancías. También menciona que, con la misma técnica, se tejían tenates y "pasillos", que eran esteras muy largas "que se extienden en las habitaciones para evitar que el ladrillo se raspe o que la pintura del piso se deteriore".

De la misma forma, menciona los petates y los tenates finos de palma teñida en "rojo, azul, amarillo y violeta", de diseños geométricos, muy típicos, que proceden de Puebla y Oaxaca, como los que se mencionan en el Códice Sierra, hechos en la misma región, cuya tradición continúa hasta nuestros días en comunidades como Santa Cruz,

Orquesta miniatura. Oaxaca. Palma teñida y tejida.

Página siguiente: Antioco Cruces y Luis Campa. Vendedores de cestos, ca. *1865. De la serie* Tipos mexicanos. *Fototeca Antica-Jorge Carretero Madrid.*

Página anterior: Atlixcáyotl. Atlixco, Puebla, 2002. Fotografía: Jorge Pablo Aguinaco.

Sombrero. Palma tejida.

Puebla, o en los pueblos de la Mixteca baja y en San Luis Amatlán, en Oaxaca, lo que coincide también con lo que más tarde diría Manuel Toussaint respecto a la cestería de la región.

Sobre la producción con otate, carrizo y mimbre, menciona sólo los canastos, que posiblemente sean las canastas de mandado con asa, y nombra a los estados de Puebla, México, Guanajuato, Michoacán y Jalisco como los productores más importantes. Además, hace mención de las miniaturas de Silao e Irapuato, Guanajuato y de los costureros de Santa María del Río en San Luis Potosí.

De la manufactura de sombreros menciona sólo los tejidos con palma y los divide en dos: el sombrero de petate y el sombrero de charro. Este autor es el primero que hace alusión al trabajo de cestería realizado por los presos de las cárceles municipales, actividad fomentada por el Ministerio de Industria y Comercio, que debió iniciarse al término de la Revolución (esta costumbre continúa hasta nuestros días). Por otro lado, el autor alaba la habilidad de los presos y califica los trabajos de los reclusos de Guadalajara e Iguala como los mejores.

Es evidente que Murillo no tuvo noticia de la excelente cestería del norte del país, ya que, de haberla tenido, le habría dedicado algunas líneas. A partir de la década de 1920, la producción de artesanías en general se volvió más dinámica, ya que, además de la exposición, hubo varios factores como el turismo estadounidense y las políticas culturales que fomentaron su producción y consumo; así, la cestería diversificó su producción en dos clases: una de uso rural, que conserva las formas tradicionales de las que hemos hablado, para las labores agrícolas, como los pizcadores, y otra más fina y acabada, con formas nuevas hechas para la creciente demanda turística y urbana, como los "pescanovios". Estas dos vertientes, como veremos, corrieron paralelas a lo largo de todo el siglo XX.

Geografía de las plantas tejidas

La cestería, al depender de la vegetación, ha permanecido generalmente como un oficio rural, ya que es en el campo donde los artesanos recolectan o cultivan las plantas que les son útiles. Casi siempre, los cesteros son campesinos que dedican al tejido el tiempo que les dejan libre las labores agrícolas, para complementar su precaria economía. Así, la cestería, como otras artesanías campiranas, es un trabajo familiar transmitido de padres a hijos y en el que cada miembro de la familia tiene una faena asignada, como recoger la materia prima, secarla, prepararla, tejerla y venderla. Desde hace algunos años, además del aprendizaje en el seno familiar, los artesanos aprenden a tejer en los grupos que organizan las cooperativas de cada pueblo. ⁘

En México hay poblaciones enteras que se dedican a tejer cestos para satisfacer tanto la demanda local como la de los pueblos aledaños, pero es muy común que, en cada comunidad rural que se dedique a cualquier otra artesanía, haya un cestero que haga, por encargo de sus vecinos, algún cesto sencillo para el trabajo del campo. ⁘

Debido a la diferencia de vegetación en cada zona del país, las formas y técnicas toman un estilo local; de esta manera podemos hablar de cinco zonas: el norte, el centro, las mixtecas y Oaxaca, el Golfo y el sureste. Esta división se hace sólo con el fin de describir con mayor facilidad los diferentes tipos de centros y no está sujeta a regiones climáticas o culturales. ⁘

Sombrero. Zacán, Michoacán. Palma trenzada y cosida.

Página siguiente: sombrero. Palma cosida en espiral. Fotografía: Jorge Vértiz.

El norte

En esta región están comprendidos los estados de Baja California Norte, Baja California Sur, Sonora, Chihuahua, Coahuila, Nuevo León, Tamaulipas, Sinaloa, Nayarit, Durango y Zacatecas. La tradición cestera de la región destaca desde la época prehispánica por su gran calidad estética y funcional. ⁘

Los seris de Sonora tienen una de las mejores tradiciones de cestería de la zona. Las cestas o coritas, como ellos las llaman, se tejen con la rama de un arbusto llamado torote, que crece en el desierto. La técnica que usan es la de cosido en espiral y su tejido es tan cerrado y firme que logra contener el agua. Tradicionalmente, esta actividad era labor de mujeres, pero actualmente la demanda del mercado turístico ha obligado también los hombres a tejer estas piezas. Además de las formas tradicionales, como cunas o contenedores de agua, han dado paso a formas más comerciales, como cestas poco profundas con gran cantidad de motivos decorativos. Para los antiguos seris y los ancianos actuales, como lo describen Felger y Moser en su libro *People from the Desert and Sea*, la cestería está rodeada de mitos que forman parte de su religión y cultura. Por ejemplo, existe la versión de que las cestas tienen poderes mágicos y que, cuando se dejan de usar, sólo deben abandonarse, nunca destruirse. También se cree que la mujer, al ir tejiendo, va dejando su alma en ellas. Por eso, al terminarlas, se hace una ceremonia para que la tejedora recupere lo perdido. También, en el estado de Sonora, los pimes tejen petates y sombreros de palma, además de unas cestas cosidas en espiral y de muy buena calidad. ⁘

Muestra de fibra para cestería. Fotografía: Patricia Lagarde.

En Baja California los cochimíes y los pai-pai tejen palma y hojas de cedro y varas de sauce, con la técnica de cosido en espiral para hacer cestos. La cestería de los tarahumaras es una de las artesanías más bellas del estado de Chihuahua. En su elaboración se usan la palma, el carrizo y las hojas de pino. Con estas últimas tejen unas cestitas, muy parecidas a los tenates, que conservan el olor a pino por mucho tiempo, y otras de paredes dobles, útiles para contener agua, que llaman guares. Los huicholes de Durango, Nayarit y Jalisco hacen sombreros y cajitas de palma parecidas a un tenate prismático-rectangular, con una tapa para guardar las flechas. ⁂
Es importante mencionar el trabajo de cordelería (en todas sus formas) de lechuguilla que se hace en toda la región. ⁂

El centro

La zona centro está formada por los estados de Jalisco, Michoacán, Guanajuato, Aguascalientes, San Luis Potosí, Querétaro, Hidalgo, México y Morelos. La cestería de esta región responde a una tradición más bien criolla, aunque no dejan de producirse objetos de raigambre indígena. Los sombreros de charro se producen en varias comunidades de Jalisco y Michoacán, además de en

Cocodrilos. Ihuatzio, Michoacán. Chuspata tejida.

San Francisco del Rincón, Manuel Doblado y Tierra Blanca, Guanajuato.

El tejido de carrizo está muy extendido en toda la región. Entre otros lugares, se trabaja en diferentes pueblos de los estados de México, Morelos e Hidalgo; en Michoacán se tejen chiquihuites, pizcadores, canastas de asa, charolitas paneras, táscales y miniaturas, en pueblos como Ichupio y Queréndaro y, por supuesto, en Guanajuato, donde los productores de fresa de Irapuato son los mejores clientes. En esta ciudad y en Silao continúa la tradición de tejer miniaturas y juguetes.

El tule se teje en todas las zonas húmedas, como las orillas del lago de Chapala. Especialmente en el pueblo de Santa Ana Acatlán se hacen petates, pasillos y figurillas, al igual que en Lerma y Tultepec, en el Estado de México, y en los poblados circundantes del lago de Pátzcuaro, como Ihuatzio, San Pedro Cucuchucho, Jarácuaro y Espíritu Santo. La chuspata es otra planta acuática que crece a la orilla del lago de Pátzcuaro. Tiene una forma muy parecida a la del tule, pero sus hojas son planas.

Con ellas se tejen cestos de muchas formas y tamaños, así como sombreros para el mercado turístico. La palma se teje desde Matehuala, San Luis Potosí, hasta Morelos, donde se elaboran petates, sopladores y tenates, pasando por la tierra caliente de Michoacán, que es productora de palma y de buenos tejedores que fabrican sombreros trenzados, tenates, sopladores, escobitas y capotes, y por Santa Ana Tepaltitlán, Estado de México, donde los artesanos tiñen la palma de alegres colores y la tejen con la técnica de cosido en espiral. Antiguamente se hacía un trabajo muy fino cuya decoración consistía en figuras zoomorfas, fitomorfas y antropomorfas muy variadas, en canastas de asa, ovaladas o cilíndricas; charolitas y platos o cestas esféricas.

Actualmente sólo quedan algunos artesanos que trabajan así, la gente más joven hace un tejido más grueso y realiza decoraciones geométricas. Las hojas de palma, tejidas para el Domingo de Ramos, son tradicionales en esta región y en todo el país.

El tejido con mimbre y vara de sauce está muy arraigado en esta zona. Con estos materiales se tejen sombreros, canastas de asa para el mandado con la orilla decorada y cunas para bebé, pero los artesanos han creado toda una gama de formas nuevas, que van desde las cunas para gatos, hasta los angelitos miniatura para los bautizos o primeras comuniones. Las comunidades tejedoras son Acámbaro, Guanajuato; Uripitío, Michoacán; San Juan del Río y Tequisquiapan, Querétaro, así como Tenancingo, Estado de México.

Sombreros. Palma tejida. Atlixcáyotl. Atlixco, Puebla, 2002. Fotografías: Jorge Pablo Aguinaco.

En el estado de Michoacán se teje el popote de trigo y se hacen con él corazones para las cocinas, que son una especie de ofrenda para que nunca falte el sustento en casa; figuritas planas que representan al sol y la luna, nacimientos y pasajes evangélicos (algunas veces también pueden hacerse con tule). Finalmente, en Zacán quedan algunos ancianos que tejen con popotes de trigo excelentes sombreros trenzados, que cosen a mano con hilo de pita. Éstos son impermeables y se usaban antiguamente en el trabajo agrícola. La cucharilla es otra planta que todavía tejen algunos ancianos en Uripitío y sus inmediaciones; con ella se hacen petates y sopladores. ⁂

Las mixtecas y Oaxaca

Antes de hablar de las mixtecas es necesario mencionar algunas regiones que si bien no están comprendidas en este territorio forman parte de los estados de Puebla y Guerrero, como la sierra norte de Puebla. Ahí, los otomíes y los nahuas tejen cunas y bolsas con corteza de jonote. Las primeras nos recuerdan las cestas que aparecen en la representación de los indios gentiles de los cuadros de castas, por lo que podemos decir que son continuadoras de una tradición milenaria. En Guerrero se tejen cestos decorados con motivos zoomorfos y geométricos, con palma teñida de colores. ⁂

Puebla, Guerrero y Oaxaca comparten la zona de la Mixteca que, como hemos visto, por tradición es tejedora de palma. Este territorio hoy día es una de las regiones más pobres del país; sus tierras están muy erosionadas y son casi inútiles para la agricultura. Por otro lado, la palma que fue tan abundante en la región ha desaparecido casi por completo y cada vez debe traerse de más lejos, lo que encarece las piezas. Aun así, el tejido de esta fibra es, para muchos, la única fuente de ingresos. Con ella se tejen petates, soyates, aventadores, tenates y, sobre todo, sombreros. Por desgracia, los viejos diseños de grecas se están perdiendo y, en la mayor parte de los casos, sólo se tejen objetos muy burdos. Es tal la necesidad de la gente, que se les ve tejiendo en cualquier parte: la iglesia, los centros

de reuniones comunitarias e incluso mientras caminan cuidando los rebaños. ⁘

Vale la pena destacar el trabajo de algunas comunidades poblanas, como Santa Cruz, donde todavía tejen petates finos con decoraciones geométricas que quizá sean los descendientes de los que habla Toussaint, o Santa María Chigmecatitlán, donde se tejen miniaturas que van desde personajes, tipos populares, músicos y cirqueros, hasta nacimientos completos. ⁘

Para darnos una idea de la riqueza de la cestería oaxaqueña, hemos tomado un párrafo del libro *Oaxaca y Taxco* de Manuel Toussaint: "Junto a los puestos de loza están los de cestos y canastas. Las más finas tienen su tapa; están hechas de otate y carrizo para resistir golpes, para perdurar en el descuidado traer de criadas y cargadores, o en viajes largos hasta Puebla o hasta México, llenas de esa misma loza tan frágil. Aquí mismo hay petates, esteras finísimas de palma que dobladas hacen un bulto y extendidas tienen tres y cuatro metros, escobas y abanicos de palma, cintas anchas, trenzadas de palma, sombreros de palma". ⁘

Las cestas de otate y carrizo se hacen en varias regiones del estado, como en los valles centrales, en el valle de Miahuatlán, la Mixteca y el mismo Tehuantepec y, como él mismo dice, los pizcadores sirven para transportar todo tipo de mercancías. Hasta hace poco, estos cestos se usaban en diferentes tamaños para medir en los mercados, igual que las canastas de asa, de las que hay rústicas y decoradas con cadenitas y canastitas en miniatura. Los petates se tejen, además de en la Mixteca, en el valle de Miahuatlán, en algunos pueblos de los valles centrales y en el Istmo de Tehuantepec. Los más finos pueden venir de la Mixteca o de San Luis Amatlán, donde también se tejen tenates, decorados con diseños geométricos que reproducen las grecas mixtecas; finalmente, los sombreros se tejen, como ya hemos dicho, en la Mixteca. ⁘

Desde mediados de la década de 1980, las formas de la cestería oaxaqueña y, especialmente la de los valles centrales, han asimilado

Página anterior: tenate (detalle). San Luis Amatlán, Oaxaca. Palma natural y teñida. Tejida con variantes.

Alacrán. Ihuatzio, Michoacán. Chuspata tejida.

tipologías orientales; esto se debe, en primer lugar, a un artesano emprendedor, Amador Martínez, que fue enviado a China para capacitarse en el tejido de cestería de bambú. Cuando regresó a su pueblo enseñó a otros artesanos lo que había aprendido. Por otro lado, a los reclusos de las cárceles municipales de Tlacolula y Ocotlán, que se mantienen de tejer cestos, se les proporcionaron algunas canastas asiáticas para que las copiaran e incrementaran sus ventas. Poco a poco, las nuevas formas se han popularizado entre los tejedores de carrizo de todos los valles, ya que gozan de una gran aceptación en el mercado.

El Golfo y el sureste

La zona del Golfo está conformada por el estado de Veracruz. Ahí lo que más se usa es la palma y con ella se tejen petates en Tantoyuca y Santiago Tuxtla y abanicos en Papantla. El sureste comprende los estados de Chiapas, Tabasco, Campeche, Yucatán y Quintana Roo. En el estado de Chiapas es muy común el uso de la palma para tejer cestería, además de las fibras de ixtle con las que los lacandones tejen bolsas y redes. En Tabasco se tejen cestos, petates, aventadores y abanicos de palma. En Campeche y parte de Yucatán se tejen sombreros muy finos con una especie de palma, conocida localmente como jipi-japa. El trabajo aún se realiza en el interior de las cuevas, a fin de que las fibras conserven la humedad y sean flexibles mientras se tejen, como en Ticul, Yucatán y Becal, Campeche. En toda la península se elaboran cestos de palma o huano, teñidos de colores, con la técnica de cosido en espiral. Por lo general estas cestas son hechas por mujeres, y una de las comunidades más importantes es Halachó. El henequén, de uso generalizado en todo el estado de Yucatán, sirve para hacer cordelería, redes y unas bolsas llamadas pajo, en las que, por tradición, se llevan las semillas al campo. Este trabajo es totalmente masculino. Por último, en el oriente de Yucatán se teje el bejuco.

Para concluir, debemos hacer referencia a una técnica de construcción indígena íntimamente relacionada con la cestería: el bajareque, típica de varias zonas del país y que tiene sus mejores exponentes en Oaxaca, Guerrero, las huastecas y en la península de Yucatán. Según Víctor José Moya, "este procedimiento consiste en hincar una hilera de horcones en el suelo con una separación de 50 centímetros a un metro; entre estos postes se coloca un entramado de varas entretejidas, que después se cubren con barro para hacer las paredes".

Con esta técnica se construyen los cuezcomates o graneros para maíz en forma de olla, muy comunes en Morelos, Guerrero, Puebla y Tlaxcala.

Presencia eterna

A lo largo de esta breve semblanza hemos visto cómo las formas tradicionales de la cestería se han conservado gracias a su utilidad y a su vinculación con sociedades rurales; por su parte, han surgido formas nuevas para el caprichoso mercado turístico. No obstante, las materias primas con las que están hechos estos objetos, es decir, nuestros recursos vegetales, están en peligro debido al uso desmedido que se les ha dado y a los deterioros ecológicos que han sufrido las diferentes regiones en las que crecen. De este modo, cada vez es más difícil conseguir palma en la Mixteca; mimbre, varita y raíz de sabino en Querétaro y bejuco en Yucatán.

La cestería de nuestro país sigue ahí, como hace mucho tiempo, siendo indispensable para tantas cosas, pero, ¿cuándo apreciaremos su riqueza y el trabajo de sus creadores, que viven una precaria existencia? Si acaso alguien alberga alguna duda sobre la importancia que ha tenido la cestería en la vida cotidiana de México, vale la pena recordar algunos dichos o modismos populares que han surgido de nuestro cotidiano convivir con ellos: "petatear" es un verbo derivado del petate (*petatl* en náhuatl) que significa morir; es decir, no levantarse más de donde se durmió. Recordemos que, desde la época prehispánica, en muchas comunidades indígenas, además de dormir sobre ellos, se entierra a los muertos en petates. "Tompetear" equivale a irse de compras, pues en el tenate es en donde tradicionalmente la mujer guarda sus compras del mercado. "Chiquihuetear" es tomarle el pelo a alguien. "Chiquihuite" es el costillar del pollo y, por analogía, el "chiquihuetero" es aquel que gusta de manosear a las mujeres. Finalmente, hacerse "chiquihuite" es sentirse menos.

Petate enrollado. Tule natural y teñido tejido.

Página siguiente: tenates. San Luis Amatlán, Oaxaca. Palma natural y teñida. Tejida con variantes.

HOJALATA

NATURALEZA HUMILDE Y EFÍMERA

Gloria Fraser Giffords

LOS MÚLTIPLES USOS DE LA HOJALATA SE DEBEN A LA COMBINACIÓN de ciertas ventajas: su ligereza, resistencia y bajo costo. Este último factor, así como la facilidad para plegar, ondular, cortar y soldar las láminas en formas intrincadas explica su popularidad entre los trabajadores itinerantes y en los pequeños talleres.

El equipo necesario para la hojalatería se reduce básicamente a un yunque o cualquier otra superficie dura, un mazo, un martillo, tijeras para metal, plomo y hierro para soldar, pinzas para plegar, y unas cuantas herramientas manuales para ondular, marcar, perforar o decorar las piezas, como punzones y cinceles. El proceso se refina en un torno o con diseños ahuecados o en relieve sobre los cuales se martilla o aplana la hojalata para crear repujados o bajorrelieves. Al agrupar y soldar elementos cortados y formados previamente se crean formas y diseños de mayor fortaleza que los que simplemente son cortados y plegados.

La naturaleza utilitaria de muchos artículos de hojalata es una de las causas de nuestra ignorancia respecto de ella: los objetos baratos para uso doméstico no suelen llamar la atención de los curadores de arte ni de los comerciantes de antigüedades, menos aún si se trata de objetos tan mundanos como tazas abolladas o ratoneras. Incluso los artículos menos ordinarios, como nichos, candelabros y lámparas (muchas veces ingeniosamente fabricados) son opacados por objetos hechos de oro o plata.

Debido a que la hojalata era barata y fácil de reemplazar si sufría daños o perdía su brillo, los artículos de ese material tenían una naturaleza casi efímera. Por otra parte, la novedad y la calidad superior de nuevos productos favorecieron que otros pasaran de moda y se hicieran obsoletos; así, muchos recipientes de hojalata usados a principios del siglo XX fueron desplazados por los hechos de esmalte o de granito, más atractivos, modernos y fáciles de lavar.

Páginas 336 y 337: cruz. Nuevo México, 1910. Hojalata pintada y peinada de Mesilla. 52.1 x 37.5 cm. Colección Ford Ruthling, Santa Fe, Nuevo México.

Página siguiente: Jorge Wilmot y Jesús Peña. Sin título. Tonalá, Jalisco, 1976. Hojalata repujada y grabada. Museo Regional de Guadalajara, INAH.

Página anterior: marco con litografía del santo Niño de Atocha, ca. *1875. Hojalata pintada y repujada. Colección particular.*

Del culto doméstico al uso en la fe

Las casas del siglo XIX y de principios del XX estaban llenas de objetos de hojalata: candelabros, moldes, lámparas, marcos, cajas y botes para guardar comida, tabaco o cosméticos; cucharas y cucharones, platos, tazas, cedazos y coladeras, cajas de cerillos, charolas, teteras, jarros, palas, cafeteras, batidores de huevos, ralladores, cortadores de galletas, cacerolas, cazos para hervir ropa, rosticeros, botes para manteca, ratoneras, cubetas, bacinicas y tinas. Como la hojalata podía decorarse con litografías, se hicieron latas y cajas para galletas y aceite, juguetes, artículos para el Día de Muertos, silbatos, panderos, cascabeles y las coloridas matracas que se venden en Semana Santa. ⁂

En talleres, ranchos y tiendas se hallaban, además, latas para carbón o aceite, unidades de medida en forma de recogedores o tazas, embudos, plantillas, botes de leche y otros recipientes para usos específicos. También se producían tubos, canalones y gárgolas. ⁂

La hojalata también se usaba para fabricar artículos de uso eclesiástico como candelabros, faroles procesionales, ornamentos para los altares (ramilletes y atriles para misales), coronas para los santos, alas para los ángeles, dagas para el corazón de La Dolorosa, así como otros accesorios para figuras religiosas. Los inventarios de misiones y conventos de los siglos XVIII y XIX enumeran diversos objetos de hojalata: cajas para guardar hostias, agua bendita y santos óleos; lámparas, candelabros, palmatorias, candiles, platos y marcos. Con hojalata también se hacían cruces procesionales "como las que el rey mandó regalar a ciertas misiones de la provincia de Nuevo México, según un registro de 1776" que, por su costo relativamente bajo, parecen haber sido una elección sensata para las misiones más pobres. Aunque la superficie brillante de la hojalata no es permanente, su apariencia es muy similar a la de la plata, lo cual explica en buena medida su atractivo. Si consideramos que éstos y otros objetos decorativos estaban destinados a ocupar lugares importantes en los hogares e iglesias, resulta muy probable que la hojalata fuera considerada como "la plata de los pobres". ⁂

Dos son los usos más conocidos y apreciados de la hojalata, desde mediados hasta fines del siglo XIX: como superficie para pequeñas pinturas populares de santos (láminas) y como base de los testimonios de agradecimiento (exvotos). También se usó para la construcción de marcos y nichos para estas pinturas y para esculturas religiosas. Por su capacidad para absorber bien el óleo, la hojalata resultaba idónea para la producción de láminas. No se sabe con certeza, sin embargo, si la presencia de este material dio origen a la inmensa profusión de láminas en el siglo XIX, o si la imaginería religiosa popular reflejada en ellas fue una manifestación de muchos otros factores, como el afán estético y la novedad, además de cambios políticos, económicos y religiosos para los que la hojalata resultó conveniente. Lo que sí puede asegurarse es que, al compararlas con sus equivalentes del siglo XVIII pintadas sobre cobre, estas últimas muestran una técnica superior, como el uso del claroscuro, la corrección anatómica, la atención excepcional al detalle, la comprensión del equilibrio y la composición y barnices sofisticados. En contraste, las pinturas populares en hojalata estaban mucho menos influidas por la academia; con frecuencia entran en la categoría de lo primitivo o *naïf*. ⁂

La exquisita calidad estética de las pinturas de santos hechas en cobre durante el siglo XVIII pudo haber sido desplazada por el trabajo en hojalata, más vigoroso, espontáneo, notablemente más barato y realizado con mucha mayor velocidad. Sin embargo, hay ciertos retratos sobre hojalata del siglo XIX que, en su afán de lograr un parecido reconocible, resultan más trabajados y detallados. Esta creación abarca todo el siglo XIX y el principio del XX. Los ejemplos más extraordinarios son, sin duda, los creados por el pintor guanajuatense Hermenegildo Bustos, aunque trabajos de artistas anteriores, muchos de ellos anónimos, también son dignos de elogio. Si se consideran la abundancia y las cualidades del material, es muy probable que los escudos de monjas y los relicarios también estuvieran pintados sobre hojalata. ⁂

El declive de la pintura en cobre no puede explicarse sólo por la gran disponibilidad de la hojalata. Es más probable que la primera estuviera pasando de moda cuando la hojalata empezó a aparecer en México. Las bellas artes del siglo XIX, dominadas por la academia neoclásica de San Carlos, privilegiaban a las grandes pinturas sobre lienzos por encima de los pequeños y oscuros bastidores de cobre. Aunque se realizaron pinturas populares de tipo religioso sobre lienzos pequeños, el insignificante número de ellas que ha llegado hasta nosotros (debido, tal vez, a su naturaleza menos duradera) no nos permite hacer una comparación justa con sus equivalentes en hojalata. Los pintores de láminas hicieron suya la técnica de la hojalata pintada y produjeron coloridas pinturas de temas religiosos populares y de dramáticos momentos milagrosos, accesibles a casi todos los bolsillos. ⁂

Las marcas de soldadura que con frecuencia son visibles al reverso de las láminas o retablos santos indican que un marco o caja en forma de nicho lo sostenía y protegía originalmente. Es posible que

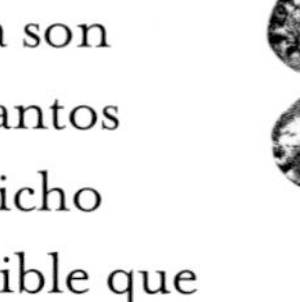

Marco con litografía del santo Niño de Atocha. Taller de hojalatería Mora, ca. 1890. Hojalata pintada y repujada. 67.3 x 64.8 cm. Colección Ford Ruthling, Santa Fe, Nuevo México.

Página siguiente: marco con página de catálogo religioso. Taller Río Arriba, Nuevo México, ca. 1890. Hojalata repujada. 27.9 cm de diámetro. Colección particular.

existiera una estrecha relación entre hojalateros y pintores; quizá una misma persona desempeñaba ambos oficios. Algo del trabajo más imaginativo de los hojalateros mexicanos se encuentra en esos marcos y nichos, que suelen ser muy ingeniosos. Muchas veces éstos reflejan estilos que pueden clasificarse vagamente como "federalistas" (pues, según Coulter y Dixon, presentan motivos derivados de los marcos del periodo del Imperio francés o de la Federación americana) o neoclásicos. Muchos muestran vigorosas formas arquitectónicas, como columnas empotradas o cruceríás cuadradas, redondas o en forma de abanico en las esquinas. Ventanas acanaladas, estampadas en relieve o grabadas, así como festones o frontones inspirados en motivos vegetales, coronan las piezas con pestañas u "orejas" agregadas a los lados. Ocasionalmente, se cortaban formas adicionales de hojalata que eran agregadas a la cima del frontón, marco o nicho; las había en forma de diamante, de corona con florones o incluso del patriótico adorno del emblema mexicano. ⁂ Hay tratamientos típicos como el repujado, rayado, estampado en relieve y moldeado de los lienzos verticales y horizontales. En algún momento cercano al final del siglo XIX, la lámina pintada fue desplazada por litografías, pero el marco de hojalata sobrevivió con alteraciones mínimas, si acaso, en sus formas y estilos. La calidad del trabajo oscila entre los objetos toscamente cortados y apenas soldados hasta otros muy bien logrados, que muestran proporciones satisfactorias y tienen un claro atractivo estético. ⁂

Doble vida de la hojalata

La posibilidad de que las latas de comida y aceite sirvieran como fuente de material para la producción de láminas y exvotos, así como de otros cientos de objetos hechos de hojalata, no puede dejar de tomarse en cuenta. En el libro *New Mexican Tinwork, 1840-1940,* Coulter y Dixon exponen, de manera admirable, el enorme impacto que tuvo la aparición de productos enlatados al proveer material para la creación de marcos, lámparas y otros utensilios domésticos en Nuevo México. Ofrecen como evidencia el irrefutable hecho de que muchos objetos aún muestran las etiquetas y marcas originales, grabadas o pintadas. Si bien el surgimiento de una fuente aún más barata de hojalata (latas desechadas) debió estimular a los hojalateros mexicanos —algunas láminas y exvotos del siglo XIX muestran vestigios de usos previos—, las uniones soldadas, las etiquetas y las marcas están ausentes en la abrumadora mayoría de láminas, exvotos, marcos y nichos, así como en otras piezas que aún sobreviven del trabajo decimonónico en hojalata.

Esto sugiere que el florecimiento de la industria de productos enlatados en Estados Unidos —estimulada por la necesidad de aprovisionamiento durante la Guerra Civil y más tarde por la migración hacia los vastos territorios del oeste— tuvo escaso efecto en México, especialmente en las áreas rurales. Sin duda se reciclaban las latas en el México decimonónico, pero todo parece sugerir que no en gran medida. Otro ejemplo de piezas de hojalata producidas claramente con propósitos distintos, y que no obstante acabaron sirviendo para enmarcar, puede verse en el frontón y las orejas del marco de la lámina mexicana del siglo XIX con la efigie de san Antonio de Padua.

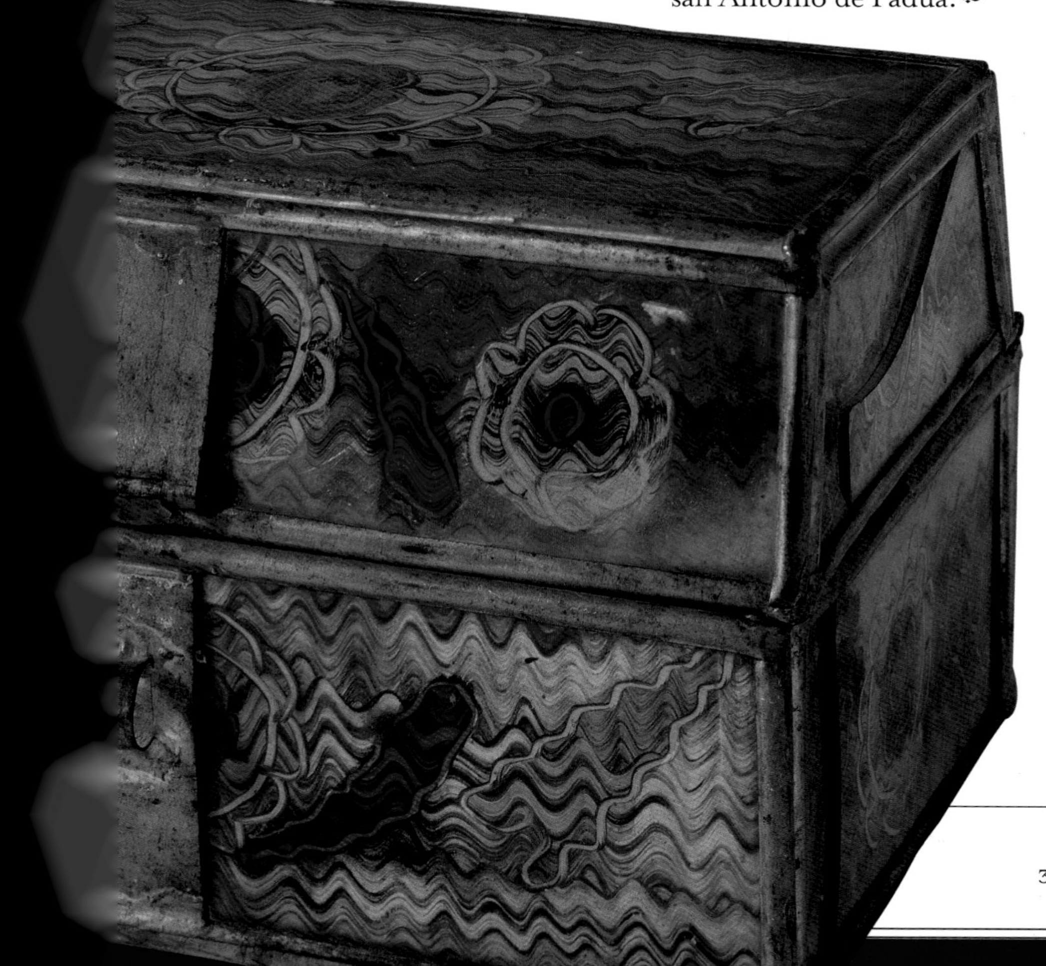

Página anterior: caja. Hojalata pintada y peinada con paneles de vidrio. Taller Río Arriba, Nuevo México, 1890. 11.4 x 20.3 x 14 cm. Colección particular.

Francisco Sandoval. Candelabro. Santa Fe, Nuevo México, ca. 1937. 21.6 x 30.5 cm. Colección particular.

Parecen estar hechos con una pieza previamente grabada en relieve, tal vez un bastidor para techar. El costo moderado del material y del equipo y la facilidad de su fabricación favorecieron el desarrollo de la pequeña industria local de hojalatería. Bien puede suponerse que en México los objetos de hojalata, los artículos de uso doméstico, los retablos de los santos y sus marcos fueron producidos y distribuidos de manera muy similar a sus equivalentes estadounidenses: en industrias caseras cuya producción era distribuida por mercaderes itinerantes o en ferias o mercados regionales. Las similitudes entre la vida rural de Estados Unidos y México en esa época permiten afirmar que en ambos países existían mercados aislados y poco sofisticados, cuyos clientes estaban ávidos de novedades que los deleitaran; además, en ambos lados abundaba el material y artesanos bien entrenados que eran capaces de transformarlo en atractivas mercancías.

La hojalata, como casi cualquier otro objeto visto en su contexto, permite al estudioso de la cultura material hallar un significado más rico y profundo que el de un simple medio para un fin: un material rígido, barato pero atractivo, que puede ser trabajado fácilmente para crear un gran número de objetos. Su aparición permite reflexionar, entre otras cosas, sobre la situación económica y mercantil del México de los siglos XVIII, XIX y XX; sobre el desarrollo de nuevos oficios, formas y objetos a partir del material, así como sobre su papel en la desaparición de otros oficios y materiales. Con la atención puesta en la estética, era inevitable que los hojalateros, al igual que muchos otros artesanos mexicanos, prosperaran gracias a su interés por recibir la influencia de las modas y tendencias dominantes, y que frecuentemente convirtieran el material más sencillo, barato, incluso reciclado, en artículos encantadores y artísticos. Sus técnicas, casi siempre refinadas, y sus diseños a veces intrincados desautorizan la opinión de que, por ser baratos y destinados a las masas, estaban mal hechos o terminados con premura. Los objetos que muchas veces reflejan un México rural o no industrializado tienen una integridad de material y manufactura que no existe en sus equivalentes contemporáneos hechos de plástico prensado o tensado, y nos obligan a reconocer la vitalidad e imaginación de los artesanos mexicanos.

Traducción de Adriana González Mateos.

CUATRO HOJALATEROS HABLAN

ENTREVISTAS A ARTURO SOSA, MARÍA LUISA VÁZQUEZ DE SOSA, RAMÓN FOSADO Y VÍCTOR HERNÁNDEZ LEYVA

Magali Tercero

OAXACA ES UN ESTADO CUYA HOJALATERÍA HA ALCANZADO NIVELES sobresalientes. Y es que los artesanos de esta región dejan parte de su vida en cada pieza. Como veremos en estos cuatro testimonios de artesanos oaxaqueños, sus diseños parten del mundo onírico y de la tradición. Y sus técnicas evolucionan por los caminos del comercio y del refinamiento estético. Por eso este oficio se ha convertido en una tradición vital, en cambio constante y con destinos insospechados, aunque seguramente sorprendentes.

Instrumentos para trabajar hojalata. Fotografía: Jorge Vértiz.

ARTURO SOSA

MAGALI TERCERO: ¿Cuáles crees que son las principales cualidades de un buen hojalatero?

ARTURO SOSA: Pues mire, lo primero que debe saber es dibujar, tener paciencia, y un poquito de imaginación. Yo siempre veo revistas; veo algo y lo dibujo. O algunas personas me traen una pieza y me dicen, "quiero que me haga eso, pero se lo dejo a su criterio".

En cada trabajo se va parte de mi vida, porque yo me entrego para hacer mi trabajo. A veces veo mis piezas y no creo que las haya hecho yo. He hecho muchas cosas, hice la batalla de Francia en bultito para un museo de Francia. También estoy haciendo un espejo para un museo de Estados Unidos. Representa un pueblo completo, sus costumbres, todo, todo.

M.T.: ¿Tiene alguna manera especial de concentrarse, de pensar en formas?

A.S.: Pues fíjese que me viene la idea en las noches, cuando estoy acostado. En la cabecera siempre tengo la hoja de papel con un lápiz. Sueño las cosas, luego despierto y las dibujo. Algunas salen bonitas, otras no le gustan a la gente, pero hago muchos diseños.

M.T.: ¿Tiene alguno predilecto?

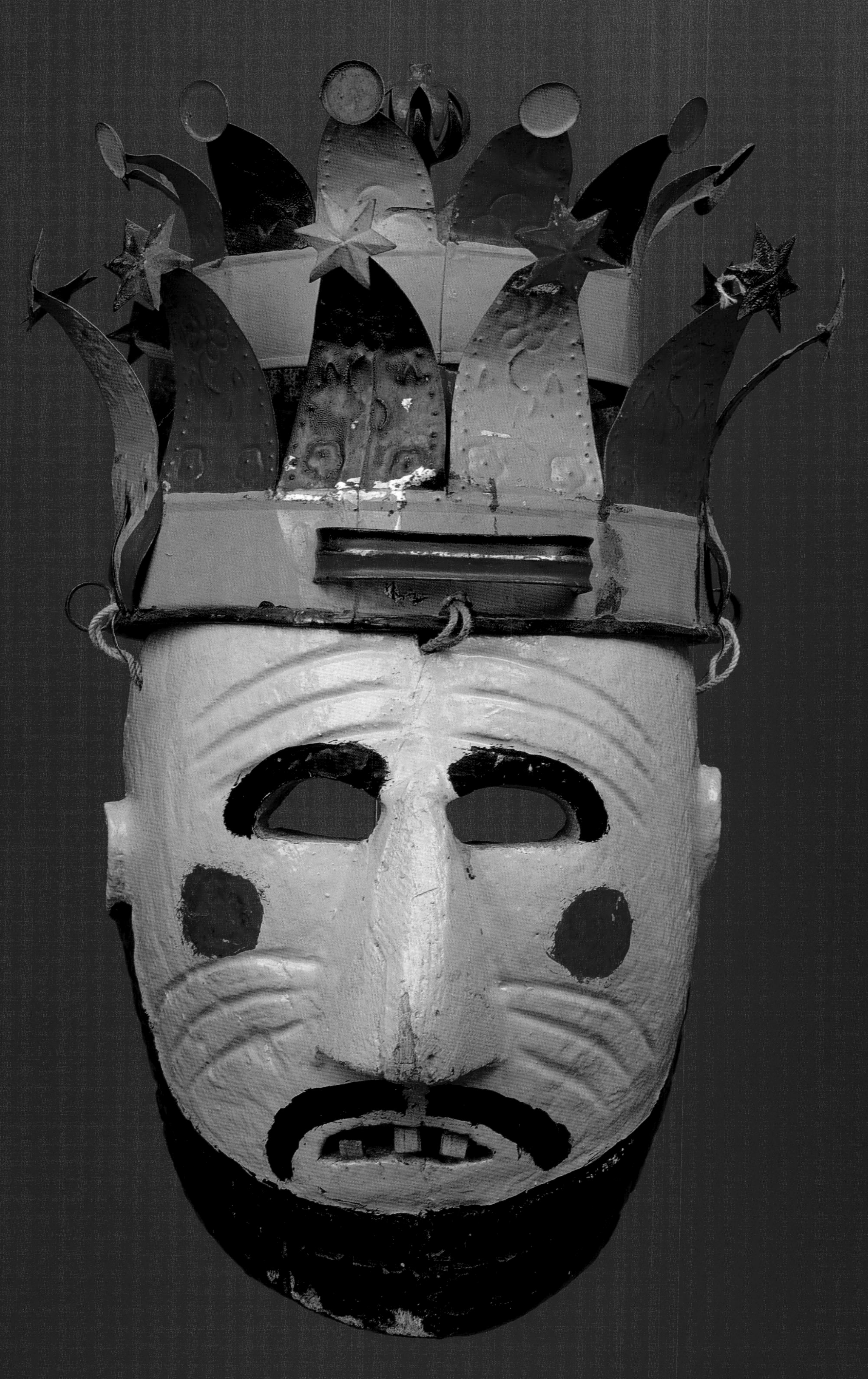

Danzante con corona de hojalata repujada y pintada que representa a un moro. Atlixcáyotl. Atlixco, Puebla, 2002. Fotografía: Jorge Pablo Aguinaco.

Página anterior: máscara de moro, ca. 1975. Madera tallada y pintada. Corona de hojalata repujada y pintada.

A.S.: El que me gusta más es el Sagrado Corazón. Tenía la idea de hacer un corazón grande, porque en México se hacen puros milagritos. Pero no sabía cómo. Una noche me acosté pensando en eso, hasta que se me reveló. Lo dibujé y después le puse los corazoncitos atrás y alrededor. Con la mano pasó lo mismo; yo creo que cuando se da sinceramente la mano se da el corazón.
M.T.: ¿Cómo empezó usted en este oficio?
A.S.: Empecé en la tienda de mi papá, a los cinco años, cortando lámina. No me gustaba la artesanía, pero con el tiempo, por necesidad, me inicié en el oficio. Yo hacía los nichitos y mi papá hacía las imágenes de la Soledad, de Juquila. Otro señor, Guillermo Espinoza, me enseñó más. Mi papá se llamaba Fidel Sosa, hacía garrafas, cántaros, nichos para la iglesia. Yo soy hojalatero utilitario más que de diseños. Mi mamá, María Luisa Vázquez, hace imágenes religiosas.
M.T.: ¿Usted siente que está floreciendo la artesanía?
A.S.: Sí, aunque no fue fácil que reconocieran mis trabajos; tardó como 30 años. Trabajo más para el extranjero; hago casi puros milagros, el trabajo es más fino, repujadito, mejor terminado, mejor tallado. La figura comercial, de nopal, la entrego nada más en México.

María Luisa Vázquez de Sosa

Magali Tercero: ¿Quién trabaja imágenes, además de usted?
María Luisa Vázquez de Sosa: Antiguamente éramos los únicos en Oaxaca que hacíamos imágenes de Guadalupe, de Cristo, del santo

Moros en Atlixcáyotl con coronas de hojalata pintada. Atlixco, Puebla, 2002. Fotografía: Jorge Pablo Aguinaco.

Niño de Atocha. Mi esposo y yo estábamos jóvenes; esto fue como en 1939. Primero empezamos a trabajar unas vitrinitas en las que se ponían danzantes de barro con su plumerito de pluma de verdad. Cuando mis hijos eran chicos entregábamos por miles las piezas. La familia era grande y todos trabajábamos. Tengo dos hijas que siguen haciendo virgencitas.

M.T.: ¿Cómo se llaman sus dos hijas?

M.L.V.: Soledad y Consuelo Sosa Vázquez. Ellas están quedando muy bien porque hacen vírgenes de todos tamaños, de 50 centímetros, de 25 y hasta la más chica. El mantito, las caritas, las manitas, todo tiene que hacerse a mano. El cuerpecito es de madera, las manitas y la carita son de pasta; las estrellitas son de hojalata; la puesta es lo que da más trabajo. Hay que empezar por el cuerpecito: pegar la cabecita, luego forrar las manitas, ponerle todos los adornos que tiene en el cuellito, los ojitos, la boquita. Antiguamente con la diamantina dorada se formaba la estrellita, pero era más laboriosa; ahora mis hijas prefieren ponerle la que ya venden hecha.

Ramón Fosado

Magali Tercero: ¿Cuántos años tiene trabajando la hojalata?

Ramón Fosado: Tengo 54 años y 45 en el oficio. Antes, aquí en Oaxaca, se hacían las figuras de bulto. Tuve la idea de hacer la primera figura plana; pensé, "si se ve bonito de bulto, ¿por qué no se va a ver bonito plano?" Muchos me decían que era el hojalatero flojo,

Tocado de moro.
Puebla.
Hojalata repujada y pintada.

porque hacía la hojalata plana. Pero así es más fácil transportarla; antes era muy difícil llevarse una figurita. Todos los diseños que he hecho son planos. Ahora en todo Oaxaca los hacen, hasta en San Miguel de Allende. También fue idea mía hacer la guacamaya, el búho, el papagayo. Como gracias a Dios sé dibujar, puedo sacar muchas figuras. ❧

Esa águila es el símbolo patrio, hice 70 para Los Pinos, la residencia presidencial. Las acomodaron en una bandera y atrás le pusieron luz. Para hacerlas hay que sacar los huecos con tijeras. La hojalata se dibuja y hay que sacarle todo el dibujito como si se calara con una sierrita. ❧

Todas las piezas que ve usted toman mucho tiempo, y aquí en México no las pagan. Me siento satisfecho de que mi trabajo haya trascendido a muchos lugares. Vino un señor alemán a Oaxaca y cuál fue mi sorpresa cuando vi que trajo una pieza mía, para que le hiciera más. Ahorita dependen de mí unas 38 personas, además de mis hijos. Les doy herramienta para trabajar en su casa. ❧

Mi hija Cecilia es la maestra del pincel. Mi yerno es ingeniero en electrónica y le encanta el trabajo: el rato que está desocupado viene a trabajar, y le pago lo que hace. ❧

M.T.: ¿Dónde adquiere la hojalata? ❧

R.F.: La compro en México porque ahí se consigue de varios calibres. Acá sí hay, pero muy de segunda y no me gusta porque mi trabajo se va fuera del país. ❧

M.T.: ¿Usted cree que hay que tener un temperamento de artista para hacer esto? ❧

R.F.: Sí, mucha imaginación porque muchos trabajan como hojalateros, pero todo lo que hacen es copiar, copiar, copiar. Lo que me ha sostenido es que yo no lo hago. Veo revistas y saco dibujos, pero no los hago igual, siempre les cambio algo. ❧

M.T.: ¿Cuál es la etapa de su trabajo como hojalatero que más disfruta? ❧

R.F.: Me he dedicado al trabajo más artístico, me siento como un creador de figuras y eso me encanta. Antes la gente no sabía apreciar, yo hacía muchos diseños, pero me pagaban más barato. Para que me conocieran tuve que salir a las ferias. La más importante es la de Puebla, porque la gente compra mucho. Yo vendo en la Feria de los Fuertes, también en Tijuana, Monterrey y Guadalajara. Hay un rol de ferias, y uno puede ir a la Secretaría de Turismo

Sagrado Corazón.
Oaxaca.
Hojalata pintada y repujada.

Página anterior:
Arnulfo Mendoza y Armando Villegas.
Luna.
Oaxaca, 1998.
Hojalata repujada y grabada.
60 cm de diámetro.

a preguntar cuál va a empezar. A veces hay apoyo, a veces no. ⁂

M.T.: ¿Cómo describiría el trabajo que se está haciendo hoy en Oaxaca? ⁂

R.F.: Los más conocidos tenemos nuestra línea propia de trabajo y nos respetamos. El señor Alfonso Leyva es muy buen hojalatero; también los señores Valdemar Ríos, Alfonso Valdés, el papá; Aarón Velasco Pacheco y su mamá, doña Serafina; mis respetos para esa señora. ⁂

M.T.: ¿Cuáles son sus técnicas favoritas? ⁂

R.F.: El repujado y hacer cosas en tercera dimensión, con volumen. Quedo más a gusto porque la gente sabe admirar mi trabajo. ⁂

M.T.: ¿Usted diría que el arte de hojalata está en extinción en Oaxaca, o que se está transformando? ⁂

R.F.: El arte popular se está transformando en dos direcciones. Una es la conservación de las técnicas finas antiguas con diseños modernos de muy buena calidad, con estilo propio; la otra, que es la más común, es la que se está yendo por la comercialización. Por ejemplo, en Oaxaca, las mujeres dicen: "me sale más barato comprarme un vestido en la tienda que tejerme un huipil". Entonces tejen muy delgado y en mucho menos tiempo que antes para venderlos pronto. Esto deteriora la tradición. La hojalatería tiene más producción ahorita en Oaxaca. Hay más hojalateros y más creaciones. A cada rato están haciendo cosas nuevas, modelos nuevos, unos muy bonitos, unos muy mal hechos. ⁂

M.T.: ¿Quiénes estarían en la línea de la transformación más creativa de la hojalatería? ⁂

R.F.: Yo creo que todos, cada uno en su estilo. Por ejemplo, hay un joven que está haciendo aretes muy bonitos, muy interesantes en diseño, muy económicos; no pesan, son cómodos y a las jovencitas les encantan. ⁂

Víctor Hernández Leyva

Magali Tercero: ¿Cómo aprendió este oficio? ⁂

Víctor Hernández Leyva: Aprendí con un pariente hace ya 35 años. Me inicié en esto por el gusto de ver las cosas que se hacían. Si uno quiere hacer una pieza difícil, pues le va uno buscando. Algunas piezas son muy vistosas, grandes, pero no tienen tanta dificultad. Hay veces que las piezas pequeñas son más difíciles. El grabado se hace sobre la lámina, a base de martillazos, y lo demás lo vamos haciendo con el cincel. Usamos varios cinceles muy diferentes para hacer una florecita, por ejemplo. Le ponemos primero lo que es el ojito. Le damos forma con un cincel pequeño y la terminamos con una uñetita, otro le hace los pétalos. También podría hacerse con troquel, pero ya no sería artesanía. Todo lo hacemos a mano.

M.T.: ¿Y para alguien que comienza en este oficio, cuánto tiempo le lleva aprender?

V.H.L.: Lo primero que enseñamos en el oficio es a rayar, lo que es marcar el molde sobre una lámina. Es el principio. Luego lo cortamos con tijera y le damos la forma que queremos. Después hacemos el cincelado. Vamos paso por paso. Soldar también tiene su chiste. Se necesita paciencia y curiosidad; saber el punto justo para la temperatura del cautín. Después ya vendría la pintada. Nosotros usamos anilinas; tenemos que preparar los tonos y ésa es otra dificultad, porque hay que darle al punto. La pintura es muy delicada: si hace frío queda mal, si hace calor también; hay que dejarla a una temperatura media. El clima es el que nos friega, cuando llueve nos cuesta mucho trabajo. Con la humedad se opaca la pintura.

M.T.: ¿Entonces hay temporadas para pintar?

V.H.L.: Todo el tiempo pintamos, pero buscamos el momento. Por ejemplo, en mayo pintamos todo el día, pero si llueve prendemos una lamparita y con eso le damos la temperatura para que quede claro. Así se dilata uno más. Pero si el tiempo está bien, se va pintando al puro ambiente. Nosotros hacemos los pinceles con nuestro pelo, así, lacio, muy derecho. Los pinceles que hay donde venden pintura no nos sirven, rayan mucho. No sé cómo le hagan los demás, pero nosotros así le hacemos.

M.T.: ¿Y a qué piezas le tiene más cariño?

V.H.L.: A todas. Este mariachito era parte de un trío, dos con guitarra y uno con maracas. Lo enviamos a concursar y ganamos el Premio Nacional de Artesanías en Toluca. Esa bandita de músicos, con su trombón, sus platillos, su tambor, la saqué de un billete de lotería; dibujé las piececitas, las marqué sobre una lámina y las corté para sacar el molde.

M.T.: ¿Y los talleres son de puros hombres?

V.H.L.: Sí, aunque he tratado de que en mi taller aprendan algunas muchachas. Creo que soy el único que tiene muchachas. Es un trabajo un poco pesado. Ya voy para una quincena de estar cincelando diario de las ocho de la mañana a las nueve de la noche. Se cansa uno. Para una mujer es pesado cortar, tallar, pintar, pero hay otras cosas más suaves.

Ángel. Hojalata repujada y pintada.

Página siguiente: caja. Magdalena de Kino, Sonora. Decorada a la manera típica de los pajareros: flores rojas o anaranjadas sobre fondo negro. Museo Ruth D. Lechuga de Arte Popular.

Bibliografía

Adovasio, J. M., *Basketry Technology. A Guide to Identification and Analysis*, Chicago 1971, Aldine Publishing Co.

Amith, Jonathan D., *La tradición del amate*, Chicago-México, 1995, Mexican Fine Arts Museum-Casa de las Imágenes.

Arte popular. Museo Ruth D. Lechuga, Artes de México, núm. 42, México, 1998.

Azulejos, Artes de México, núm. 24, México, 1994.

Cerámica de Mata Ortiz, Artes de México, núm. 45, México, 1999.

Cerámica de Tonalá, Artes de México, núm. 14, México, 1991.

Cestería, Artes de México, núm. 38, México, 1997.

Exvotos, Artes de México, núm. 53, México, 2000.

La chaquira en México, México, 1998, *Artes de México y Museo Franz Mayer*. (col. Uso y Estilo)

La talavera de Puebla, Artes de México, núm. 3 , México, 1989.

La tehuana, Artes de México, núm. 49, México, 1999.

Lacas, México, 1999, *Artes de México y Museo Franz Mayer*. (col. Uso y Estilo)

Los textiles de Chiapas, Artes de México, núm. 19, México, 1993.

Metepec y su arte en barro, Artes de México, núm. 30, México, 1995.

Rebozos de la colección Robert Everts, México, 1994, *Artes de México y Museo Franz Mayer*. (col. Uso y Estilo)

Retablos y exvotos, México, 2000, *Artes de México y Museo Franz Mayer*. (col. Uso y Estilo)

Serpiente popular, Artes de México, núm. 56, México, 2001.

Textiles de Oaxaca, Artes de México, núm. 35, México, 1996.

Atl, Dr. Gerardo Murillo, *Las artes populares en México*, México, 1922, Publicaciones de la Secretaría de Industria y Comercio.

—, "Las lacas", en *Arqueología Mexicana*, vol. IV, núm. 19, México, INAH, 1996.

Barber, Edwin Atlee, *Catalogue of Mexican Maiolica Belonging to Mrs. Robert W. de Forest,* Nueva York, 1911, The Hispanic Society of America.

—, *The Maiolica of Mexico*, Filadelfia, 1908, Philadelphia Museum Memorial Hall.

Bauz, Susan, *Costume Design and Weaving Techniques in Tenejapa, Chiapas, Mexico*, Washington, 1975, Department of Anthropology George Washington.

Branstetter, Katherine Brenda, *Tenejapans on Clothing and Viceversa: The Social Significance of Clothing in a Mayan Community in Chiapas*, Berkeley, 1974, University of California.

Cervantes, Enrique A., *Loza blanca y azulejo de Puebla*, 2 vols., México, (s.e.), 1939.

Charlton, T., "Tonalá Bruñida Ware, Past and Present", en *Archaeology*, vol. 32, núm. 1, 1979.

Cordry, Donald y Dorothy M. Cordry, *Mexican Indian Costumes*, Austin, 1986, University of Texas Press.

Deagan, K., *Artefacts of the Spanish Colonies of Florida and the Caribbean*, 1500-1800, vol. I, Washington-Londres, 1987.

Díaz, May, *Tonalá: Conservatism, Responsibility and Authority in a Mexican Town*, Berkeley, 1966, University of California Press.

Enciso, Jorge, "Pintura sobre madera en Michoacán y Guerrero", en *Mexican Folkways*, vol. VIII, núm. 1, México, 1933.

Felger, Stephen Richard y Mary Beck Moser, *People of the Desert and Seri Indians*, Tucson, 1991, The University of Arizona Press.

Fokko, C. Kool, "La tradición de las lacas en Olinalá", en *Coloquio internacional sobre los indígenas de México en la época prehispánica y en la actualidad*, Leiden, Holanda, 1981.

Frothingham, Alice, "Ceramics and Glass", en *The Hispanic Society of America Handbook*, Nueva York, 1938, pp. 103 a 108.

Guiteras-Holmes, Calixta, *Los peligros del alma*, México, 1952, Fondo de Cultura Económica.

Jenkins, Katherine D., "Aje on Nin-in Painting Medium and Unguent", en *Congreso Nacional de Americanistas*, México, 1964.

Lechuga, Ruth D., *El traje indígena de México: su evolución desde la época prehispánica hasta la actualidad*, México, 1982, Panorama editorial.

León Francisco P. de, *Los esmaltes de Uruapan*, México, 1980. Fomento Cultural Banamex.

Lynn, Stephen, *et al.*, *Textile Traditions of Mesoamerica and the Andes, an Anthology*, Austin, 1991, Texas University Press.

Morris, Walter F., "Flowers, Saints and Toads: Ancient and Modern Maya Textil Design Symbolism", en *National Geographic Research*, National Geographic Society, Washington, 1985.

—, *Presencia maya*, Tuxtla Gutiérrez, 1990, Gobierno del estado de Chiapas.

Muller Florencia y Bárbara Hopkins, *A Guide to Mexican Ceramics*, México, 1974, Minutiae Mexicana.

Pérez Carrillo, Sonia, *La laca mexicana: desarrollo de un oficio artesanal en el virreinato de la Nueva España*, Madrid, 1990, Banamex-Alianza Editorial.

Reichel-Dolmatoff, Gerardo, *Basketry as a Metaphor*, Los Ángeles, 1985, Occasional Papers of the Museum of Cultural History.

Reiff Katz, Roberta, *The Potters and the Pottery of Tonalá, Jalisco, México: A Study in Aesthetic Anthropology*, Nueva York, 1976, Columbia University Press.

Sayer, Chloë, *Mexican Costume*, Londres, 1985, Brittish Museum Publications.

Sepúlveda, Teresa, *Maque. Vocabulario de materias primas, instrumentos de trabajo, procesos técnicos y motivos decorativos en el maque*, México, 1978, SEP-INAH, Museo Nacional de Antropología. (Cuadernos de Trabajo)

Tarn, Nathaniel, Martin Prechtel, *Constant Inconstancy: the Femenine Principe in Atiteco Mythology. In Symbol and Meaning beyond the Close Community. Essays in Mesoamerican Ideas*, Nueva York, 1986, Institute for Mesoamerican Studies-State University of New York.

Tibón, Gutierre, *Olinalá*, México, 1960, Editorial Orión.

Turok, Marta, *¿Cómo acercarse a la artesanía?*, México, 1988, Plaza y Valdés-SEP, México.

Weitlaner Johnson, Irmgard, "Basketry and Textiles", en *Handbook of Middle American Indians*, vol. 10, Austin, 1971, Texas University Press.

—, "Suvival of Feather Ornamental Huipiles in Chiapas, Mexico", en *Journal de la Société des Americanistes, Nouvelle Série*, t. XLVI, París, 1957, Musée de l'Homme, pp. 189-196.

—, *Design Motifs on Mexican Indian Textiles*, Graz, 1976, Academische Druck and Verlagsanstalt.

Zuno, José Guadalupe, "Las llamadas lacas michoacanas de Uruapan no proceden de las orientales", *Cuadernos Americanos*, México, 1952.

⁂ SOBRE LOS AUTORES ⁂

GUTIERRE ACEVES PIÑA. Historiador del arte. Fue director del Instituto Cabañas de Guadalajara y coordinador de investigación de la Escuela de Conservación y Restauración de Occidente en esa misma ciudad. Entre sus publicaciones destacan "Costumbre y tipos en la escultura popular", en *La escultura mexicana. De la Academia a la instalación, Jorge Wilmot. La unidad y la dispersión. Una cerámica entre el oriente y el occidente* y *Tránsito de angelitos*. ⁂ ALFONSO ALFARO. Director del Instituto de Investigaciones *Artes de México*. Es doctor en Antropología por la Universidad de París, y autor de *Voces de tinta dormida, Itinerarios espirituales de Luis Barragán* y *Moros y cristianos, una batalla cósmica*, entre otros títulos. ⁂ ALEJANDRO DE ÁVILA. Candidato al doctorado en Antropología en Berkeley. Activista en la sociedad civil para la conservación ambiental y la protección del patrimonio cultural. Director fundador del Jardín Etnobotánico de Oaxaca. ⁂ MARGARITA DE ORELLANA. Doctora en Historia por la Universidad de París y editora de la revista *Artes de México*, en la cual con frecuencia publica artículos, y es autora de varios libros sobre cine, historia y arte popular. ⁂ GLORIA FRASER GIFFORDS. Historiadora del arte, con especialidad en arte y arquitectura coloniales de México del siglo XIX. Es autora de *Mexican Folk Retablos* y de numerosos artículos sobre el arte popular religioso de México. Coordinó los números sobre hojalata y la tarjeta postal de la revista *Artes de México*. ⁂ ANA PAULINA GÁMEZ. Historiadora del arte. Ha realizado curadurías en importantes museos de México y Estados Unidos relacionados con cerámica, textiles y vida cotidiana. Es autora del libro *Sombreros, tazcales, sopladores y petates, la cestería michoacana* (1991) y de varios artículos publicados en la revista *Artes de México*. ⁂ WILLIAM T. GILBERT. Especialista en la cerámica de Mata Ortiz, Chihuahua. Ha curado numerosas exposiciones sobre esta tradición y publicado algunos libros sobre el tema, entre los que destacan *Crossing Boundaries / Transcending Categories: Contemporary Art from Mata Ortiz* y *Juan Quezada: The Casas Grandes Revival*. ⁂ RUTH D. LECHUGA. Investigadora de arte tradicional mexicano y fotógrafa desde hace más de 50 años, durante los cuales creó un museo de arte popular en su casa en la ciudad de México. Ha publicado *Traje indígena de México, Las técnicas textiles, Mask Arts of México* y *Cestería michoacana*. ⁂ OCTAVIO PAZ. Poeta y ensayista. Premio Nobel de literatura en 1990, Premio Cervantes y Premio Nacional de Letras. Fue fundador de las revistas *Taller, Plural* y *Vuelta*, entre otras. Se desempeñó como diplomático hasta 1968. Fue autor de una gran cantidad de libros, entre ellos, *El laberinto de la soledad*. Este texto es un fragmento del ensayo *El uso y la contemplación*, de la colección *México en la obra de Octavio Paz*. ⁂ ALBERTO RUY SÁNCHEZ. Director de la revista *Artes de México* y autor de varias obras, entre ellas *Los nombres del aire*, por la cual recibió el Premio Xavier Villaurrutia, y *En los labios del agua* y *Los jardines secretos de Mogador*. ⁂ CHLOË SAYER. Autora y especialista en arte popular mexicano. Ha sido curadora de una gran cantidad de exposiciones y ha integrado colecciones de etnografía en México y Belice, además del acervo sobre el tema del British Museum. Entre sus publicaciones destacan *The Arts and Crafts of Mexico, Mexican Patterns: A Design Source Book, Textiles from Mexico*. ⁂ LUIS MARIO SCHNEIDER. Investigador, crítico, traductor y escritor. De origen argentino, radicó en México desde la década de 1960. Fue autor de varios poemarios y de *La literatura mexicana, Diego Rivera y los escritores. Antología tributaria, México y el surrealismo*. Obtuvo el Premio Xavier Villaurrutia por *La resurreción de Clotilde Goñi*. ⁂ MAGALI TERCERO. Editora y periodista. Colabora en *Milenio, Arquine* y *Saber Ver*. Es coautora de *La nueva crisis de México*. Fue jefa de redacción de *Artes de México* (1989-1998). Obtuvo en 1997 la Beca Rockefeller por *Crónica de la frontera*. ⁂ MARTA TUROK WALLACE. Antropóloga. Presidenta de la Asociación Mexicana de Arte y Cultura Popular (AMACUP). Ha publicado varios libros, entre los que destacan *¿Cómo acercarse a la artesanía?, El caracol púrpura, una tradición milenaria, Fiestas mexicanas* y *Living Traditions: Mexican Popular Arts*. ⁂ LUZ DE LOURDES VELÁZQUEZ THIERRY. Historiadora del arte y especialista en azulejos. Publicó el libro *El azulejo y su aplicación en la arquitectura poblana*. Colaboró en el libro *Arquitecturas andaluzas y americanas, influencias mutuas*. ⁂ IRMGARD WEITLANER JOHNSON. Gran especialista en textiles indígenas de México. Trabajó muchos años en el Museo de Arte Popular y en el INI visitando pueblos indígenas y estudiando sus textiles. Es de autora *Design Motives on Mexican Indian Textiles, Los textiles de la cueva de la Candelaria, Coahuila*, y de los artículos "Supervivencia de un antiguo diseño textil basado en la urdimbre" y "Análisis de un tejido de Tlatelolco", entre otros. ⁂

Edición:

Margarita de Orellana

Alberto Ruy Sánchez

Asesor editorial:

Eliot Weinberger

Coordinación editorial:

Gabriela Olmos

Michelle Suderman

Diseño:

Luis Rodríguez

Diseño de portada:

Carolina Martínez

Producción:

Carolina Martínez

Corrección:

Stella Cuéllar

María Palomar

Humberto Tachiquín

Edith Vera

Teresa Vergara

Asistentes de diseño:

Daniel Moreno

Aidee Santiago

Mariana Zúñiga

Preprensa:

Alejandro Pérez Mainou

Fotografía:

Portada: Tachi

Interiores:

Rafael Bonilla: pág. 71.

Laura Cohen: pág. 4.

Dolores Dahlhaus: pág. 7.

Raúl Dolero: pág. 52.

Ricardo Garibay: págs. 84, 155, 158, 160, 224-225, 229 a 233, 236, 252 a 255, 260.

Gerardo Hellión: págs. 30-31.

Patricia Lagarde: págs. 15, 17, 64-65, 68, 100-101, 105.

La mano mágica: págs. 276 a 280, 287, 288.

Salvador Lutteroth/ Jesús Sánchez Uribe: pág. 137.

Pablo Morales: págs. 140-141, 159.

Museo de América, Madrid: pág. 114.

Diego Samper: pág. 173.

Gerardo Suter/Lourdes Almeida: págs. 10, 117 a 128.

Tachi: págs. 1, 66, 69-70, 82, 96, 98-99, 104, 106, 113, 144 a 147, 290 a 301.

Jorge Vértiz: págs. 5, 6, 8-9, 14, 16, 20, 22 a 39, 44, 51, 54, 57 a 62, 86 a 91, 110, 130 a 135, 138, 139, 143, 148 a 152, 156, 161 a 172, 174 a 223, 226, 234, 237 a 251, 256 a 259, 261 a 275, 282 a 284, 302 a 335, 342 a 355.

Agradecimientos:

Banco de México. Fideicomiso para los museos Diego Rivera y Frida Kahlo

Colección Ford Ruthling. Santa Fe, Nuevo México

Colección Pellizi, Mercedes Servio

Galería La mano mágica

Instituto Nacional de Antropología e Historia

Instituto Nacional de Bellas Artes

Museo de América, Madrid

Museo de Etnológico de Leyden, Holanda, col. Irmgard W. Johnson

Museo Bello, Puebla

Museo Dolores Olmedo

Museo Franz Mayer

Museo Regional de Guadalajara

Museo Universitario de Arte Popular, María Teresa Pomar

Sna Jolobil, Pedro Meza

Jorge Carretero Madrid

Ruth D. Lechuga

Horacio Gavito

Roberto Mayer

Samantha Ogazón

Marie-José Paz

Nina Rist